片道の人生

ジェームス三木

新日本出版社

初代ニャモ

装丁◎宮川和夫
装画◎鈴木勇介

片道の人生　〈目次〉

片道の人生

001　贋金《にせがね》つくり

駆け出しのころ、向田邦子《むこうだくにこ》さんから、脚本家に必要な資質を教わった。

「まず胃が丈夫なこと、それにおしゃべりで、嘘つきであることね」

私は納得し、にんまりとほくそえんだ。自分は三つの条件を、間違いなく満たしている。

ドラマづくりは、小説や絵画や作曲のように、ひとりではできない。俳優はもちろん、プロデューサー、演出、美術、カメラ、照明など、大勢のスタッフが関わる協同作業である。

脚本が出来ると、待ってましたとばかり、スタッフ会議が開かれ、ああでもないこうでもないと注文がつく。この場面は予算がかかり過ぎる、この場面は退屈なので削除しよう、あの俳優はスケジュールがない、この俳優に長ゼリフは無理だ、ここはスポンサーから文句が出るなどなど。

脚本家は不本意な書き直しを迫られ、撮影中も無断でカットされたり、書いていない場面を付け足されたりするから、無性に腹が立ち、情緒不安定になって胃をこわす。

才能の有無とは関係なく、無口で気の弱い新人ライターの多くは、プライドが傷つき、やがてボロボロになって、業界を去っていく。

脚本家は口達者でなければ損をする。スタッフ会議で議論に負ければ、大事な脚本をいじくられてしまうのだ。いや、口べたでも、理路整然と説得できれば、申し分ないのだが。

もちろん相手の言い分が正しいと思ったら、あっさり妥協することもある。感情的にまくしたてて、ひたすら頑固を貫くと、仕事がこなくなる。所詮こっちは出入り業者なのだから、そのあ

たりの駆け引きを、忘れてはならない。

おしゃべりは議論に勝つためだけではない。ふだんの会話の中から、いいセリフが生まれる。相手の反応を見て、これはいけると納得することはよくある。おしゃべりはセリフの訓練なのだ。

向田さんが資質のひとつに、嘘つきを挙げたのは、ドラマそのものが妄想の産物だからだろう。あれこれ想像して、まことしやかに人物を描き、ストーリーをでっちあげるのだから。

「脚本家ってどんな商売なの？　役者のセリフも書いてるの？」

あるとき居酒屋で酔漢にからまれた。私はむっとして答えた。

「白い紙にあることないこと書きつけて、カネに換えるんですよ」

「へー」

酔漢は目を丸くした。

「それじゃァ、贋金づくりと同じじゃないか」

「……」

私は絶句し、しばらく考えて感服した。なるほど、物書きは贋金をつくってるのか。

そういえば同業の先輩で、敗戦後の混乱期に軍隊から復員し、いっとき詐欺師の集団に所属していた人がいった。

「詐欺師と脚本家は似たようなもんだ。人をたぶらかす手口を、毎日考えてるんだからな」

「あっはっはー」

笑いはしたものの、なんだか肩身のせまい思いがした。だけど世の中には、作り話を楽しんでくれる人が大勢いる。

002 正義の本質

「氷が溶けたら何になりますか？」

小学校の理科のテストで、正解はもちろん水である。ところがひとりだけ「春になります」と答えた子がいた。

理科のテストだからペケは仕方がないが、これを不正解にしていいのだろうか。私なら二重丸をつけてやりたい。

判で押したような常識や、ありきたりの習慣の中に、ドラマのタネはない。ちょっとした日常の変化や、ささいな行き違いの中に、ドラマの醍醐味《だいごみ》はひそんでいる。

Ｂ４でコピーしてくれと頼まれ、地下四階まで下りてった人がいる。ディケンズの『大いなる遺産』を買ってこいといわれ、おいなりさんを買ってきた人もいる。これを誤解や勘違いと決めつけないほうがいい。

被害者意識は誰でも持つが、自分が加害者であることに気づく人は、驚くほど少ない。戦争から夫婦喧嘩に至るまで、争いの原因はそこにある。

脚本家は警官のセリフも、泥棒のセリフも書かなければならないから、常識的な正邪善悪をとっぱらい、相対的にものを考える必要がある。すると〔正義〕は、たいがい双方にある。

脚本家はだんだんひねくれて、世間の常識の基盤が、実はあやふやなものだと気づく。

たとえばマスコミがよく使う〔東京ドーム百個ぶんの広さ〕は、グラウンドをいうのか、観客

席もふくめるのか、敷地全体をいうのか、知ってる人は教えてください。

失業率の基準は、パート雇用、アルバイト、無職の期間の扱いが、各国それぞれ異なる。脚本家は注文がなければ、仕事も収入もないので、どっちに入るのか。

みんなが勘違いしているのは平均寿命で、いったいどうやって計算するのか。実は今年生まれた赤ん坊が、何年生きるかという推測であり、正しくは平均余命というべきなのだ。

水割り三杯が適量なんていったって、濃いのもあれば薄いのもある。

デモ行進の人数は、警察発表と主催者発表に大差があるのはなぜか。データは発表する側に都合のいい数字が並ぶ。

政府が義務づけたシートベルトだが、非着用者の事故死亡率は、着用者の一・四倍という。前者が十四人死ぬなら、後者も十人死ぬらしい。

喫煙者の心筋梗塞罹患率は、非喫煙者の一・七倍とタバコの箱に書いてあるが、これも十七人対十人である。一方で喫煙者はきわめて自殺が少ないという学説があるのに政府は知らん顔だ。

年間数人の死者が出るといって、フグの肝やレバサシを禁止するのはどうか。安全第一というなら、登山や海水浴も、禁止しなければならない。

〔何より健康に悪いのは仕事、次が結婚生活〕

いや私は、ものの見方を語っているだけです。

003 兎《うさぎ》と亀

向田邦子さんが言い残した脚本家の資質は、胃が丈夫、おしゃべり、嘘つきの三つだが、私はもうひとつ、疑い深い性質をつけ加えたい。

　このストーリーは成立しているか、この構成に破綻はないか、このやりとりはお客にしっかり伝わるかと、脚本を隅々までチェックしなければならないからだ。

　チェックがあいまいだと、スタッフ会議でコテンパンにやられる。俳優にもいやみをいわれる。

　欠陥がないかどうかを用心深く確かめるには、かなりの根気が要る。つまり疑い深いことが大切なのだ。

　誰もが知っている兎と亀の話を、チェックしてみよう。兎が途中で居眠りして、かけっこに負けたというあれである。

「世界のうちでお前ほど歩みののろい者はない」

　兎にからかわれた亀は負けん気を起こす。

「そんならお前とかけくらべ」

　まず冒頭のシーンに無理がある。いくら悔しくても、足の遅い亀が、兎の挑発に乗るはずがないだろう。

　そこで諦めたら、すべてオジャンになるから、亀がかけっこに応じる動機を、何とか考える。

　その一、亀は無知であった。自分の足が遅いことに、気づいていなかった。その二、亀は負けると分かっていたが、兎の機嫌を損ねないように、つき合ってやった。その三、亀は兎に眠り薬を飲ませる計略があった。

　だがこれでは、どれを当てはめても、油断大敵という本来のテーマが、ふっとんでしまうから、

結局、兎と亀のおとぎ話は、辻褄《つじつま》が合っていないことが分かる。発想は抜群でも、脚本の段階で疑念が生じ、破棄せざるを得ないドラマ企画が、若いころは山ほどあった。

逆に近年は、ふとした疑念が発端となって、思わぬドラマに発展するケースもある。

私はかねてから、八百屋お七の放火事件に、疑問を持っていた。火事で自宅が全焼し、長逗《ながとう》留《りゅう》した大乗寺の寺小姓に恋心を抱き、また火事があれば逢えると思って、放火の罪を犯し、火あぶりの刑に処せられた実話だ。

だがお七が火を放ったのは、まったく無縁の遠い寺だった。これが江戸の大火を招くのだが、本来の目的を考えれば、自宅に火をつけるのが、当然ではないか。

八百屋お七の芝居は、西鶴《さいかく》も近松《ちかまつ》も書いているが、そのへんは全くふれていない。お七は冤罪《えんざい》ではなかったか。私の疑念はどんどんふくらんだ。恋心を伝えるために、あるいは誰かをかばうために、甘んじて処刑されたのではないだろうか。

NHKで二〇一三年に放映された連続ドラマ「あさきゆめみし」は、私の妄想から生まれた。お七の役は前田敦子《まえだあつこ》、両親は中村雅俊《なかむらまさとし》と竹下景子《たけしたけいこ》。

004　挨拶《あいさつ》とは

物書きの資質は、疑い深いことだが、疑うだけでは何も生まれない。なぜそうなのかを、自分なりに根底からほじくり返さなければ、新しい発見はおぼつかない。

芸能界の挨拶は、朝でも昼でも夜中でも〔おはようございます〕だが、どうやら江戸時代から、そういう習慣が伝わってきたらしい。なぜそうなのかは、誰に訊《き》いても分からない。

十年ぐらいしつこく考えて、ある日ハタと思い当たった。

そうか〔こんにちは〕や〔こんばんは〕には、〔ございます〕がつけられないのだ。身分の上下をはっきりさせるには、目下が〔おはようございます〕と挨拶し、目上が〔おはよう〕と答えれば差がつく。私の独断ではあるが、たぶん間違っていない。

いかに平等の世の中でも、どっちが先に頭を下げるかは、伝統的風習に従ったほうが無難だ。まずは〔長幼の序〕、先に生まれたほうが、人生の先輩だから偉い。家庭ではこどもより、育てる親のほうが偉い。学校では生徒より、先生が偉い。職場では部下より、上司が偉い。

年齢も身分も不明で、ほぼ同格と思われる場合はどうするか。それはその場に、遅れてきたほうが、先に挨拶するのが基本である。

ところが近頃、エレベーターに途中から乗った若者が、先客に会釈や目礼をする姿を、ほとんど見たことがない。そこには誰もいないのだと、無表情に他人を無視して、ひたすらスマホに没頭したり、階数表示板を見上げたりする。

面倒なだけで、悪気はないのだろうが、あれは危険な行為だということを、知らせておきたい。なぜなら挨拶とは、敵か味方かを、決定する儀式だからだ。エレベーターという密室の中でのシカトは、敵意と見なされても仕方がない。

心得のある欧米人は、見知らぬ他人でも、目が合えば頷《うなず》いたり微笑《ほほえ》んだりする。私は怪しい者ではありません、あなたを襲いませんというサインである。それだけ外国は物騒なのかも知れ

ない。

大昔、原始時代の人類は、どこかでばったり他人に遭遇すると、互いに身構え、殺し合いになった。要するに動物の生存本能で、食糧を確保するための縄張り争いだ。

殺し合いを繰り返すうちに、数は力なりと気づいた人類は、群れをなすようになった。政治家でも暴力団でも、孤立するより、徒党を組んだほうが有利に決まっている。

集団生活は防衛にも繁殖にも便利だ。群れは村になり、町になり、やがて国家になった。

味方にするか手下にするかはともかく、敵ではないことを確認し、仲間に加えるには、何らかの合図が必要だ。実はその合図が、挨拶のはじまりなのである。

005 国民学校

私が疑い深くなったのは、国民学校のころだ。

昭和十六年から二十二年までは、なぜか小学校を国民学校といった。真珠湾攻撃から始まった太平洋戦争のまっただ中である。

「鬼畜米英撃滅！」

「進め一億火の玉だ！」

一億といっても本来の日本人はまだ七千万人、植民地の朝鮮人や台湾人を、ひっくるめての数字である。

すでに日本は、朝鮮から中国の東北部に進出して、五族協和の満州国を設立、滅亡した清国のラストエンペラー溥儀《ふぎ》を皇帝に据えたが、実質は日本人の完全支配だった。

だが国際連盟は満州国を承認しなかった。賛成したのはバチカンの法王庁と、エルサルバドルだけだった。

したがって満州国は、まぼろしの国家であり、国際的には存在しなかったことになる。

私はその存在しなかった満州国の奉天《ほうてん》（現在の瀋陽《しんよう》）で生まれた。母方の祖父は鹿児島出身で、国語漢文の教師だったが、こどもが十四人もいたので、外地手当を見込んだらしく、一族郎党を引き連れて朝鮮に渡った。釜山《プサン》中学、京城《けいじょう》中学などで教鞭《きょうべん》を執り、関東軍が満州を制圧すると、奉天一中に赴任した。私の両親は共に京城師範を出て、小学校の教員になった。

当時の満州には、新天地を求める日本人が、二百万人も移住していた。軍隊、官僚、満鉄、開拓農民、国威発揚の気運に便乗して一旗挙げたい野心家も、地主になりたい小作人もいた。

満州最大の都市奉天の人口は百数十万人、そのうち日本人は二十万人、だいたい大和区に住んでいたので、中国語を覚える必要もない。日本人はみな、そっくり返っていたようだ。

私は葵（在満）国民学校に入学した。赤煉瓦《あかれんが》づくりの立派な校舎で、広々とした校庭は、冬に水を撒《ま》くとスケートリンクになった。日本人の小学校は、ほかにいくつもあり、春日、弥生、敷島、千代田など、和風の校名がついていた。町や通りの名称も同様である。

大日本帝国が盧溝橋《ろこうきょう》事件を言いがかりに、支那事変を起こしたのは昭和十二年、百万の軍隊を送って、中国を侵略した。泥沼のような戦争は、決着がつかないまま、太平洋戦争が勃発した。

私たち国民学校世代はどんな教育を受けたか。

「天皇は神様である」

「神国日本が負けることはあり得ない。いざとなったら神風が吹く」

「国のために命を捧げるのは当然である」

「生きて虜囚《りよしゆう》の辱めを受けるな」

「堂々と戦死すれば、靖国神社に英霊として祀《まつ》られる」

毎日毎日こういわれると、育ち盛りの少年少女は簡単に洗脳される。

教室の黒板の上に掲げた級訓には、こう大書してあった。

〔特攻体当たり!〕

006 忠君愛国

史上名高い関ヶ原の合戦で、戦死者の数は東西合わせておよそ八千。明治維新後の日清戦争で、日本軍の戦死者は一万数千だった。

それが太平洋戦争になると、日本軍の戦死者二百四十万、空爆などで犠牲になった民間人七十万を足せば三百十万。

同じ戦争でも、幼稚園の運動会と、オリンピックぐらい違う。無分別な文明の進歩、つまり新兵器の開発がこの結果である。人類の先行きを考えると身の毛がよだつ。

日本軍と米英軍が、南太平洋で死闘を繰り返しているころ、満州国奉天で小学生だった私は、ラジオや新聞の勝利報道に浮き立っていた。学校でも町の中でも、悲観的な話は一切しない。すれば非国民と罵倒《ばとう》される。

神国日本が鬼畜米英に負けるはずがない。大和魂の真髄を、世界に見せつけてやるのだ。大日本帝国万歳。誰かが軍歌を歌い出すと、いっせいに大合唱になる。いま思えば呪文《じゅもん》をかけられたような、一種の宗教的雰囲気に包まれていた。

ラジオの大本営発表は「軍艦マーチ」から始まる。駆逐艦二隻撃沈、航空母艦一隻大破、航空機三十機撃墜。ギクリとするのは「海ゆかば」が流れるときだ。連合艦隊司令長官戦死、アッツ島守備隊玉砕（全滅）。

海ゆかば　水漬《みづ》くかばね
山ゆかば　草むすかばね
大君《おおきみ》の　辺《へ》にこそ死なめ
かえりみはせじ

哀しくも美しい曲で、忠君愛国を讃《たた》え、戦死を美化している。こども心に私たちは、早く軍隊に入って、国のために雄々しく戦死したいと、本気で思うようになった。

徴兵検査は満二十歳だが、陸軍士官学校、海軍兵学校は十五歳、航空隊をめざす予科練なら十四歳から志願できた。

新聞に特攻隊戦死者の氏名が掲載されると、だいたいがはたちそこそこで、十代の少年も少なくなかった。愛国精神を叩き込まれた私たちは、十代の戦死にあこがれ、一日も早く敵艦に体当たりして、新聞に名を残すのが願望になった。

後に知ったことだが、特攻隊員にベテランの職業軍人はまずいない。操縦を覚えたばかりの若者を、ボロボロの戦闘機に乗せ、片道ガソリンで敵艦に突っ込ませたのだ。合理的といえば合理的だが、あまりにもむごい。

〔贅沢は敵だ〕

〔欲しがりません勝つまでは〕

戦費の増大は国民の生活も圧迫する。男子は国民服に戦闘帽、女子はもんぺでパーマは厳禁、中学生も女学生も、軍需工場に動員された。八のつく日は日の丸弁当、飯の真ん中に梅干し一個。

戦況が悪化し、沖縄を占領されると、米軍のＢ29が満州にまで爆弾を落とし始めた。私たちは防空頭巾をかぶり、懸命に防空壕を掘った。

007　空襲警報

空から爆弾を落とすなんて、誰が思いついたのだろうか。これほど残忍な行為はあるまい。

昔の合戦は槍《やり》と刀の肉弾戦であり、大将同士の一騎討ちもあった。

弓矢や鉄砲を使うようになっても、飛び道具は卑怯《ひきょう》といって、足軽や雑兵《ぞうひょう》に持たせた。

近代の科学文明は、あらゆる発明を、ひたすら兵器の強化に取り込み、大砲、戦車、軍艦を大量に生産した。飛行機で空を飛ぶ夢が叶うと、たちまち爆弾を積み込んで、何のためらいもなく、空から投下した人類は、あさましいとしか、言いようがない。

太平洋戦争末期には、満州の奉天（瀋陽）も空爆を受けた。占領された沖縄や中国本土から、米軍機が襲来したのだ。

空襲警報のサイレンが断続的に鳴り、一家四人で防空壕に駆け込むと、まもなく日本軍の迎撃高射砲弾が、パンパンと炸裂《さくれつ》し始めた。空を覆わんばかりの物凄《ものすご》い硝煙だ。

私はラグビー選手だった父の脇の下から、首を出して空を覗《のぞ》いた。銀色の粒々のようなものが、ゆったりと雲間を横断していた。少年雑誌で見た最新鋭爆撃機ボーイングＢ29の編隊だった。

敵は遥《はる》か上空なので、高射砲弾は撃っても撃っても届かない。味方の戦闘機も飛び立ったはずだが、機影は見えない。

やがて鼓膜をつんざくような轟音《ごうおん》が、ドドーンドドーンと響き、防空壕がぐらぐら揺れて、壁の土砂が落ちた。爆撃が始まったのだ。

米軍は奉天に、一トン爆弾を投下した。煉瓦やコンクリートの近代建造物を破壊するためだ。

木造家屋が多い本土では、焼夷弾《しょういだん》を雨あられのように落とし、都市部を火の海にした米軍機は、対象によって、爆弾の種類を変えたのである。

爆撃を終了したＢ29の編隊が、悠々と姿を消すと、父は畜生とか何とか怒鳴りながら、防空壕を飛び出した。途端にその鼻先をかすめて、高射砲弾の破片が落下し、地面に突き刺さった。父は腰を抜かした。爆弾は恐ろしいが、味方の流れ弾も危ないことを知った。

その後も何度か空襲はあった。中年過ぎのおとなたちは、総出で竹槍訓練や、バケツリレーに精を出した。夜間の灯火管制もやかましく、ちょっとでも灯が洩《も》れると、憲兵がヒステリックに、窓を叩き壊した。何だか戦争ごっこをしてるみたいで、十歳そこそこの私でも虚《むな》しい気がしたが、そんなことはオクビにも出せない。

やっと撃墜した一機のＢ29の残骸が、奉天神社にさらされているのを、学校から見学に行った。残骸とはいえ、あまりの巨体に圧倒され、身震いしたのを覚えている。

そしてある日、ソ連の大軍が三千台の戦車を擁して国境を突破し、満州に攻め込んだという臨時ニュースが入った。

008　玉音放送

昭和二十年三月、東京大空襲で十万人の死者が出た。沖縄争奪戦では兵士十万人、民間人十万人が犠牲になった。日独伊三国同盟のイタリアはとっくに降伏、ヒットラーのドイツも崩壊していた。

残る日本も敗色濃厚だが、国民の動揺を恐れる軍部は、厳重な報道管制を敷き、街角でひそひそ話をしただけで、おいちょっとこいと拘引《こういん》し、スパイ扱いした。

突如として、ソ連軍が満州に攻め込んだと聞いたときは、デマだと思った。慌ててラジオをつけると、三千台の戦車がソ満国境を越えたという。

「大丈夫だ。満州は関東軍が守っている」

父親も先生もそういったが、実はこのとき関東軍は南方に派遣され、ほとんど残っていない。ソ連軍は怒濤《どとう》の勢いで北満を蹂躙《じゅうりん》し、日本人の開拓地を占領した。土地を没収された満州人も、ソ連軍に加勢した。

日本人は約二十万人が命を落とし、多くの残留孤児が発生した。残留というのは不適切で、本人の意思ではないのだから〔残置孤児〕というべきだろう。

にわかに戦場と化した満州は、蜂の巣をつついたような騒ぎだった。北満から命からがら逃れてきた避難民で、学校の講堂はいっぱいになった。

その最中に、気になる報道があった。広島に新型爆弾が投下されたが、防空壕に入っていれば安全だという。これが原子爆弾であり、広島で九万人、長崎で六万人の犠牲者が出たことは、敗戦後まで知らなかった。

そして八月十五日、天皇陛下の玉音放送が、ラジオから流れた。日本は連合国のポツダム宣言を受け入れて、無条件降伏したのである。

そのとき、私たち家族は奉天駅で、避難列車を待っていた。父親だけを残して、母と私と赤ん坊の弟は、南方へ脱出することになったのだ。

「日本は負けたらしい」

駅の雑踏の中で、悲痛な声がした。

「嘘つけ！」

「最後の一兵まで戦うといったじゃないか」

「それが降参したんだ」

「黙れ、この非国民！」

混乱が起きたのは、玉音放送の内容が、難解で遠回しだったためだ。

やがて敗戦の事実が分かると、日本人はみな意気消沈し、号泣したり、へたり込んだりした。

私のように内心ホッとした者も多かったと思う。ギリギリのところで一家離散を免れた私たちは、

とりあえず自宅に戻った。

そのころ本土の皇居前広場では、おびただしい数の国民がひざまずき、涙を流して皇居を伏し拝んだ。戦争に負けて申しわけないと詫《わ》びたのだ。阿南《あなみ》陸軍大臣は敗戦の責任を取り、その日の朝、割腹自殺を遂げた。

私は心配した。鬼畜米英が本土を占領すれば、男はみんなキンタマを抜かれ、女は強姦《ごうかん》されると聞かされていたからだ。

009　略奪暴行

満州に攻め込んだソ連軍が、奉天に入る前に、戦争は終っていた。

威嚇の砲声が半日ほど轟《とどろ》いた後、奉天城に入ったソ連兵は、無抵抗の日本兵を武装解除し、自動小銃を構えて市街を行進した。見れば下級兵士には、手の甲に刺青《いれずみ》をした者が多かった。これは囚人のシルシで、何とソ連軍は、荒くれの囚人部隊を先頭に立てて戦っていたのだ。

案の定、彼らの略奪暴行はひどかった。白昼堂々民家に押しかけて、金目の物を奪い、若い女を物色したのである。

恐れをなした日本女性は、頭を丸刈りにし、男物の服を着て、いざというときは床下に隠れた。物置に隠れていた日本兵が見つかり、射殺される事件も起きた。

私の家に押し入ったソ連兵は、うら若い三人組だった。まだ小学生の私は、いきなり拳銃を突きつけられ、膝がガクガク震えた。強奪されたのは父の腕時計と、なぜか裁縫用のミシンだった。

彼らは帰り際、壁に掛けてあった軍服の叔父の写真を、ナイフでずたずたに切り裂いて行った。その間、母は赤ん坊を抱き、床下で息をひそめていた。もしも赤ん坊が泣いたらどうしようと、ひやひやしたそうだ。

私は四人兄弟の長男だが、二男と三男は病死して、四男は生まれたばかりだった。

戦争に負けた日本人を脅したのは、ソ連兵だけではない。地元満州人の態度も一変し、一部では暴動を起こす構えも見せた。力ずくで満州国を建設し、わがもの顔で支配してきた日本人に、民族的な恨みを抱いていたことは確かだ。

「出ていけ！　トンヤンクイ（東洋鬼）！」

「負け犬は歩くな！」

町を歩く日本人は、さまざまな罵声を浴びた。私は侵略者の子と怒鳴られ、衝撃を受けたことを覚えている。被害者意識は誰でも持つが、自分が加害者であることに気づく人は稀《まれ》である。

身の危険を感じたわが家は、住み慣れた自宅を放棄し、町の中心部にある祖父の家に避難した。十数人の一族郎党も、次々に集まってきた。奉天一中の国語教師だった祖父の家は、門構えで庭が広く、ポーチのついた洋風建築だった。

祖父の家にもソ連軍の将校が、部下を引き連れ乗り込んできた。あまりに人が多いので、怪しいと思ったのだろう。坊主頭の母は弟を抱いて、床下にもぐり込んだ。

さすがに将校は紳士的だった。屋内点検がすむと、応接間のピアノを巧みに弾いて聞かせ、祖父の勧めたウォッカをうまそうに飲むと、握手を交わして引き揚げた。

五族協和を合言葉に、王道楽土を建設すると宣言した満州帝国は、たった十三年で瓦解《がかい》した。

もちろん国際連盟は、存在を認めていない。まぼろしの帝国である。

010 戦争難民

敗戦国だから仕方がないが、旧満州の日本人はすべて、追い出されることになった。家も財産も貴金属も美術品も没収され、着の身着のままで帰国せよというのだ。

人間の本性はこういうときに露呈する。敗戦を未然に知った軍の高官や官僚は、家族に財産を持たせ、こっそり帰国させていた。沈没船から、船長が真っ先に逃げるのと似ている。

関東軍の秘密工作を請け負っていた右翼の児玉誉士夫《こだまよしお》は、カマスいっぱいのダイヤモンドを持ち帰ったことで知られる。

物騒な旧満州からの引き揚げが決まると、私の胸は期待にふくらんだ。アメリカに占領されているとはいえ、あこがれの祖国の土を踏めるのだ。

奉天生まれの私は、一度も内地（本土）に行ったことがない。皇居も富士山も琵琶湖も、写真で見ただけだ。

「富士山を見たことがある人は？」

教室で先生に訊かれると、クラスの半分ぐらいが手を挙げる。私はうろたえ、控え目にそっと手を挙げる。同級生にバカにされたくないからだ。

祖父の家では、おとなたちが深刻な相談をしていた。大正時代に鹿児島から朝鮮へ渡った祖父母は、生めよふやせよの国策に従い、六男八女をなした。こどもたちも次々に結婚し、孫をふくめれば、奉天界隈《かいわい》に住む一族は、三十数人もいた。

内地に引き揚げるといっても、この大人数を受け入れてくれる親類縁戚が、いるだろうかというのが大問題なのだ。しかも引揚者は無一文だし、内地の人々は戦災で疲弊し、食糧難に喘《あえ》いでいるはずだ。

身勝手に故郷を離れた連中が、のこのこ帰国しても、温かく迎えられるはずがない。といって満州に留まることは許されない。私たちは〔侵略者の手先〕だったのだ。

敗戦後、外地から引き揚げた日本人は、復員軍人をふくめて、七百万人に達する。そのうち満州からの引揚者は、二百万人に近い。引揚者といえば聞こえがいいが、実態は戦争難民である。

今にして思う。いったい何が日本人を満州に駆り立てたのか。

〔せまい日本にゃ住み飽いた〕という流行《はや》り歌があったが、人口密度が高く、封建的な因習に縛られた人々にとって、広大で未開の満州は、無限の可能性をはらむ新天地に思えた。土地を持たない小作人は、政府が肩入れする満蒙《まんもう》開拓団に加われば地主になれた。

日本では行き詰まった事業も、満州なら新しい展開が見込める。満鉄がいい例で、いざとなれば日本人主導の満州国政府が、全面的に支援してくれる。各地に跋扈《ばっこ》する馬賊や匪賊《ひぞく》は、すでに関東軍が蹴散らした。

それ行けやれ行けと、鼻息荒く乗り込んだ二百万人が、いっぺんに難民と化したのである。

011 まぼろしの帝国

国際連盟にそっぽを向かれ、まぼろしの帝国となった満州国の建国理念は〔五族協和〕だった。満州族、モンゴル族、朝鮮族、漢族、日本族の合体国家で、皇帝には清王朝の末裔《まつえい》溥儀が即位した。祖先が女真族《じょしんぞく》の清王朝は、奉天が発祥地で、四百年前の故宮が、今も保存されている。

建国のお膳立ては、もちろん日本人が主導権を握り、関東軍の武力をバックに辣腕《らつわん》を振るった。立法、行政、軍事、教育と、新しい国づくりほど生き甲斐のある仕事は、ほかに考えられない。

他の民族と比べれば、日本人の国民性は、島国根性というか、恐ろしく勤勉で、几帳面で、せっかちに見えただろう。特に畳の上で生活するせいか、清潔好きは世界でも類を見ない。

「百年河清《かせい》を俟《ま》つ」

茫洋《ぼうよう》とした大陸で生きる民族は、万事ゆったりで、あくせくしない。

満州政府の要職を占める日本人官僚は、歯がゆくてならず、何が何でも日本流を押しつけ、ビシビシ締め上げたようだ。

日本の属国同然になることを快く思わず、抗日を叫んで武装蜂起する愛国者集団もあったが、関東軍は彼らを〔匪賊〕とか〔馬賊〕とか決めつけて、徹底的に掃討した。

そうした積年の恨みが、日本の敗戦によって、一気に噴き上げたとしてもおかしくない。

五族協和といっても、日本人は別格であり、他の民族とは、明らかに一線を画していた。私たちの国民学校は、日本人しか入学できず、いわゆる満州人の子と遊んだ記憶はまったくない。

今になって大きな矛盾を感じるのは、満州国を建設し、満州国民になったはずの日本人が、私の知るかぎり、ひとりも満州国籍を取らなかったことだ。あれはいったい、どう解釈すればいいのだろうか。

ちなみに建国直前の奉天総領事は吉田茂《よしだしげる》、満州国官僚のリーダー格は岸信介《きしのぶすけ》、同僚が愛知揆一《あいちきいち》、いずれも戦後の日本政治を担う面々である。

私と同世代で奉天生まれの指揮者小澤征爾《おざわせいじ》氏の名は、関東軍の重鎮板垣征四郎《いたがきせいしろう》と石原莞爾《いしはらかんじ》からつけられた。

こども心に忘れられないのは、満鉄が社運をかけて開発した最新式の特急列車あじあ号である。当時としては時速百三十キロという高速で、大連《だいれん》から奉天、新京（長春）、ハルビンまで駆け抜けた。流線型の車両は、うっとりするほど美しく、国威発揚のシンボルともいえた。

あじあ号は奉天を、朝夕二回通過するので、こどもたちはそのつど遊びをやめて、アジア！　アジア！　と連呼するのが日課になった。

正直に告白すると、私は一度もあじあ号に乗ったことがなく、返す返すも無念でならない。

012 ヤマトホテル

日本人が大手を振ってのさばる一方、人口の大半を占める満州族の庶民は、総じて貧困であり、ときどき公園や道路の脇に、乞食《こじき》の死体が転がっていても、さして気に留める様子はなかった。

真夏の日盛りに、道端の屋台で売っているマントウ（饅頭）を見かけた私は、父にこれを食べ

たいとねだった。ふっくらした蒸しパンのようなもので、黒く見えたのは蠅《はえ》のせいだった。

「やめなさい。蠅がたかってるぞ」

父が顔をしかめると、店主は蠅を追いながら、こともなげにいった。

「大丈夫、蠅はそんなにたくさん食べない」

教訓。ものの見方や考え方は、人によってそれぞれ異なる。

私も満州っ子のせいだろうか、食事の前に手を洗う習慣が、今も身につかず、床に取り落とした大福でもタクアンでも、そのまま拾って口に入れる。家内に叱られるとこう言い返す。

「君だって他人が素手で握った鮨《すし》や握り飯を、平気で食うじゃないか」

食事といえば、満州では母がよく餃子《ギョーザ》をつくってくれた。何と奉天は餃子の発祥地なのである。皮をつくるのはこどもの仕事で、小麦粉をスリコギで延ばし、茶筒の蓋《ふた》で丸く型を取り、具をはさんで、丹念に指で縁取りをする。

ちなみに餃子の格付けは、水餃子が上、焼餃子が下である。まず主人や奥方が水餃子を食い、残りを下男下女が焼いて食うのだ。日本でも高級な中華料理店は、メニューに焼餃子がない。

戦時中は食糧事情が悪化し、配給制度が敷かれた。母は餃子の具が不足すると、代用に味噌をつめた。あれほどまずい餃子は食ったことがない。

弁当のおかずは玉子焼きが楽しみなのに、母は節約のためにメリケン粉（小麦粉）をまぜて量をふやした。あれでは玉子焼きというより玉子パンで、私は不満だった。

秋になると満州の行商人が、飴《あめ》で固めた山査子《さんざし》の実を、手押しの一輪車で売り歩いた。鮮やかな赤い実の串刺しを、何十本も藁床《わらどこ》に突き立てたさまは、満州独特の風物詩といえる。

私はよだれが出るほど食いたかったが、母は不潔だといって、どうしても買ってくれなかった。食い物の恨みは、七十年たった今も忘れない。

ついでにいえば、満鉄が経営する豪華な奉天ヤマトホテル（現在の遼寧賓館）でロシア料理を食べたとき、途中で満腹になり、デザートの西瓜《すいか》がどうしても口に入らず、口惜しい思いをした。あの西瓜のかたちは今も覚えている。

ヤマトホテルは、皇族をはじめ内外の要人が宿泊するホテルで、あの李香蘭《りこうらん》がステージで歌うことでも有名だった。

現在はホテル前の広場に、毛沢東の巨大な銅像が立っている。

013 一族離散

昭和二十年八月、太平洋戦争で日本が負けると、満州国も崩壊した。世界に承認されていない国だから、元の木阿弥《もくあみ》といってもいい。今の中国人は存在すら認めず〔偽満〕といっている。

満州にいた二百万人近い日本人は、強制送還されることが決まった。旧日本領土の朝鮮、台湾、樺太《からふと》、千島列島、サイパン・パラオなどの南洋諸島も同じで、外地からの引揚者総数は七百万。全員が帰国するには、数年かかると見られた。

このとき奉天（瀋陽）在住の山下一族は、土台が揺らいでいた。本家の長男（私の叔父）は関東軍の軍医将校だったが、ソ連軍の手でシベリアに抑留された。三男も軍医だったが、南方に派遣される途中、敵に輸送船を撃沈され、フィリピンのレイテ島沖で戦死した。旧制旅順高校の学

生寮にいた五男は、音信不通で案じられたが、これは何とか戻ってきた。予科練を志願していた中学生の六男は、体調不良で不合格となり、引き揚げる途中で病状が悪化、鹿児島駅のホームで、あえなく息を引き取った。

後で聞いた話だが、祖父は一族を集めて、懺悔《ざんげ》したそうだ。

「わしの一存で、みんなを外地に連れてきたのは間違いだった。苦労をかけてすまん」

学者肌の祖父は、鹿児島弁と釜山弁のアクセントが酷似していることに驚き、文法も同じであると知って、日本語の起源は朝鮮語だと確信し、柳行李《やなぎごうり》いっぱいの論文を書いた人だ。

論文は学会で、とんでもないと排除された。神州不滅、国威発揚の時代だから、国家の尊厳を傷つける暴論だと、断定されたのだろう。

私は改めて思う。〔五族協和〕の五族は、みんな赤ん坊のとき、尻に青い痣《あざ》がある。いわゆるモンゴルスタンプだが、この青痣はシルクロードから、ウラル＝アルタイ山脈を越え、ハンガリーに至るまで共通している。元々は東洋系で、フン族といわれたハンガリーは、我々と同じく苗字を先、名前を後に表記する。

もしかすると何万年も前は、同じ人種だったのかも知れない。それならいっそ〔満州帝国〕ではなく〔青痣共和国〕にすれば、深い親近感が得られたのではないか。

さまざまな思い出や感慨を残して、日本人が満州を去るときがきた。

祖父母は未婚の子らを引き連れて、郷里鹿児島の川辺町へ引き揚げることになった。妻子を持つ子らも、家族単位で鹿児島市や、伊集院などの親戚をアテにした。

私の父は本妻の子ではなく、実母は他界していたので、疎遠にしてきた親戚を頼りにするのは難しく、大胆にも大阪をめざすことにした。
教職を離れた父は、大阪に本社のある保険会社の奉天支店に勤めていたのである。

014 強制送還

引揚者の大半は、遼東半島の胡蘆島《ころとう》で乗船し、佐世保に向かったが、わが家の四人は、朝鮮半島を南下し、釜山から博多に上陸する組に入った。

引っ越しではなく、追放なのだから、荷物にはきびしい制限がつき、現金はひとり千円まで。貴金属、美術品、刃物はもちろん、カメラ、アルバム、書籍に至るまで、見つかると没収された。口惜しさのあまり、刀剣やカメラを、庭石に叩きつけて壊す人もいた。

では引揚者は何を持ち帰ったか。

荷物は誰も運んでくれないので、自分で持てるだけ。いちばん大きいのはふとん袋で、衣類もつめてあった。ほかは野宿に備えて、鍋釜水筒ヤカン食器類、中には大きな仏壇を背負っている人もいて、何だか気の毒だったが、人にはそれぞれの思惑や事情がある。

わが家でもっとも厄介な荷物は、生まれたばかりの弟で、抱かされた私は、どっかに棄《す》てて行きたいと、何度か思ったほどへこたれた。成人した弟にそれを話すと、いやな顔をされた。

当時の朝鮮半島は、日本からの解放独立を歓迎し、マンセー（万歳）を叫んでいたが、北緯三十八度線で南北に分断され、北はソ連軍、南は米軍に支配されていた。引揚者は三十八度線を越えるとき、列車を下ろされ、山の中を歩かねばならなかった。

何とか釜山にたどりつくと、港の倉庫に収容され、乗船の順番を十日ほど待たされた。私たちが乗せられた大隅丸は、八百トンの貨物船だった。船員たちは戦後最初の流行歌「リンゴの唄」を歌って励ましてくれた。

赤いリンゴに　くちびる寄せて
だまって見ている　青い空

小学校五年生の私は、海を見るのも、汽船に乗るのも、そして祖国の土を踏むのも、生まれて初めてだった。気分はだんだん高揚していた。

船が博多沖に何日か停泊したのは、検疫のためだったと思う。男も女も甲板に並んでパンツを下げ、肛門にガラス管を突っ込まれたときは面食らった。殺虫のＤＤＴも、頭から掛けられた。停泊中は食事の代わりに、バケツみたいな大型パイナップル缶詰が配布された。鬼畜米英の差し入れと聞いて複雑な心境だったが、ほっぺたがとろけるほどうまかった。

記念の上陸第一歩を踏みしめ、博多駅から乗った列車は、通路どころか網棚にまで人があふれるほど超満員だった。

大阪へ向かう途中、乗客が騒ぎ出したので、窓を覗くと広島だった。原子爆弾を投下された市街は、向こうの果てまで無惨に打ち砕かれ、まるで廃墟《はいきょ》のように見えた。

戦争に負けるとはこういうことかと、思い知った私は息苦しくなった。乗客はみな絶句し、目が虚《うつ》ろになっていた。

015 焼け跡闇市

満州から大阪に引き揚げた私たち家族四人は、大荷物を担いで肥後橋のD生命ビルに向かった。父が満州で勤めていた企業向けの保険会社で、幸いに戦災を免れていた。ビルの一階のロビーにふとん袋や鍋釜をドスンと置くと、赤ん坊を抱いた母も小学生の私も、その場にへたり込んだ。はたからは浮浪者の親子に見えただろう。

受付に来意を告げた父は、そのまま奥に連れて行かれた。現地採用の社員が、いきなり引き揚げてきたのだから、門前払いを食ったらどうしようと、両親は不安だったに違いない。

本社は父を温かく受け入れ、家族四人を城東区関目《せきめ》の社員寮に入れてくれた。敗戦後一年たつかたたないかで、国民のすべてが、住宅難、食糧難に喘いでいた時期だ。

私たちはここで、南海大地震を体験した。木造の壁や天井がギシギシ揺れ、棚から物が落ちてきたので驚いたが、地震のない満州生まれの私にとっては、初めての貴重な体験だった。

爆撃を受けた大阪の街は、あちこちに掘っ立て小屋が立ち、戦災孤児がうろついていた。図体のでかい進駐軍の兵士にパンパンガール（売春婦）がすり寄り、色目を使う姿も随所に見られた。

「ヘイ、ギブミーチョコレート！」

米兵にこどもたちがせがむと、にこにこしながらチョコレートを投げてくれた。鬼畜米英に物乞いするのは、みっともない話だが、食うや食わずやだと、恥も外聞も麻痺《まひ》する。チョコレートは確かにうまかった。

配給米ではとても足りないので、父はたびたび近隣の農家に、闇米を仕入れに行った。農家は現金を好まないので、母の着物と物々交換である。

中には女性の肉体を求める農家もいて、泣く泣く応じるケースも、少なくなかったと聞く。

ある日、父はがっくり肩を落として帰宅した。やっと仕入れた米や大根を担いで、電車に乗ったところ、途中の駅で警官の一斉手入れがあり、全部没収されたのだ。

私たち小学生は、家計を助けるために、掘割を流れる水に入りザリガニを獲った。女学生も多かったが、当時はみんなオッパイ丸出しだった。

やがてD生命の社長の好意で、私たち家族は府下茨木町《いばらきちょう》のゴルフ場の奥にある社長の別荘に住むことになる。

茨木駅からは遠いが、しゃれたサンルームのついた二階建ての洋館で、私は夢かと喜んだが、敗戦直後にゴルフをする人は誰もいないので、あたりは荒れ放題で、草ぼうぼうだった。ひょっとすると社長さんは、別荘の留守番が欲しかったのかも知れない。

家財道具は何ひとつないので、引っ越しは簡単だった。私は関目小学校から、茨木町の春日《かすが》小学校に転校した。

016　食うや食わずや

満州から大阪に引き揚げたわが家は、府下茨木町のゴルフ場に住み、私は約六キロの山道を歩いて小学校に通った。

社長の別荘とはいえ、水道がないので、父は毎朝出勤前に、麓の井戸から水を運んだ。ひどい食糧難だから、ゴルフ場は近隣の人が勝手に掘り返して、芋や野菜を植え、無法地帯になっていた。

父も負けじとバンカーにジャガイモや玉ネギを植え、食用の兎を何匹も飼った。餌にする草を刈ってくるのは私の役目だった。ところがいざとなると、父は可愛い兎を殺すことができず、努力は水泡に帰した。

家は立派だが、食事は貧しかった。白い御飯は滅多に食えず、たいがい蒸しパンか雑炊だ。母は私が腹減ったというと、

「気のせいでしょ」

と返すようになった。気のせいで腹が減るなんて聞いたことがない。

栄養失調で死ぬんじゃないかと、心配しているときに、わが家の家族がひとりふえて五人になった。母が女の子を出産したのだ。

私は弟を二人亡くしたので、残った弟や妹とは十歳以上離れている。兄というより世話係で、つくづく損な役回りだと思った。幼い弟は人里離れた山奥育ちのためか、人見知りで愛想がない。環境が性格に影響を与えるのは事実らしい。

春日小学校を卒業した私は、茨木町内の養精《ようせい》中学に入った。六・三・三制で義務教育になった新制中学である。

なにしろみんな中学に入るのだから、ひとクラス七十人で十一クラスもあった。教室が足りなくて、校庭で授業を受けたこともある。急ごしらえの教室は、ベニヤ板とボール紙で仕切ってあ

り、誰かが穴を開けると、隣の教室が丸見えだった。

そのころの私は大阪弁もぺらぺらで、友人も多く、活発な子だった。

文化祭の展示室に飾るものがないので、理科の教材から小さな頭蓋骨の模型を持ち出し〈義経公八歳のときのシャレコウベ〉と書いて並べた。これが大評判となり、私は一躍人気者になった。

私はこの中学で、文法のO先生と、運命の出会いをしている。

演劇好きのO先生は唐突に、文化祭で樋口一葉《ひぐちいちよう》の「たけくらべ」をやると言い出し、勝手にキャストを決めた。私の役はガキ大将の長吉だった。

本番の舞台で、私は大事なセリフをとちり、肩をすぼめて引っ込むと、効果音の太鼓を叩いていたO先生に、いきなりバチで頭を殴られた。それも小鳥のさえずりを、口笛で吹きながらだ。

そのO先生が、なぜか次の年の文化祭で、私に演劇の脚本を書けと命令した。否応なく「破れた見取図」と題して、脚本らしきものを書いた。

内容はほとんど忘れたが、何とこの劇が、大阪府三島郡の中学コンクールで優勝したのである。

017　芋泥棒

余命いくばくもないので告白する。私は中学生時代、集団泥棒を働いたことがある。

O先生の指導で、暗くなるまで演劇の稽古をした日の夜、ちょうど先生が宿直だったので、男子生徒が五人ほど、一緒に泊まることにした。

さんざんだべった後、雑魚寝《ざこね》をしたが、腹が減って眠れない。

「サツマイモをとってきてもいいですか？」

誰かがいうと、先生はギョロリと目をむき、怖い顔でいった。

「ほんまに食いたいか」

「はい」

「ほな行ってこい。ただしお前らは泥棒やぞ。しっかり自覚しておけ」

私たちは自覚の頬かぶり姿で宿直室を出た。校庭の塀の向こうは一面のサツマイモ畠《ばたけ》だった。

大量の芋をかっぱらった私たちは、用務員のおじさんを叩き起こして、ふかして貰《もら》った。

私たちは夢中で食い、先生も用務員も食った。腹いっぱいでようやく眠ったが、夜明けごろにプープー屁《へ》をたれるやつがいて臭かった。

翌日、芋畠の農家がカンカンになって、学校に怒鳴り込んだ。雨上がりの校庭から塀を伝って芋畠に至るまで、くっきりと運動靴の足跡が残っていたのだ。

だが私たちはこの騒ぎを、卒業後何年かたつまで、全く知らなかった。O先生が何も語らなかったのである。

吊るし上げの職員会議で、O先生はこう主張したのだそうだ。

「無一物の者は、盗みを働いても罪にならないとお釈迦様はいっている。悪いのはこどもたちを飢えさせた社会である」

結着がどうついたのかは不明だが、O先生は辛うじてクビを免れた。軍隊帰りのO先生は、このときまだ二十代、職を賭して私たちをかばってくれたのだ。

芋泥棒が正しいというつもりはないが、この事件は奥が深い。考えてみれば、動物の世界に正

邪善悪はない。あるのは生存本能と、種族保存本能だけだ。

同じ動物なのに、なぜ人類にだけ正邪善悪があるのか。集団生活が国家にまで発展すれば、何らかのルールが必要なのは分かる。ではそのルールは誰が決めたのか。正義不正義は誰が判断したのか。その答えは歴史の中にある。権力者が権力を維持するために、正邪善悪を決めたのだ。人をひとり殺せば犯罪者だが、何万人も殺せば英雄と讃えられる。大日本帝国は正義の戦争をしたはずだが、敗戦と同時にその正義は、百八十度引っくり返った。戦争を体験したこどもたちは、何を信じればよいのか分からなくなった。

これまでひたすらに軍国教育をしてきた教師たちは、もっと途方に暮れたのではないか。絶対不動の価値観が大きく崩れると、人は誰でも疑い深くなる。

018 人間宣言

「お前はほんまに、こざかしい奴やな」

演劇の指導を受け、しまいに脚本まで書かされたO先生に、私はいつもそういわれた。

たしかに私は、目立ちたがりのオッチョコチョイで、妙な屁理屈《へりくつ》をこねる中学生だった。

授業中は教師の言葉尻を捉えて、やり込めるのが得意だったが、これは反抗ではなく、同級生へのウケ狙いだった。

「○○先生が泥棒に入られました」

担任教師が黒板にこう書き、見舞金を募ると、

「入られの〔られ〕は敬語ですか？　それとも受身の助動詞ですか？」

と訊いてどやされた。

全校マラソンでは、こっそり近道をして上位に入り、それがばれてこっぴどく絞り上げられた。

私はサボったのではなく、智恵を働かせたつもりなのに、通知表にはズボラ者と書かれた。

ことわっておくが、カンニングだけは、一度もしたことがない。

父は出勤前の農作業が日課で、眠い私も手伝わされた。農作業といっても、営業不能のゴルフ場に、無断で畠を作っているだけだ。

「あとはお前がやれ」

父はジャガイモの植え方を教え、先に出かけて行った。面倒なのでいい加減に穴を掘って、種芋を足で蹴り込み、土をかぶせておいた。

やがて芽を吹くと、父が植えたぶんは整然と列をなし、私のは乱雑でめちゃくちゃだった。

「何だこれは！」

さんざん父に叱られたが、収穫時になると父のも私のも、出来ばえに変わりはなかった。父は困った顔で黙っていた。そこで教訓。終りよければすべてよし。

人は環境に順応するというが、確かに当時の少年少女は、戦中戦後の悲惨な境遇を、ことさらに嘆いたりはせず、当たり前だと思っていた。爆撃にもひもじさにも、世の中の不合理にも、いつしか慣れてしまったのだ。

進駐軍の総司令官マッカーサー元帥が、日本国民を軍部の圧政から解放したと力説しても、何のことか分からなかった。

敗戦後、もっとも衝撃を受けたのは、天皇陛下の〔人間宣言〕である。〔天皇は神様である〕

幼いころからそう教えられ、天皇に命を捧げるのが忠義と信じてきた私は、つっかい棒がはずれたように茫然とした。

話は前後するが、満州の国民学校にも、必ず奉安殿があり、歴代の天皇が祀られていた。紀元節の式典では、モーニング着用の校長先生が白い手袋をはめ、天皇陛下の御真影を恭《うやうや》しく講堂に運んで壇上に飾り、全員で最敬礼をした。

毎朝の朝礼では、東の方角に向かい、皇居遥拝が行われた。

天皇が神様ではないなら、御先祖の天照大神《あまてらすおおみかみ》が高千穂の峰に降臨し、この国をつくったという歴史はどうなるのか。

019 歴史の嘘

神州不滅とか、皇軍無敵とか、呪文を唱えてきた指導者は、敗戦と同時に〔一億総懺悔〕と言い出した。政府や軍部の戦争責任を、全国民に転嫁しようとしたのだ。いったい誰に向かって懺悔せよというのか。

進駐軍のマッカーサー司令官は、日本国民のマインドコントロールが、まだ解けていないと判断し、大統領に打電した。

〔天皇を逮捕すれば、日本人は絶望のあまり、総力を挙げて反乱を起こすだろう。これを鎮圧す

るには、百万の軍隊と五年の歳月を必要とする〕
その一方でマッカーサーは、日本の新憲法制定に関与し、〔主権在民〕〔戦争放棄〕〔基本的人権〕を条件とした。

こうして始まった民主主義教育で、抜本的に変わったのは、歴史の教科書だった。神話や作り話や不合理な部分は、墨で黒々と塗り潰された。

天皇の人間宣言で、神様ではないと知っただけでも途方に暮れたのに、これまで教わった歴史は嘘だらけでしたといわれると、生徒はたまらない。学校も先生も親も信用できなくなる。

〔武内宿禰《たけうちのすくね》は三百歳まで生きました〕

国民学校の教科書にそう書いてあり、さすがに変だと思ったが、口には出せなかった。

宿禰は三代の天皇に仕えたので、その年数を足せば三百歳になる。つまり日本の歴史は、大幅に水増しされていたのだ。

日本は昭和十五年（一九四〇年）を、紀元二千六百年とし、国を挙げての奉祝大祭を行なった。国の紀元とは初代神武《じんむ》天皇の即位をいうのだろうが、西暦ならBC（紀元前）六六〇年とされている。「古事記」も「日本書紀」も、そのへんは混沌として、後に誰かが改竄《かいざん》したフシもある。

私の推理では、実在した女王卑弥呼《ひみこ》を神話化したのが、天照大神ではないかと思う。卑弥呼は日の御子《みこ》ともとれるし、高千穂の峰のある九州出身だし、暴れん坊の弟がいたことも辻褄が合う。ところが中国の「魏志倭人伝《ぎしわじんでん》」に卑弥呼が登場するのは三世紀であり、紀元二千六百年説とは千年も食い違っている。

日本はいつから歴史を水増しし、誇張したのだろうか。私は明治維新後が顕著だと思う。

二百六十年もつづいた徳川幕府を、勤皇の志士が倒し、それまで幕府の保護下にあった天子を、国家の頂点に戴いて神格化した。幕府は仏教、天皇家は神道だから、廃仏毀釈《はいぶつきしやく》運動が起き、寺院の土地の八割近くが、新政府に没収された。

しかしこれでは仏教徒の反感を買い、国家が二分される恐れもあったので、皇室から寺院に法親王《ほうしんのう》を送り、神仏を両立させる政策に転じた。

日本人はそれ以来、結婚式を神道で、葬式を仏教で挙げるのが普通になり、今ではクリスマスにプレゼントを交換する。

020 父の死

中学三年の六月、父が急死した。師範学校でラグビー選手だった父は、体力に自信があり、会社の運動会で、若者にまじって千五百メートルを走った。それが祟《たた》って心臓がおかしくなり、半月後の早朝、急に発作を起こして倒れた。

電話も何もないので、私はゴルフ場から町まで全力疾走し、医師を叩き起こしたが、やっと家に着いたとき、父はすでに息を引き取っていた。医師の診断は心臓麻痺、今でいう心筋梗塞だろう。享年四十三歳。

戦後の窮乏生活が、まだ尾を引く時期に、父は母と私と幼児二人を残して世を去ったのである。

父は体育会系のがんばり屋で、仕事は早く、百人一首が得意だった。大酒を飲んで、自転車ごと崖から転落し、そのまま眠っていたこともある。

「御飯はひと粒も残してはならん」

「便所で尻を拭くときは荒拭き三枚仕上げ二枚」

こどものしつけは厳格だった。私は今でも食べ物を残さないし、おいしいものから先に食べる癖がある。戦時中はいつ空襲があるか分からないので、たとえばおはぎは、アンコだけを先に丸めて食ったからだ。

便所のチリ紙が不足すると、古新聞を切って使ったが、父はその新聞を丹念にチェックし、天皇の御写真が載っていないかどうかを確認した。

父の死後は、病弱だった母が見違えるほどたくましくなった。三人の子を女手ひとつで育てる苦境が、火事場の何とやらになったのだろう。

母は教員経験を活かして、大阪港にある水上《すいじょう》警察署独身寮の管理人に就職した。母子家庭のわが家は、玄関脇の管理人室に引っ越したが、私は中学卒業まで、電車で茨木に通うことにした。

ある日のこと、電車の中で読書をしていると、行き合わせた中学の教師が寄ってきて、何を読んでるんやと訊いた。白い本の表紙には〔前衛《ぜんえい》〕と書いてあったので、教師の目が凍りついた。

中学生には難解で、意味がよく分からない本だったが、実は父の遺品の中から出てきたのだ。たぶん中学では、要注意生徒になったに違いない。

中学を出た私は、大阪港に近い府立市岡《いちおか》高校に進学した。なぜかトップの成績で合格したので、新入生代表として挨拶したが、こざかしいジョークで、上級生を爆笑させた記憶がある。

私は迷わず柔道部と演劇部に入った。柔道は警察署の道場で稽古を積んでいたし、父が黒帯《くろおび》（有段者）だったことも、意識の中にあったと思う。

私は府下高校新人戦の選手に選ばれたが、簡単に関節技を決められて負けた。公式戦はこの一回きりで、とうとう黒帯は取れなかった。

演劇には熱中した。人前で演技する快感が、目立ちたがりの私を、とりこにしたのである。

021 演劇にぞっこん

旧満州から引き揚げた山下一族は、北海道、東京、大阪、兵庫、鹿児島に散らばった。

祖父母たちは、郷里の鹿児島県川辺町《かわなべちょう》で農地を借り、米や野菜を作っていたが、居心地はよくなかったらしい。シベリアに抑留された軍医の長男が復員して、兵庫県西宮に診療所を開業すると、そこに引き取られた。

復員直後の叔父は、私に手製の麻雀牌《マージャンパイ》を見せてくれた。原料は竹なのでいやに軽かったが、入念に彫りが入っていた。シベリアでこんなことをしていたのかと、笑ってしまったが、どんなに悲惨な環境でも、人間には楽しみが必要なのだ。

夫を亡くして就職した母は、困ったことがあると、この叔父にあれこれ相談していたようだ。

「お前は大阪大学の医学部をめざせ。学費はわしが援助する」

本家の大黒柱である叔父は、高校生の私にそういってくれた。有難いとは思ったが、私の目は泳いだ。入学時はトップだった成績が、二年生になると急降下し、百番前後を低迷していた。とても医学部には入れない。

学業不振の理由は明らかである。中学で開眼した演劇にとりつかれて、授業の予習や復習を、全くといっていいほどしなかったのだ。

私は早熟というのか、小学校や中学校では、勉強しなくてもいい成績が取れた。だが高校になると、さすがにそうはいかず、学習にかける時間が試験でものをいう。

成績表を見ると、得意な文系はまあまあだが、理系は目をつぶりたくなるほどひどかった。

私は人にものを教わるのが苦手で、何でも自分のペースで独習したいタイプだ。何か気になることがあると、その一点に没入して、教師の声が聞こえなくなる。分かりきった授業は退屈だし、分からない授業は眠くなる。今思うと私には、学習障害があった。

一方、自分ではない人物になりすます演劇は、想像力が勝負なので、面白くてたまらない。

一年生の文化祭ではチェーホフの喜劇「結婚申込」の頑固な父親を演じた。次は木下順二《きのしたじゅんじ》作「三年寝太郎」の村人、後は忘れたが、二年生の秋には田中千禾夫《たなかちかお》作「おふくろ」の息子役で、大阪府高校演劇コンクールに出場し、見事に優勝した。

私はまさかと仰天し、演劇部一同飛び上がって喜んだ。この快挙が私の運命を、よくも悪くも大きく変えた。中学では三島郡で優勝し、高校では大阪府で優勝するとは、ただごとではないと有頂天になった。

高校の先輩で、演劇部のコーチだった高桐真《たかぎりまこと》さんは、新制作座の俳優でもあったが、その劇団から私に誘いがかかると、もうじっとしていられなくなった。

軽薄にも自分には、名優の素質があると、思い込んでしまった。

022　俳優座養成所

私が血迷って、野放図な青春を彷徨《ほうこう》したのは、中三で父を亡くしたのが発端に違いない。厳格で窮屈な重し蓋がはずれ、身勝手なエネルギーが、一気に噴出したのだ。

高三の春休み、私は東京の街をぶらついてみたいと母に訴えた。夜は雑司ヶ谷《ぞうしがや》中学の教師をしている二番目の叔父の家に泊めて貰うから大丈夫。

これは真っ赤な嘘だった。実は誰にも内緒で、劇団俳優座養成所の試験を受けに行ったのだ。新劇の牙城として知られる俳優座には、青山杉作《あおやますぎさく》、千田是也《せんだこれや》、東山千栄子《ひがしやまちえこ》、小澤栄太郎《おざわえいたろう》、東《とう》野英治郎《のえいじろう》、永井智雄《ながいともお》といった名優がいたし、後に演劇界の東大ともいわれた養成所は、競争率十倍以上の難関だった。

六本木の養成所で行なわれた五期生の採用試験には、全国から五百人以上の演劇青年男女が集まった。課目は一般教養、作文、面接、演技など。

何食わぬ顔で大阪に戻ると、やがて合格通知が届き、天にも昇る心地になった。私は才能ありと認められたのだ。

私は懸命に母を説得した。必ず高名な俳優になって親孝行する。修業中はアルバイトで食うから仕送りは要らない。

高校には何の迷いもなく中退届を出した。大胆といえば大胆、軽薄といえば軽薄で、思い出すたびに冷汗が出る。

昭和二十八年四月。

私はふとん袋と古いトランクを担ぎ、東京まで十二時間もかかる鈍行列車に乗った。大阪駅のホームで見送ってくれた演劇部一同の餞別《せんべつ》は『アクセント辞典』だった。

六本木に集まった合格者は四十数人。私は最年少のひとりで、高校の金ボタンの制服しか、着るものがなかった。養成所は白塗りの木造建築で教室は三つ。養成期間は三年だから、三期生と四期生もいた。

教科は演劇理論、演劇史、演技実習、フランス語、声楽、バレエ、フェンシングと多岐にわたり、講師陣は各界の名士が名を連ねていた。専任講師は演出部の中村俊一《なかむらしゅんいち》と栗山昌良《くりやままさよし》の両氏。

「もっとも重要なのは、自分の才能を見極めること。だめだと思ったら、さっさと辞めなさい。それも才能のひとつだ」

いきなり栗山先生にいわれて、私はドキリとした。三年たって俳優座に入れるのは十人足らず、ほかは他の劇団や映画界などに流れ、残りの半数ぐらいは断念して去るのが相場らしい。

私は下宿を探した。アテにしていた教師の叔父の家は、手狭な都営住宅だし、三人目の子が生まれたばかりなので諦めた。

「俺の下宿に来いよ」

同期生で鳥取県米子《よなご》出身の木浦昭芳《きうらあきよし》から声をかけられた。友人と二人で間借りしているが、三人なら家賃が三分の一になるという。私はその場でＯＫした。さァ、後は夜間のアルバイトを見つけるだけだ。

023 下宿とバイト

俳優座養成所に合格した私は、同期の木浦の下宿に転がり込んだ。新宿区諏訪町《すわちょう》の産婦人科医院の二階で六畳と三畳、もうひとりの同居人は、芸大のバイオリン科をめざす村田で、木浦とは米子西高の同級生である。

もちろん自炊だが、空腹のあまり、近くの諏訪神社の神前から、カチカチの鏡餅を持ち帰り、三人で食ったことがある。

〔無一物の者は盗みを働いても罪にならないとお釈迦様はいった〕

中学で演劇を仕込まれたO先生の言葉に、私はすがりついていた。

アルバイトは市ヶ谷《いちがや》の大日本印刷工場で、紙を乾燥させる仕事にありついた。終業後の工場の天井に、新聞紙大の白紙の束を吊るす作業は、単純だが気を抜けない。深夜になると首や肩が凝り固まって、翌朝は起きるのが辛かった。

俳優座の芝居はいわゆる新劇で、近代リアリズムを拠点とした。養成所の主な教科書は、スタニスラフスキーの『俳優修業』と、千田是也の『近代俳優術』だった。

革新的な劇作家ブレヒトにも造詣が深く、意欲的な著作で新劇運動をリードした千田先生は、関東大震災のとき、千駄ヶ谷《せんだがや》で朝鮮人と間違われ、自警団に襲われかけたので、千田是也と改名し、ローマ字では〔KOREA〕と表記した。

喜劇王エノケンの伝記によれば、新劇と合同公演があったとき、本気で突き飛ばす俳優がいた。

「この野郎！　そういうのを糞《くそ》リアリズムってんだ！　突き飛ばすふりをすりゃ、こっちが大げさに転んでやるのに――」

　エノケンを怒らせたその新劇俳優が、実は若き日の千田是也だった。

　当時もてはやされたスタニスラフスキーシステムは、舞台と観客の間を〈第四の壁〉と見なし、背を向けようが、横向きにしゃべろうが、徹底したリアルな演技をよしとし、歌舞伎や新派のように、観客に向かって見得《みえ》を切るような演技は、邪道で不自然と否定した。

　しかし理論と現実は噛《か》み合わず、俳優座の公演を見ると、俳優はやはり客席に向かってしゃべっていた。今の私は、観客を無視したスタニスラフスキーシステムは、理論倒れだと思っている。

　それより養成所のトイレで、私と並んで小便をしている小柄な人が、東野英治郎と気づき、いたく感動した覚えがある。後にテレビで水戸黄門を演じる名優である。

「今日は暑いな。誰かアイスクリームを買ってきなさい」

　教室に入るなりそういって、全員にアイスクリームをおごった講師は、放送劇「えり子とともに」などで有名な劇作家内村直也《うちむらなおや》先生だった。

　同期の美少女坂田純子《さかたすみこ》が六本木のクローバでおごってくれたババロアのうまさは今も忘れない。

　食い物のことばかり思い出すのはなぜだろう。

024　自信喪失

　大阪の母から手紙がきた。西宮で医者をやっている叔父が、激怒して母を怒鳴ったそうだ。

「息子を不良にするつもりか！」

叔父は私が高校を中退し、俳優座養成所に入ったことを知らなかった。それがばれたのは、私が保証人の欄に、無断で叔父の名を書いたからだ。

六本木に専用劇場を建設予定の俳優座は、出資とか募金とかの趣意書を関係者に送った。それがあいにく叔父にも届いてしまったのだ。

叔父は私に大阪大医学部への進学を勧め、学費は援助するともいっていた。それを無断で裏切ったのだから、腹を立てるのは当然である。

私の親戚は教師と医者が多く、芸能界は不良の溜まり場と見ていたようだ。私のひがみかも知れないが、それ以来、親戚に見放された気がする。

では母は、私をどう思っていたか。本心は分からないが、無鉄砲な息子の行動を、制御するのはもう難しいと、思っていたのではないか。

ところが肝心の私は、大きな壁にぶつかり、希望も自信も、次第に失いつつあった。壁というのは何よりも、養成所の仲間たちが私よりずっと才能があり、みんな輝いて見えたことだ。

当時は海のものとも山のものとも知れない連中だが、最年長のリーダー格は軍隊帰りの矢野宣《やのせん》、早大露文の学生袋正《ふくろただし》、広島出身の平幹二朗《ひらみきじろう》、おっとりした山崎直衛《やまざきなおえ》、昼食は必ずリンゴ丸かじりの木村俊恵《きむらとしえ》らは、後に俳優座の幹部になる。東大仏文の学生藤田敏八《ふじたとしや》は、卒業して日活の映画監督になった。

ほかにも歌澤寅右衛門《うたざわとらえもん》、久保幸一《くぼこういち》、フジコ・ヘミングの弟大月《おおつき》ウルフ、樋田慶子《ひだけいこ》、今井和子《いまいかずこ》、安田千永子《やすだちえこ》など、他の劇団で名をなした五期生も多い。

劇団四季に入り「フランダースの犬」などの声優としても有名な喜多道枝《きたみちえ》は、能楽喜多流宗家のお嬢様で、凛《りん》として行儀がよく、人前では決してものを食べなかった。優しい平木久子《ひらきひさこ》は、後に倉本聰《くらもとそう》氏と結婚した。

それだけではない。三期四期の上級生にも、凄い人はうようよいて、モヤというあだ名の仲代《なかだい》達矢《たつや》は、新宿の風月堂でドアボーイをしていた。田中邦衛《たなかくにえ》は泥棒以外のバイトは何でもやったと豪語していた。佐藤慶《さとうけい》は俺の傘を盗んだ奴がいると、五期生の教室に怒鳴り込んできた。宇津井《うつい》健《けん》、愛川欽也《あいかわきんや》、渡辺美佐子《わたなべみさこ》らも上級生だった。

もっと上の先輩で、俳優座に入ったのは大塚道子《おおつかみちこ》、野村昭子《のむらあきこ》、神山寛《かみやまひろし》、青年座を創立したのが森塚敏《もりつかびん》と山岡久乃《やまおかひさの》。

私がぶつかった最初の壁は、セリフのアクセントだった。地方出身者の多い満州では、各地の訛《なま》りが交錯して独特の言い回しがあった。それに大阪弁がまじった私は、いちいちアクセントを直され、すっかり萎縮した。

025 求人広告

俳優座養成所の合格者は、学生演劇や地方劇団で活躍した者が多く、演技慣れして自信に満ち、高校中退の私には、みんながおとなに見えた。

ハンサムでもスマートでもなく、アクセントに問題のある私は、いつしか隅っこの席で、小さくなっていた。バレエの時間は私だけが水泳パンツで笑われた。タイツを買うカネがなかったの

だ。

クラスの仲間は、次第に二つのグループに分かれた。お坊っちゃんお嬢ちゃん組と、アルバイト組である。むろん仲が悪いわけではなく、バイト組はみんなと遊ぶ時間もカネもないのだ。

私は二十円のもりそばが二十五円に値上がりしただけで打撃を受けた。そばは食いたしカネはなしで、やむなく襟のすり切れたワイシャツを、新宿の川野質店に持ち込んだ。

「これでいくら借りるつもり？」

番頭さんは呆《あき》れたように私の顔を見た。私は毅然《きぜん》と答えた。

「二十五円——」

番頭さんは黙って私の前に、十円玉ふたつと五円玉ひとつを並べた。

「ワイシャツはいいから持って帰りなさい」

何と番頭さんは、得体の知れぬ貧乏少年に、二十五円を恵んでくれたのだ。

それから三十年後、脚本家になった私は、テレビの対面番組で、この番頭さんを探して貰い、深々と頭を下げた。恩人は郷里の新潟で、いくつものビルのオーナーに出世していた。教訓、情けは人のためならず。

話を戻そう。

大日本印刷工場のバイトは、深夜までの肉体労働なので、へとへとになって朝は起きられず、ときどき養成所を欠席するようになった。

しかもバイトの収入では、食うだけがやっとなので、養成所の月謝八百円が払えない。下宿の家賃の負担分は、確か千円だったと思うが、それも滞納していた。

思い余った私はバイト先を変えることにした。住み込みの職場なら、家賃は要らないはずだ。こざかしい思いつきが、転落のはじまりだった。

目を皿のようにして夕刊の求人広告を見ると、〔ボーイさん募集〕の文字が、ずらりと並んでいた。当時はどさくさ紛れの闇成金が多かったらしく、社交場と称するキャバレーが、雨後のタケノコのようにふえた。私は〔住込可〕の文字を頼りに、御徒町《おかちまち》の〔ニューオリエント〕を覗いた。

「夕方出勤で給料は三千五百円——」

顔色の悪い支配人が、私の目の前でヒロポンを注射しながらいった。私はがっかりした。給料が安過ぎる。

「心配するな。うまく立ち回れば、チップがジャンジャン貰える」

私は納得し採用して貰った。先輩のボーイが案内してくれたのは、店の裏の掘っ立て小屋で、土間に貧弱な二段ベッドがあるだけだった。

026　夜の巻

私は〔なせばなる〕という格言が嫌いである。

なせばなるなら誰だって東大に入れるし、甲子園にも出られるはずだ。なしてもならないのが人生であり、やたらに気負って飛んだり跳ねたりしても、成功するとはかぎらない。〔少年よ大志を抱け〕というが、大志を抱く前に、まず身のほどを知ることが大切だ。

名優の素質があると思い込み、俳優座養成所に入った私は、きびしい現実に直面して、うろたえていた。ひとつは養成所の仲間が、私よりずっと才能豊かで、かないそうもなかったこと。もうひとつはアルバイトに追われる生活苦だ。

今更シッポを巻いて大阪に帰るのはみっともないし、親戚や友だちに合わせる顔がない。

上野御徒町のキャバレー〔ニューオリエント〕のボーイになった私は、白い上着に蝶ネクタイを締め、客にせっせとビールを運んだ。初めて見るおとなの男女のじゃれ合いは、刺激的で生々しかった。肌も露《あら》わなホステスが、暗いホールでチークダンスを踊り、ときどき嬌声《きょうせい》を上げるのは、客に乳房や尻をさわられるからだろう。場所や時代のせいもあって、客はあんまりガラがよくなかった。札ビラを切る闇成金も、暴力団もいた。

ショウタイムの照明係は、新米ボーイの役割だった。最初のころはストリッパーの裸体に目がくらみ、手が震えた。閉店後は客の残したビールを飲み、酔っぱらって二段ベッドで寝た。

元はフライ級のボクサーだったという先輩のボーイからは、チップを貰うコツを教わった。

「いえいえ結構ですと、客の手を押し戻してはいけない。逆に身を引いて大声でいえいえというんだ。客は出した手を引っ込められず、まあいいじゃないかと、ポケットに押し込んでくれる」

だんだん店に慣れてくると、私はバンドでディック・ミネや灰田勝彦《はいだかつひこ》の物真似をして、人気者になった。こどものころから歌は得意で、高校の文化祭では藤原義江《ふじわらよしえ》の「鉾《ほこ》をおさめて」を独唱したこともある。

客のリクエストに応じれば、たいがいチップを貰えたし、姐御肌《あねごはだ》のチーママは小遣いを五百円もくれた。若いホステスにはデイトに誘われ、アパートで手料理をごちそうになることもあった。

詳しくは書かないが、何人かのホステスと深い仲になり、しまいにはヒモ同然の暮らしをしたこともある。まだ十代の私は、ホステスたちの母性本能を、くすぐったのかも知れない。お調子者の私はいい気になり、自分は水商売に向いていると思った。

俳優座養成所は、二日酔いや疲れで欠席が多くなった。養成所での劣等感や欲求不満を、夜の巷《ちまた》で発散していたともいえるが、これでは何のためのバイトか分からない。

027 落第

俳優座養成所に入って一年が過ぎた。私は規定の出席日数が足りず、月謝も滞納していたので留年となり、六期生に落とされた。要するに落ちこぼれである。

六期生にはあの市原悦子《いちはらえつこ》がいた。大山のぶ代もいた。みんなキラキラして、太刀打ち出来そうもない。六本木に建設された俳優座劇場は、新劇の殿堂として賑《にぎ》わったが、私には手の届かない塔に見えた。

高校を中退してまで飛び込んだ演劇界への情熱は、日に日に薄らぎ、惨めにしぼんでいった。道を誤ったと気づいた私は挫折感と屈辱感に打ちのめされていた。

焦る私は母や叔父へのいいわけを考え、大学入学資格検定（大検）を受けた。高校二年までの単位は取れているので、受験課目は少なく、そう難しくはなかった。

次は大学受験だが、私立はカネがかかるので、国立の受かりそうな学科をあれこれ考え、東京外語大のイタリア語科に目をつけた。なぜと訊かれても答えようがない。受験勉強らしいことは

何もせず、神頼みの無謀なトライだから、結論をいうと不合格だった。世の中はそれほど甘くない。

バイト先はいろいろあって、転々と変わった。

新橋の〔ニュークリッパー〕では、とびきり眉目秀麗で長身のボーイと仲よくなった。日大芸術学部の学生だった彼は、東映にスカウトされ、悪役商会で活躍した石橋雅史《いしばしまさし》である。

新宿の武蔵野館通りに面した〔処女林〕には、陽気で愉快な常連客がいて、酔っぱらうと必ずバンドに「軍艦マーチをやれ」と叫び、前に立って指揮をした。初老のその人は、近くの紀伊國屋書店の社長田辺茂一《たなべもいち》さんであった。

やがてこの〔処女林〕で、私に大きな転機が訪れる。毎晩歌わせて貰ったバンドで、アコーディオンを弾いていた上原賢六《うえはらけんろく》さんに、ある日こういわれたのだ。

「君は歌手になれる」

賢六さんはテイチクレコードの専属作曲家で、まじめな人だった。

溺れる者は藁をもつかむという。私は夕刊の広告でたまたま見た〔テイチク新人コンクール〕に意欲を燃やし、いちかばちかで応募した。

私には奇蹟が起きたとしか思えない。二千人を超える応募者の中で、合格したのは十人足らず、そこに私の名前が入っていたのだ。しぼんだ夢がまたふくらみ始めた。

昭和三十年の春、テイチクの専属歌手になった私はまだ二十歳。杉並区堀ノ内の吹込所《ふきこみしょ》に通い、基礎訓練を受けた。専属料は月額一万円。ときどきスター歌手の前座やバックコーラスのギャラが入るので、アルバイトの必要はなくなった。

もう役者はやめた、これからは歌手だと心に決め、高校につづいて俳優座養成所も中退した。

028 新人歌手

昭和三十年代に入ると、戦争の傷跡も癒えて、日本経済は上向きになり、〔もはや戦後ではない〕という言葉が流行する。石原慎太郎《いしはらしんたろう》の小説『太陽の季節』が映画化されて爆発的人気を呼び、島倉千代子《しまくらちよこ》の「この世の花」や、菅原都々子《すがわらつづこ》の「月がとっても青いから」が大ヒットしていた。テイチクの専属歌手になった私は〔山下伸二《やましたしんじ》〕の芸名で、何枚かレコードを吹き込んだが、いずれも不発だった。当たりはずれは運だから、そのうち何とかなるだろうと安易に考えながら、地方巡業に精を出した。

私は同じテイチクのディック・ミネさんにあこがれ、その前座をつとめるのが、何より嬉しかった。日本のジャズ歌手の草分けであるミネさんのステージは、ずばぬけて粋だった。大ヒット曲の「上海ブルース」「夜霧のブルース」「旅姿三人男」はもちろん、ギター片手に歌う「私の青空」や「ダイナ」には毎回しびれた。

戦後の日本を席巻した〔ジャズ〕の語源はジャージーである。つまり伸縮自在という意味で、リズムを自由にずらしてスイング感を出すのだ。私はミネさんの歌から、そのコツを学んだ。

戦時中のミネさんは、敵性語排斥のため、英語の歌が歌えず、ディック・ミネという芸名も、三根耕一《みねこういち》に変えさせられた。野球でもストライクをヨーシ、ボールをダメといった時代だ。バンドマンたちはサキソホンを〔曲がりがねイボイボラッパ〕、トロンボーンを〔前列突き倒

し型ラッパ〕と、ふざけていったそうだ。

「英語がだめならピアノやミシンはどうする」

インテリの喜劇役者古川《ふるかわ》ロッパは、バカげた風潮に噛みついた。

「敵性語排斥というなら漢字はどうする。あれはもともとシナ語だぞ」

恐らく物議をかもしたと思うが、昔の芸能人には気骨《きこつ》があった。

脱線ついでに書いておくが、生活が少し楽になった私は、新大久保の閑静な住宅地のしもた家に間借りしていた。一階に住む大家さんはひとり暮らしの老女で、姉娘は有名な歌舞伎役者に嫁ぎ、美貌の妹娘は赤坂の花形芸者だった。

どういう経緯だったか忘れたが、二階の私の隣り部屋に、俳優座養成所の同期で、日活の助監督になった藤田敏八が引っ越してきた。

パキというあだなの藤田は、パキスタン人のふりをして、片言の日本語をしゃべり、酒場の女をくどく特技があった。

そのパキが、大家さんをしばしば訪れる妹娘にひと目惚れし、相思相愛の仲になったのだ。

電撃的に結婚が決まると、パキの叔父さんが挨拶にきた。名刺に〔三重県知事〕と書いてあったのでびっくりした。

これがパキの〔最初の結婚〕であった。

029 不発

新宿西口からバスで通ったテイチク吹込所は、杉並区堀ノ内にあり、木造家屋なので、大雨や大風のときは、雑音でレコーディングができなかった。レコードは七十八回転のエボナイト製で、落とすと割れる時代である。

歌のレッスン場は控え室を兼ね、売れない作詞家、作曲家、無名の新人歌手たちが、それとなくたむろしていた。何かいい話はないかと、情報を交換したり、ディレクターの顔色を窺ったりするためだ。

「これを歌ってごらん」

ある日、ディレクターに新譜を渡されて、私はしめたと喜んだ。「俺は待ってるぜ」というタイトルも気に入った。

胸をときめかせて、一時間ほど歌い込むと、じゃァ録音してみようということになった。ははァ制作会議にかけるのだなと私は期待した。

だがその曲は私のものではなかった。そのころ日本中の若者の心をつかんで、人気急上昇の新進映画スターを目当てに作られた曲だった。そう、石原裕次郎《いしはらゆうじろう》である。

テイチクは爆発的な裕次郎人気に目をつけ、何とか歌を吹き込ませたいと交渉していた。私が歌ったのは、そのためのテストテープだった。

裕次郎のデビュー曲は大ヒットし、歌手としても不動の地位を築く。

泣き言をいっても仕方がないが「俺は待ってるぜ」も「錆《さ》びたナイフ」も、日本で最初に歌ったのはこの私である。

テイチクは同じころ、旅回りの浪曲師と専属契約を結び、三波春夫《みなみはるお》と名づけて売り出した。デ

ビュー曲の「チャンチキおけさ」と「船方さんよ」が大当たりし、派手な着物と身振り手振りも人気を呼んで、一世を風靡《ふうび》することになる。

更に民謡の鈴木三重子《すずきみえこ》をスカウトし「愛ちゃんはお嫁に」をヒットさせたテイチクは、売り上げがどんどん伸びて、ウハウハ状態だったに違いない。

こうなるとレコード会社は、無名の新人をせっせと育成するより、よそから話題性のある歌い手を連れてきたほうが手っ取り早いと気づく。

私たちはだんだん軽視される空気を感じた。いま思えば、コンクールに合格して大成した歌手はひとりもいない。

私は地方巡業で、三波春夫の前座も、鈴木三重子の前座もやった。我慢がならないのは、興行師にもよるが、看板歌手と前座歌手の待遇が、露骨に違うことだった。

看板歌手は高級旅館に宿泊し、連日のように宴会でもてなされる。ときには芸者も呼ぶ。

前座とバンドマンは三流旅館の大部屋で、ひどいときは風呂もない木賃宿《きちんやど》に泊められた。

どこだか忘れたが、憂さ晴らしに共同便所の蓋を、みんなではずして片手に持ち、裸でエッホエッホと土人踊りをして、怒鳴られたことがある。

030　妹の死

無名の前座歌手だった私は、希望と不安が錯綜《さくそう》し、気持ちが浮いたり沈んだりした。

夜になるとネオンが恋しくて、新宿西口のハモニカ横丁で、梅割り焼酎をあおり、全国に広がりつつあったトリスバーにも通った。五ccのストレートが四十円、ハイボールが五十円、オールドは高くて手が出なかった。

悪酔いした友人と三人で、伊勢丹前のバス停を土台ごと十メートルほど動かし、警備員にとっちめられたこともある。

身内に痛恨の出来事が起きたのは、そのころだった。小学二年の妹が、大阪大学病院に、脳腫瘍で入院したのである。

母の知らせで駆けつけると、手術を終えた妹は厚い包帯で頭をぐるぐる巻かれ、点滴の管だらけでベッドに横たわっていた。ノドに直径一センチほどの穴が、ぽっかり開いているのは、酸素を送り込むためだった。妹は術後不全で全身が麻痺したまま、呼吸も出来ず、わずかに動くのは眼球だけだった。

私はアイウエオの五十音を紙に書き、指でゆっくりなぞりながら妹に見せた。妹の目がかすかに頷くと指を止め、文字をつなぐのが、唯一の会話だった。意識ははっきりしているだけに、痛々しくて不憫《ふびん》だった。

二度目の開頭手術を受けた妹は、蘇生することなく息を引き取った。

自分勝手に家を出て、たったひとりの妹に、兄らしいことを何もしてやれなかった自分がうとましく、今でも心のしこりになっている。

「服部《はっとり》先生に弟子入りしたらどう?」

大家さんの姉娘が、焦る私にそういった。聞けば服部良一《りょういち》先生は、芸者時代のお客さんだったそうだ。願ってもない話なので、新宿区若松町の豪邸を早速訪れ、弟子のひとりに加えて戴い

た。

服部先生はあこがれの作曲家だった。「蘇州夜曲《そしゅうやきょく》」「夜のプラットホーム」「別れのブルース」「東京ブギウギ」など、数知れないヒット曲を世に送り、そのどれもが際立ってモダンで、リズムもコード進行もジャズふうなのが、たまらなく好きだった。

レッスンは御自宅で週に一回、気さくな先生はたぶん起き抜けで顔も洗わず（想像です）、グランドピアノの前に坐り、ジョークまじりの稽古をつけてくださった。弟子の中には、売り出す前の菅原洋一《すがわらよういち》もいた。

そのころテイチクは低音の歌手を探していた。ビクターのフランク永井が「有楽町で逢いましょう」「夜霧の第二国道」など大ヒットを飛ばし、低音の魅力がブームになっていたのだ。

萩原文芸部長は、バリトンの私に目をつけ、フランク永井の対抗馬として売り出すことを決めると、私の肩をドンと叩いていった。

「君は今日から〔ジェームス三木〕だ」

031 ジェームス三木

文芸部長が私につけたバタ臭い芸名は、フランク永井を意識してのことだろう。面食らう私に、部長はこういった。

「ディック・ミネさんに命名を頼んだら、それどころじゃない、俺はこれから税務署に行くんだといわれた。だから税務署行きをもじって、ジェームス三木だ。ハハハ」

たぶん作り話だろうと思う。当時は三橋美智也《みはしみちや》とか、三波春夫とか、三浦洸一《みうらこういち》とか、〈三〉の字をつければヒットするというジンクスがあった。

やっとお鉢が回ってきた私は、張り切ってスローバラードを何曲か吹き込んだが、結果はパッとしなかった。対抗馬どころか、かすりもしなかったのだ。

チャンスは昭和三十三年にもう一度あった。プレスリーの影響で、日本にもロカビリー旋風が吹き荒れ、平尾昌晃《ひらおまさあき》、山下敬二郎《やましたけいじろう》、ミッキー・カーチスらが、全国の若者を熱狂させたころだ。

「ジェームス、和製ロカビリーをやらないか」

文芸部は私を、よほど小器用な歌い手と思っていたらしい。こっちは否も応もない。大高《おおたか》ひさを作詞・大久保徳二郎《おおくぼとくじろう》作曲の「月に踊る天使」は、たちまち出来上がった。お二人とも中年過ぎのベテランである。

テイチクにロカビリーバンドはないので、伴奏はこれも御老体のバッキー白片《しらかた》とアロハハワイアンズにドラムを足して間に合わせた。

レコードの売れ行きは好調だった。私はロカビリー歌手のように、胸の開いたシャツを着て、ステージに立った。ヘアスタイルは当時大流行の慎太郎刈りだ。

パンチがきいてノリのいい「月に踊る天使」は若者に大受けだった。スタンドマイクを斜めに倒し、プレスリーばりに腰をくねらせて歌うと、少女たちがいっせいにキャーッと叫び、楽屋口ではサイン攻めにあった。ファンレターもたくさんきて、これなら看板歌手も夢ではないと、私はいい気になった。

はやりのジャズ喫茶からも声がかかって、各地を飛び回ったし、テイチク歌謡祭では、日劇ダ

ンシングチームや、国際劇場のＳＫＤをバックに歌った。俳優座養成所出身の私は、歌の合間の芝居でも重宝がられた。

だが世の中はそれほど甘くない。「月に踊る天使」の売れ行きは、一万枚に届くか届かないかでパタッと落ち、つづいて出した何枚かのロカビリーもさっぱりだった。当時は三万枚売れなければヒット曲といわない。

理由ははっきりしていた。他社から発売された平尾昌晃の「星はなんでも知っている」が大ヒットし、その煽りをまともにこうむったのである。

つづいて水原弘《みずはらひろし》の「黒い花びら」や、スリー・キャッツの「黄色いさくらんぼ」にも追い討ちをかけられ、私は土俵の外に押し出されていた。

032　月に踊る天使

線香花火に終った「月に踊る天使」には後日談がある。

脚本書きに変身した私が、漫才の西川きよしと泉ピン子を主役にしたシリーズドラマを書いていたときのことだ。撮影現場を覗いた私の顔を見るや、突然西川きよしが歌い出した。

オーオーオー
ビーバップルーラ
夜明けまで踊ろ

とっくに忘れられ、誰も知らないはずの「月に踊る天使」である。

きよしさんは二十数年前、駆け出しのころに通いつめたパチンコ屋で、この歌を覚えたそうだ。私はなつかしいやら嬉しいやらで、涙がこぼれそうになった。

話は歌手時代に戻る。

レコードは売れなかったが、少しは名を知られたジェームス三木は、スターの前座歌手のほかにジャズ喫茶やキャバレーのショウに招かれ、生活はほぼ安定していた。

私は西武線武蔵関《むさしせき》の駅近くに一軒家を借り、大阪から母と弟を呼び寄せた。電化製品の三種の神器といわれたテレビ、洗濯機、掃除機も、親孝行のつもりで買い揃えた。家族水入らずで暮らすのは七年ぶりだった。

テイチクの大阪本社から、私にクレームがついたのは、昭和三十四年の暮れだったと思う。和歌山のキャバレーに出演していた私を、本社芸能部の幹部が訪ねてきた。顔見知りの中年女性である。

「営業部が怒ってまっせ」

こう切り出した女性幹部は、私がテイチクで吹き込んだ曲をステージで歌わず、ジャズやポップスばかり歌うのは、契約違反だと強く批判した。

言われてみればもっともである。レコード販売を営業とする会社としては、持ち歌を宣伝しない歌手など、もってのほかに違いない。

確かに私は「クレイジーラブ」とか「ママギター」とか、英語の歌をよく歌った。誰も知らな

い流行歌より、そのほうがずっと客受けするし、歌手にはサービス精神がなければならない。私は生意気なことをいったらしい。女性幹部は不機嫌になり、協議は物別れに終った。

本音をいえば、私はジャズにはまっていた。グレン・ミラーやカウントベイシーオーケストラの豪快なアフタービートにしびれ、フランク・シナトラやナット・キング・コールの大人っぽい歌い回しに心を奪われていた。

日本でもダンスホールやキャバレーはジャズ一色で、笈田敏夫《おいだとしお》、ナンシー梅木《うめき》、旗照夫《はたてるお》といったジャズ歌手が活躍していた。私にはこの人たちが好きな歌を自由に歌えるのが羨ましかった。

やがて私は、テイチクの専属を解除された。一向に売れなかったこともあるが、本社の女性幹部に楯突いたのが、祟《たた》ったような気がする。

033 ナイト&デイ

進駐軍に占領された戦後の日本は、どっと流れ込んだアメリカ文化にも占領された。若者は歩きながらホットドッグを食い、座敷の宴会は立食パーティーになった。昔なら立ってものを食うと、親に殴られたものだ。

アメリカ人は母の日にカーネーションを贈るといえば、あっというまに全国に広がった。カーネーションがなでしこであることも知らずにだ。

中でもジャズは空爆のように、日本全土をゆさぶり、チントンシャンをアフタービートに塗り変えた。戦時中は軍楽隊にいた原信夫《はらのぶお》は、ジャズのビッグバンド〔シャープス&フラッツ〕を結成して、江利《えり》チエミや雪村《ゆきむら》いづみを育てた。ジョージ川口《かわぐち》、中村八大《なかむらはちだい》、松本英彦《まつもとひでひこ》、小野満《おのみつる》のビッグフォーは、本場アメリカのプレイヤーに引けをとらなかった。

そして昭和三十五年（一九六〇年）――

日本経済は好景気に沸《わ》き、空前の証券ブームが起きていた。一方では安保反対を叫ぶ反米デモが五百万人を超え、その一部は国会議事堂を占拠し機動隊と衝突する。

テイチクとの専属契約を解除された私に、動揺はなかった。遅まきながらジャズ歌手になりたい私は、流行歌が主流のテイチクにいても、先行きは暗いと判断し、別の道を切り開けば何とかなると踏んだ。

読者もお気づきと思うが、楽天的というか、変わり身が早いというか、好奇心に駆られて、いったん走り出したら、もう立ち止まることも、後ろを振り向くこともない。これが私の短所であり、長所でもある。

どういうきっかけだったか、私は横浜のナイトクラブ〔ナイト&デイ〕の専属歌手になった。横浜には本格的なナイトクラブが三つあった。いちばん大きい〔ブルースカイ〕は山下公園の近くで、専属バンドは十六人編成のスマイリー小原《おはら》とスカイライナーズ。元町の〔クリフサイド〕はデキシーの南里文雄《なんりふみお》とホットペッパーズ。そして桜木町駅に近い〔ナイト&デイ〕は十人編成のラテンバンドで、バンドマスターはフィリピン人のトロンボーン奏者エビ・アラニラである。

店の営業は午後八時から午前四時まで。ピークは深夜で、ショウタイムは午前一時過ぎ。なぜかというと、都内の高級クラブは深夜営業を許されないので、遊び足りない金持ちや粋人がつづきを求めて、どっと横浜に流れてきたのである。

深夜の上客たちは〔ニューラテンクォーター〕や〔花馬車〕のホステスを、キャディラックやリンカーンに乗せ、開通したての〔夜霧の第二国道〕をドライブしてきた。

横浜まで連れてこられると、ホステスはさすがに帰りにくくなる。最後はカップルで熱海というコースが、ひとつのパターンになっていた。

034 ジャズ

私は横浜の〔ナイト&デイ〕で、専属歌手を七年間つとめた。その経験が後に脚本家として、どれほど役立ったことか。

なぜならドラマとは、人間の動物的本能と、それを規制する倫理や法律との、せめぎ合いを描くものだからだ。

都心のナイトクラブは深夜営業を許されないと書いたが、横浜は許されたのかというとそうではなく、実はレストランの名目で営業していた。

飲食店なら朝まで営業できるが、深夜以降のバンド演奏とダンスは法令違反だ。だがそれではナイトクラブにならない。

私がステージで歌っていると、突然伴奏が止まることがあった。振り返るとバンドマンは誰もいない。ハハン、警察の手入れだなと気づき、私も控え室に隠れる。踊っていた客も、いっせいにテーブル席に戻る。

熟練のドアボーイは、刑事が客をよそおって来ても靴で見分け、秘密のボタンを押して、ステージに信号を送る。その前に警察の誰かから、今夜は気をつけろと、知らせがくることもある。
空振りばかりでは警察の顔が立たないので、たまには責任者が捕まって留置場に入る。そのためのダミーの支配人は、あらかじめ決めてある。こうした癒着の構図は、禁酒法時代のアメリカの非合法酒場スピークイージーを思わせた。

私はスタンダードジャズを、次々にマスターして歌った。「マイ・ファニー・ヴァレンタイン」「チーク・トゥ・チーク」「アイヴ・ガット・ユー・アンダー・マイ・スキン」「スワニー」などなど。ラテンナンバーはマラカスを振り、コンガを叩いて歌った。

客の好むダンスは、大流行のマンボから、チャチャチャ、ドドンパ、ゴーゴーと移行した。横浜産のハマジルは、ジルバのリズムを倍に刻む踊り方でカッコよかった。

横浜のクラブは、外国人の観光客も多い。メリケン波止場に停泊する客船から、船旅に退屈した金持ちが、どっとやってくるのである。

私は客の国籍に合わせて、一曲ずつ原語で覚えてサービスした。スペインなら「グラナダ」、アルゼンチンなら「ジーラ・ジーラ」、フィリピンなら「ダヒルサヨ」、インドネシアなら「ブンガワンソロ」というふうに。

暴力団の親分が、子分を引き連れてくると、ジャズふうにアレンジした「旅姿三人男」や「夜霧のブルース」を歌った。

若い常連客の中には、人気絶頂の石原裕次郎や赤木《あかぎ》圭一郎《けいいちろう》がいた。中日ドラゴンズのエース板《ばん》東英二《どうえいじ》もよく顔を見せた。

夫婦や恋人同士のアベックは前の席を好み、関係未成立のカップルは、壁際に座ることも、だ

んだん分かってきた。

もうひとりの専属歌手は、金髪の白人女性で、いやに図体が大きかったが、後で男と分かってびっくり仰天した。

035 夜明けまで

横浜のクラブ〔ナイト&デイ〕のギャラは月額六万円だった。フランク永井が歌った「13,800円」は、当時のサラリーマンの初任給のことなので、その何倍も貰っていたわけだが、歌手はタキシード代も、百曲近い歌のアレンジ代も、自前なので出費がかさむ。

私は温厚なK支配人に頼んで、横浜駅西口に開店した大キャバレー〔太洋〕とのかけもちを許可して貰った。土日には同系列のダンスホール〔白馬車〕にも出演した。地方のジャズ喫茶やキャバレーから声がかかると、そっちへも出かけた。

多忙な私はクラウンの中古車を買い、タキシード姿のまま運転して、店から店へと渡り歩き、十一時には夜食の出る〔ナイト&デイ〕に戻った。

〔白馬車〕では天才ピアニストの山下洋輔《やましたようすけ》や前田憲男《まえだのりお》に、モダンジャズの精神を注入された。

私を可愛がってくれた〔ナイト&デイ〕のオーナーは、中国人の章さんだった。前身は京劇の楽士だそうで、クラリネットも器用に吹いた。

私の車が故障したので社長車を借りに行くと、章さんはこういった。

「車貸シマス壊レマス。奥サン貸シマス壊レマセン。車貸シマセン、奥サン貸シマス」

むろん私は辞退した。

やがて私はショウタイムの司会を任された。午前一時のショウなので、ありきたりの口上ではつまらない。

「グッドモーニング、レイディス エンド ジェントルメン」

私はジャズの精神で、自由奔放にギャグを飛ばし、客席を沸かせた。

あるときは客を刑務所の囚人に見立て、芸人が慰問にきたことにして、大いに受けた。

こうした工夫が、後のドラマづくりに役立つとは思いもしない。ライバルの「ブルースカイ」では、踊る指揮者のスマイリー小原が、人気を集めていたので、負けたくなかったのだ。

私が詞を書き、サックス奏者の中川武《なかがわたけし》がモダンな曲を付けた「前科三犯のブルース」は、リクエストが殺到した。

パクられて　ムショの窓から月見れば
ふるさとの　遠いあの娘を思い出す
カタギになってと　叫んだ泣きぼくろ

この歌は数十年後、グッチ裕三《ゆうぞう》、エド山口らのバンドが目をつけ、レコーディングしたが、歌詞が放送法にふれるので、電波には乗らなかった。

女性の専属歌手は、何人か替わったが、もっとも長くコンビを組んだ鈴原《すずはら》志麻《しま》は、はたちそこそこなのにステージマナーがすばらしく、ハスキーボイスで客を魅了した。

昼は銀座の〔銀巴里《ぎんパリ》〕でシャンソンを、夜は横浜に駆けつけてジャズやラテンを歌っていたエネルギッシュな彼女は、ビクターにスカウトされ、〔青江三奈《あおえみな》〕になった。

036 結婚

ここだけの話だが、男性歌手のもて方は尋常ではない。無名の前座歌手でも、俳優よりはるかにもてまくる。なぜかというと、歌は動物の本能に直結しているからだ。

猫でもニワトリでもコオロギでも、発情期のオスは、懸命に鳴いてメスを引き寄せる。歌の起源はそこにあるといっていい。人類は恐らく、猿の時代から歌っていた。楽器や音譜の誕生は、ごく最近のことである。

恋心を訴えるのが歌ならば、音程がどうの、発声がどうのという前に、まずセクシーでなければならない。メロディは相手の気持ちをとろかすように、リズムはピストン運動を表すように。

考えてみると、大ヒットを放つ歌手は、プレスリーにしても、ビートルズにしても、すべてセクシーである。そのことに私が気づいたのは、老境に入ってからなので、つくづく残念に思う。

ついでにカラオケの極意を伝授しよう。

人前で歌うからには、その場を盛り上げることが、何より大事である。上手に歌いたいなら、ひとりで歌えばいい。マイクを握ったらいつまでも離さず何曲も歌う人は、みんなに嫌われる。「マイウェイ」や「昴《すばる》」を気取って歌う人は、売り上げが落ちるので、店に嫌われる。へたでも何でも「ゲイシャワルツ」とか「幸せなら手をたたこう」を歌う人は、サービス精神がある。歌には必ず人柄が出るから怖い。

歌の本質を考えれば、人に向かって歌うのが当然であり、画面の歌詞を見ながら歌うのは、礼儀に反する。人前で歌うなら、歌詞ぐらいは覚えておきなさい。

私がカラオケ屋に行くことは滅多にない。昔はカネを取って歌っていたのに、なんでカネを払って歌わなきゃならないのかと、突っ張る気持ちもあるが、実は耳が遠くなり、息切れもするので歌えないのだ。どうしてもといわれると、替え歌か何かでお茶を濁す。

私には、巨人ファンが阪神の応援歌「六甲おろし」を、しぶしぶ歌う特技がある。「伊勢佐木《いせざき》町《ちょう》ブルース」のメロディを「浪曲子守唄」の歌詞で歌うこともできる。最後を「シュドゥビドゥビドゥビドゥビドゥビドゥバー、ねんころり」とやれば、必ず受けるからやってごらんなさい。

歌にかぎらず、自分ひとりで楽しむよりは、人を楽しませる楽しみのほうがずっと大きい。そのためには、それなりの工夫が肝要なのだ。

偉そうな理屈はさておき、放浪の青春期を過ぎた私は〔ナイト＆デイ〕の専属歌手になると同時に、横浜市中区竹之丸《たけのまる》の高台に、二階家を借りて引っ越した。

同居人は母と弟のほかに、もうひとりいた。そう、私は二十五歳で最初の結婚をしている。女優をめざして盛岡から上京した妻は二十歳だった。

037　青春の終り

昭和三十九年（一九六四年）東京オリンピックの年、私は高校生の弟と国立競技場に出かけ、ハダシのアベベのゴールインを見た。二位で場内に入った円谷《つぶらや》幸吉《こうきち》は、最後に追い抜かれ、銅メダルに終った。日本中が声を嗄《か》らして応援した重圧感に耐えかねたのか、円谷は後に自殺してしまった。

そのころ私は厚木の公団住宅に移り住み、二児の父親になっていた。夜は中古車を運転して横浜に出かけ、〔ナイト&デイ〕〔太洋〕〔白馬車〕と掛け持ちで歌い、夜明けに戻って、泥のように眠る毎日だった。こどもたちは父親を、いつも眠っている人と思ったに違いない。

厚木—横浜間は三十数キロの凸凹道で、米軍基地のあたりは、草ぼうぼうだった。東名高速の開通はもっと後である。

私はそろそろ、青春時代の親不孝を、償うつもりでいたが、母はまだ五十代で、隠居扱いされたくなかったらしい。

趣味の短歌に入れ揚げて、同人誌『醍醐』の編集や会計を担当し、しまいには町田に住む主宰浜田《はまだ》蝶二郎《ちようじろう》氏の自宅近くに間借りして、自分の歌集を二冊も出した。

〔華やかに見えてあじさい手にとればひとつひとつの花の寂しさ〕

小柄でやせっぽちの母だが、その後二回も富士登山を果たした気力には恐れ入る。

母は九十六歳まで達者に生き永らえ、最後は自分でこしらえた陶器の骨壺に納まった。

厚木から戸山高校に通い一浪した弟は、昭和四十年の春、東大の理科二類に合格した。

「この野郎、やりやがったな」

私は驚いて思わずそういった。旧満州から私に抱かれて引き揚げ、茨木の山の中で育った弟は、「今日はいいお天気ですね」と、どうしてもいえない人見知りだったが、東大の駒場寮に入るや、急に饒舌《じょうぜつ》になった。

母にしても、弟にしても、いや動物はすべて、本能や環境に応じて、自分なりの生き方を見つけるものらしい。

では私自身はどうだったのか。歌手生活が十年以上つづき、三十歳を過ぎると、このままでいいのか、ほかにやることはないのかという疑念が、おぼろげに浮かんできたのは確かだった。モダンジャズはオーネット・コールマンあたりから、こねくりまわして難解になり、よくあることだが、芸術を学問にしてしまった。

クラシック音楽もそうだが、バッハやモーツァルトが、三百年前にきわめた頂点は、誰がどうあがいても超えられない。

ビートルズが爆発的人気で世界を制したのは、曲にモーツァルトふうのロマンが、ちりばめてあったからだと、私は推察している。

文学も美術も映画も、表現すべきは愛であり、理屈ではない。

038 装飾音符

私をお兄ちゃんと呼んでいた鈴原志麻は、銀座と横浜を掛け持ちで、ジャズ、ラテン、シャンソンを歌い、土日には私とダンスホールにも出た。しかも〔ナイト&デイ〕の休憩時間に、近くのピアノバーでも歌い、夜明けの始発電車で、桜木町から都内に帰った。よくからだが持ったものだと感心する。

ステージではセンスのいいロングドレスで、おとなのムードを漂わせたが、浅草育ちの江戸っ子だから、ふだんはシャキシャキして、ボーイッシュな子だった。

その志麻がビクターにスカウトされ、〔青江三奈〕になってデビューしたときは、わがことのように嬉しかった。「恍惚《こうこつ》のブルース」は大ヒットし、つづく「伊勢佐木町ブルース」も「長崎ブルース」も「池袋の夜」も売れに売れ、紅白歌合戦の常連になった。

私は嫉妬と羨望《せんぼう》に駆られ憂鬱《ゆううつ》になった。十三年も歌いつづけた自分に未来はないのか。このまま埋もれてしまうのか。

いつのまにか私は、小説を書き出した。一念発起とはほど遠く、心の隙間を埋めるようなものだったと思う。

最初の短編小説「装飾音符」は、日本のジャズプレイヤーが、本場アメリカの名手のアドリブをそっくり真似るうちに、どっちが本物か分からなくなるという架空の話で、投稿した同人雑誌『中央文学』に掲載された。ペンネームは天の邪鬼をもじって〔ジャック天野〕にしていた。

この「装飾音符」が、年度は忘れたが『新潮』十二月号の新人特集に掲載された。全国の同人雑誌から選ぶ十篇の中に入ったのである。

私はあれッと驚き、ひょっとしてと思った。だが青春時代のように、有頂天にはなれない。スタートはいいが、途中で中だるみして、ゴールにたどりつけないのが、これまでの人生だからだ。三島由紀夫の総評を読むと、新人がテクニックを弄《ろう》して、読者の受けを狙うのは論外だという意味の記述があった。たぶん私のことだと思う。

その後、何本かの小説を書いてはみたものの、出来が悪くて、日の目を見ることはなかった。だが「装飾音符」が、物書きをめざす手がかりになったのは確かである。

夕刊の募集広告で〔シナリオ作家養成教室〕の存在を知った私は、大いに気をそそられた。私は中学時代から映画ファンで、東京へ出てからも、ヒマさえあれば場末の映画館に通い、三本立て四十円の名画を、繰り返し見ていた。

シナリオ作家協会主催の養成教室は、青山一丁目の獣医師会館にあり、会費さえ払えば誰でも入れた。講義は週二回で、養成期間は六カ月。夜は仕事があるので、私は十九期の昼間部に入った。

この半年間に私はまたも人生の転機を迎える。

039 シナリオ教室

昭和四十二年（一九六七年）の春、シナリオ教室に入った私は週に二回、厚木の団地から青山

の獣医師会館まで、ボロ車を運転して通い、夜はナイトクラブの歌手なので、横浜に直行した。

シナリオ教室の昼間部は、大学生から有閑マダムまで、年齢も暮らしぶりも多彩で、必ずしもシナリオライターをめざしているわけではなく、単にものを書くのが好きだとか、生け花や茶の湯のような習い事のつもりで来ている人もいた。

長い間、ネオンまたたく遊興の巷に、どっぷり漬かっていた私には、まっとうな昼間の人々が、まぶしく新鮮に見えた。

講義は毎回、常任講師新井《あらい》一《はじめ》氏の基礎教育から始まり、第二部は映画監督やプロデューサーなどのゲスト講師が、自由に放談して楽しかった。

森繁久彌《もりしげひさや》の駅前シリーズを書いた新井先生は、著書に『シナリオの基礎技術』があるほど新人教育に熱心で、原稿の書き方、綴《と》じ方、表紙のつけ方まで、懇切丁寧に指導して貰った。ドラマの根幹は、人物や人間関係の変化を描くものだとも教わった。

最初に書かされたペラ（二百字詰）五枚の習作は、出題が「黒い犬のいる風景」だった。

私はいろいろ考え、黒い犬に見えたのは色覚異常のせいで、ほんとは赤犬だったという話を書いた。これが新井先生に、人の意表を衝《つ》く発想だと褒められた。しめしめと私は思った。人の意表を衝くのは大好きで得意だからだ。

習作はペラ五枚から二十枚になり、三カ月後には六十枚になった。ちなみに映画一本の長さを九十分とすれば、脚本はペラ二百四十枚である。

ゲスト講師のテレビ演出家大山勝美《おおやまかつみ》氏は、ドラマはロゴス（理性）とパトス（感情）の作用と反作用であると説いた。映画監督篠田正浩《しのだまさひろ》氏は、五感より第六感を磨けと熱弁をふるい、居眠りしていた聴講生を出て行けと怒鳴った。脚本家の馬場《ばば》当《まさる》氏は、映画の企画は流れることが多いので、脚本料は前金で貰うことが肝要だと語った。

シナリオ教室に通う六カ月の間に、私は自分の中で、急速に目覚める何かを感じた。

思えば中学時代は、郡の演劇コンクールに出演して優勝したし、その脚本はO先生の強制で私が書いている。

高校の演劇部でも、大阪府下のコンクールで入賞を果たし、名優の素質があると勘違いして、俳優座養成所に入ったものの途中で挫折した。

その間、私は演じることに夢中で、脚本家になりたいと思ったことは一度もないが、考えようによっては、青春の原点に立ち戻った気もする。

脚本を書くなら、俳優修業も、十三年間の歌手経験も、無駄にはなるまい。私は客が何を求めているかを知っている。

040 アダムの星

昭和四十二年秋、シナリオの書き方を覚えたばかりの私は、早速ペラ（二百字詰）二百四十枚の映画脚本に挑戦した。タイトルは「アダムの星」。

核兵器の連続爆発で人類は絶滅し、たった二人の少年と少女が、宇宙船で太陽系を脱出する。

二人は別の星でアダムとイヴになり、人類を復活させる使命を託されていた。だがめざす星までは百五十年かかるので、宇宙船内でこどもをつくり、何代か命をリレーしなければならない。

更にこの宇宙船の定員は二名なので、男の子が生まれたら父親が、女の子が生まれたら母親が、船外に出て天空の星にならねばならない。

私はこの脚本を、月刊『シナリオ』の新人コンクールに送付した。応募総数は五百六十三篇。

翌年三月の最終審査で「アダムの星」は準入選を果たした。入選作はないので、事実上の第一位である。いささか面はゆいが、審査員で脚本家の山田信夫氏の選評を書き写しておく。

「発想、着想、ともにすばらしい。SFのかたちを借りて歌う人間の詩、トミイとユキの愛が完成したとき、トミイは天体の星にならなければならない。その残酷な美学にぼくは戦慄《せんりつ》し、衝撃を受けました」

だが他の審査員からは「展開がやや安易」「重量感が足りない」「映像表現が不足」などの指摘もあって、入選に〔準〕がつき、賞金も半額の十万円だった。

なおこのコンクールの佳作には、寺内《てらうち》小春《こはる》、高橋正圀《たかはしまさくに》、重森孝子《しげもりたかこ》など、やがて頭角を現わす脚本家が名を連ねている。

私の身辺は、急に騒がしくなった。「アダムの星」が映画界の興味を引いたらしく、まず松竹から、つづいて東宝から、映画化を申し込まれたのである。

ここで浮かれてはならないと、私は珍しく慎重になり、シナリオ教室の研修科に進んで、地道に修業をつづけていた。

映画化権が東宝に落ち着いた理由は、コンクールの賞金を、東宝が出していたからだそうだ。

黒澤映画の大プロデューサー田中友幸《たなかともゆき》氏は、私にこういった。

「『アダムの星』の難点は、テーマが近親相姦につながることと、登場人物がほとんど二人しかいないことです。何とか宇宙船に五、六人は乗せるように、書き直してくれませんか」

私は茫然とした。それでは「アダムの星」の設定が根本から崩れてしまう。もしも最初の人類がアダムとイヴなら、創世期は近親相姦が当たり前のはずだし、宇宙船に大勢乗れば、全く別の話になるではないか。私は返事を保留した。

そのうち田中氏が、大阪万博の映像プロデューサーに就任したため、映画製作は延期され、結局「アダムの星」は日の目を見なかった。

041 夕月

昭和四十三年（一九六八年）は、急激な経済成長と裏腹に、安保反対運動が全国的に高まり、ゲバ棒を振るって機動隊に立ち向かう大学生の姿が、連日のように報道された。

いつのまにか東大全共闘の闘士になっていた弟が、ある日突然やってきて、留置場に入れられた同志たちが寒がっているので、衣類を差し入れてくれといった。

私はとりあえず、着古しの舞台衣裳を五着ほど渡してやったが、後で考えると、留置場の活動家たちが、色とりどりのタキシードを着ている光景は、さぞ珍妙だったに違いない。

シナリオ教室でも各派の論争が絶えず、講義どころではなかった。中にはゲバ棒を持ち込む学生もいて、講師の井手《いで》雅人《まさと》氏が腕をまくり「かかってこい！」と一喝する場面もあった。このままでは内ゲバが起きる恐れがあり、シナリオ作家協会は教室を閉鎖した。

主任講師の新井一先生は、やむなく生徒の有志を集めて私塾を開き、私たちはそこへ通った。

私の処女作「アダムの星」は、東宝で映画化されるはずだったが、諸般の事情で延期され、その後はうんともすんともいってこない。

がっかりした私に、電話をかけてきたのは、松竹の若手プロデューサー杉崎重美《すぎさきしげみ》氏で、「アダムの星」を読んだ野村芳太郎《のむらよしたろう》監督が、松竹でも何か書かせてみたいといっているそうだ。

悦び勇んで松竹本社に出かけた私は、軽率にもアロハシャツを着ていたので、受付で咎《とが》められ、ジェームス三木と名乗るとなお怪しまれた。

松竹映画のエースといわれ、働き盛りの野村監督は「拝啓天皇陛下様」「張込み」「事件」などの社会派作品で知られる一方、いわゆるB級娯楽映画もどんどん撮るという全方位監督だった。大学時代はサッカーの名選手で、戦時中はインパール作戦の戦車隊長というから、さぞ怖い人だろうと緊張したが、温顔に笑みを浮かべて現われた監督は、とても気さくで優しかった。

提案された企画は歌手黛《まゆずみ》ジュンのヒット曲「夕月」の映画化だった。いま思えば、私が歌手であることを見込まれたのかも知れない。ただし監督は新人で、野村組の助監督である田中康義《たなかこうぎ》が起用されることになった。

私は若いボクサーと看護婦の悲恋を、シノプシス（梗概《こうがい》）にまとめ、それがパスすると、夢中で脚本を書いた。

「傲慢《ごうまん》な脚本だな」

第一稿を読んだ田中監督は苦笑した。私は勢い余って、俳優の衣裳の色から音楽の入れ方まで書き込んでしまい、監督の権限を侵害したらしい。

撮影が始まり、主役の看護婦は黛ジュン、相手役のボクサーには全くの新人が抜擢《ばってき》され、役名の〔森田健作《もりたけんさく》〕が、そのまま芸名になった。

042 野村監督

松竹映画「夕月」は昭和四十四年（一九六九年）に全国の映画館で公開され、まずまずの興行成績を挙げた。新人森田健作は、一躍青春スターになり、私は脚本料二十万円を手にした。

ペンネームを〔ジェームス三木〕にこだわったのは、十三年間売れない歌手を、応援してくれた人々に、私はがんばってますよと、知らせたかったのだが、前に〔ジェームス槇《まき》〕という脚本家がいたと聞いて驚き、調べてみると、小津安二郎《おづやすじろう》監督のペンネームと分かり恐縮した。

松竹からは、たてつづけに注文が入り、私は二年間で九本の脚本を書いている。「夕月」「花と喧嘩」「東京—パリ青春の条件」「三度笠だよ人生は」「こちら55号応答せよ！　危機百発」「なにがなんでも為五郎」「青春大全集」、東宝の「コント55号宇宙大冒険」、石原プロの「ある兵士の賭け」。

当初はナイトクラブの歌手と、二足のわらじだったが、とてもやっていけなくなり、歌手は引退した。大勢の客の前で歌う派手な職業から、ひとりでコツコツ書く地味な職業に急転換したのだ。

厚木の団地では次男が生まれ、私は三児の父親になっていた。妻は子育てに忙しく、母は短歌同人誌の編集に打ち込み、東大全共闘の弟は安田講堂の攻防戦以来、行方をくらましていた。

松竹のエース野村芳太郎監督と初めて組んだのは、美空ひばりと橋幸夫《はしゆきお》の歌謡映画「花と喧

嘩」で、原作は山口瞳《やまぐちひとみ》の「伝法水滸伝《すいこでん》」だった。

監督のお供をして、伊東の温泉旅館に籠もった私は、考えてきた筋書きやアイディアを、あれこれと述べ立てた。監督はうんうんと頷いたり、うーんと首を傾げたりして、私から何かが生まれるのを、辛抱強く待っている様子だった。

監督は酒もタバコも飲まず、趣味はパチンコだけという人だった。朝から深夜まで、一週間ほど差し向かいでしゃべっているうちに、先にバテたのは私のほうだった。

「じゃァ、試しに書いてごらん」

待ってましたと、私は一気呵成《かせい》に脚本を書き上げた。せっかちな性分というより、私は人を待たせるのが嫌いなのだ。今でもそうだが、原稿が締切りに間に合わなかったことは一度もない。

「うーん、使えるのは三シーンぐらいかな」

脚本を読んだ野村監督にいわれて、私はのけぞりそうになった。映画一本のシーン数は、ふつう百ぐらいあるのだ。

大急ぎで書き直した第二稿を届けると、監督は八シーンは使えるとつぶやいた。ここで挫《くじ》けてはならないと、私は歯を食いしばり、五稿、六稿と書き直した。

「うーん、やっぱりこの話はだめだったね。最初からやり直そう」

こともなげにいわれた私は、落胆のあまり食欲を失った。

043 花と喧嘩

書いても書いてもOKが出ず、最初からやり直すことになった「花と喧嘩」は、野村芳太郎監督が次々に出すアイデアや筋立てを、私が書き取るかたちで進められた。これでは脚本家といえず、書記に過ぎない。

「この映画のポイントはね、花と雨と美空ひばりの歌なんだよ」

「構成は力学だ。すべての人物や場面が掛け算になって、相乗効果を生むように組み立てる。あってもなくてもいいシーンは、あってはならない」

「脚本が出来た段階で、映画は完成したといってもいい。監督がどんなにがんばっても、脚本以上の映画にはならない」

お説教ではなく、雑談まじりの片言隻句《へんげんせっく》が、いちいち私の胸を刺した。

書いているうちに気づいたのだが、監督はどうやら、当時評判のアメリカ映画「卒業」のパロディーを意識していたようだ。でもそれでは山口瞳原作「伝法水滸伝」と、かけはなれたストーリーになってしまう。先の話になるが、山口さんは案の定、この映画を見て激怒したと聞いている。

さて、クランクインが近いのに、脚本が仕上がらないので、大船の撮影所から様子を見にきた製作担当は、途中まで読んで私に詰め寄った。

「あんた、予算を考えて書いてるのか？」

その場面のト書きは、〔一頭の巨大な鯨が砂浜に打ち上げられている〕と書いてあった。監督は笑いながら、まァまァととりなしてくれたが、撮影完了後の試写室で、恐る恐るその場面を見た私は、アッと驚いた。

海岸の砂を鯨の形に盛り上げて、ブルーシートを掛け、露出した目の部分だけを、ビニールか何かで作ってあったのだ。

「映像に不可能はない」というのが、野村監督の持論だった。

ヒット作「花と喧嘩」につづいて、私は水前寺清子《すいぜんじきよこ》の「三度笠だよ人生は」、「こちら55号応答せよ！　危機百発」、ハナ肇《はじめ》の「なにがなんでも為五郎」と監督の指名を受けた。どれもB級娯楽映画だったが、監督は私のコメディセンスに目をつけたような気がする。

一方で野村監督は「砂の器」「鬼畜」など、社会派の問題作を次々に撮っていて、そっちは橋《はし》本忍《もとしのぶ》、井手雅人といった大物脚本家と組んでいた。それが終ると、また私にお鉢が回ってきて「しなの川」「ダメおやじ」である。

かつて野村組の助監督だった山田洋次《やまだようじ》監督が、「男はつらいよ」で松竹の三番バッターになったとすれば、何でもござれの野村監督は、不動の四番バッターといえるだろう。御両人に共通するのは、卓抜した映画監督であると同時に、一流の脚本家でもあることだ。

洋の東西を問わず、すぐれた監督は、みずから筆を執るかどうかはともかく、みんなすぐれた脚本家なのである。

044　映画は数学

野村芳太郎監督の手持ちの台本には、色とりどりの線や点線や○や△が書き込まれていた。ここはスロー、ここはクイック、ここはフォルテ、ここはピアニッシモ、ここはズームアップ、ここは音楽をかぶせるというシルシである。

私はそれが楽譜と同じだと直感した。絵画や彫刻が空間芸術なら、映画は音楽と同じく時間芸術なのだ。映像は秒刻みに変化していく。ならばその変化に、緩急強弱抑揚をつけて、観客の生理や感情を誘導しなければならない。そういえば新井一先生も、ドラマは変化だといっていた。当時の邦画は大きく分けて、木下《きのした》恵介《けいすけ》流と、黒澤《くろさわ》 明《あきら》流があった。木下流は詩情たっぷりに、人間の心を描き、黒澤流はダイナミックな構成で、観客を釘づけにした。

黒澤組の助監督も務めた野村監督は、理詰めの黒澤流であり、映画は数学だともいった。数学の苦手な私は、音楽も数学だと解釈し、ここまでは何小節、ここからがサビと、計算しながら構成を立てた。計算が難しいときは、ともかく何百枚も書き、後で無駄な部分をそぎ落とす工夫もした。

野村監督は撮影現場でも合理的で、助監督が立てたスケジュールを、効率的に組み直し、魔法のように日数を縮め、予算を削減した。

「しなの川」のシナリオハンティングでは、愛車に私とカメラマンを乗せ、東京から新潟まで運転して行った。途中で山道に入ったり、古い家屋を探したりしたのは、ロケハンを兼ねていたのである。私は監督の執念と馬力の凄さに、ただただ舌を巻いた。

ふりむけば私のそれまでの人生は、無駄だらけで、日常生活も不合理の連続だった。恩師と仰ぐ野村監督は、脚本の指導だけではなく、私の生き方まで変えてしまった。

残念ながらそのころ、映画産業は衰退期に入っていた。観客総人口が十一億人の昭和三十三年（一九五八年）をピークに、どんどん下降し、四十年代には一億数千万人に減少した。日本人は年

に一度しか、映画を見なくなったのだ。もちろんテレビという怪物の出現に、娯楽の王座を奪われたのである。

初期のテレビドラマは生放送なので、大道具が倒れたり、犯人の手錠がはずれなかったり、事故も多かったが、次第に力をつけ、視聴者何千万人という人気番組が続出しはじめると、テレビを電気紙芝居とか、一億総白痴化とかいって、出演を見送ってきた映画スターも、だんだん考えが変わりつつあった。

脚本家としてデビューした映画「夕月」が上映された年、私にもＴＢＳから声がかかった。山《やま》田《だ》和也《かずや》プロデューサーの依頼は、人気の高い推理ドラマ「七人の刑事」の脚本だった。社会派の作品にあこがれていた私は、揉み手して引き受けた。

045　ミスプリント

テレビドラマの処女作は、ＴＢＳの「七人の刑事」である。

私が提案した脚本は、新左翼の活動家である医学生が、旅客機を乗っ取る話で、ハイジャックという言葉は、まだ知られていなかった。あわやというときに、乗客の女性が出産しそうになり、医学生は任務の遂行か、赤ん坊の命を救うかで、苦渋の選択を迫られる。

山田和也プロデューサーは、よほど気に入ったのか、あるいは反社会的な筋書きなので大事を取ったのか、放映はシリーズの最終回になった。

ガリ版刷りの準備稿が上がったので、やれ嬉しやと表紙を見ると、サブタイトル〔地上三千メートルの死刑〕の横に〔ジュース三本〕と書いてある。ジェームスの〔ム〕が抜け、木が〔本〕になっていたのだ。笑うに笑えず、無名ライターの情けなさを味わった。

脚本は印刷をせかされるので、こうしたミスプリントが珍しくない。刑事が着物を着て走っているので、脚本をチェックすると、私服の刑事が和服の刑事になっていた。大奥の局部屋に若侍が忍び込むというト書きで、局部屋の〔屋〕が抜けていたこともある。

「七人の刑事」の最終回は好評だったが、放映から約一年後に、日航機よど号ハイジャック事件が起きて仰天した。赤軍派の学生たちは「七人の刑事」にヒントを得たのか、あるいは私に予知能力があったのか、いまだに分からない。

大胆にも山田プロデューサーは、昭和四十六年度のポーラ連続テレビ小説に、私を起用した。NHKの朝ドラにぶつける時間帯で、原作は船山馨《ふなやまかおる》の「お登勢」、何と百三十回連続の大作である。

主役は新人の音無美紀子《おとなしみきこ》と原田大二郎《はらだだいじろう》、絶品のナレーションは新劇界の大物宇野重吉《うのじゅうきち》。シリーズ初のカラー映像ということもあって評判は高く、毎回一千万単位の視聴者の反応を肌で感じて、テレビの威力をまざまざと思い知った。

映画とテレビの優劣を画面の大きさで判断するのは、もはや時代遅れであり、全国の各家庭に受像機のあるテレビは、電気や水道に等しい。テレビドラマは小型映画ではなく、むしろラジオに絵がついたものと考えるのが、正当な評価ではなかったか。テレビは日常生活の中で、気軽に見るのが普通である。

観客を暗闇に閉じ込めて、入場料を取り、会話も飲食もさせない映画館は、安直なテレビのあ

おりをまともに食らい、客席はガラガラになった。

赤字に苦しむ映画会社からは、多くの人材がテレビ局に流れ、倒産した新東宝は、国際放映と名を変えて、テレビ番組の製作会社になった。

鉄砲や爆弾や車や電話や飛行機がそうであったように、テレビという怪物の出現が、人間の生活様式を一変させたのだ。

046 白い滑走路

「お登勢」のおかげで少しは名を知られるようになった私に、TBSの仕事がつづく。

スーパーマーケットを舞台にした「知らない同志」は、松竹出身の山田太一《やまだたいち》さんと交互に執筆した。主役の田宮二郎《たみやじろう》が、初回の最後の場面にチラリと顔を出すだけで、ハイどうぞとバトンを渡されたときは驚いた。

次は向田邦子さんに声をかけられ、池内淳子《いけうちじゅんこ》の「かっこうわるつ」をリレー執筆した。連続ドラマの共同執筆は、話の展開がどうなるか分からないのでスリリングだった。

料亭の一室で、藤岡琢也《ふじおかたくや》が池内淳子にプロポーズする場面では、襖《ふすま》ごしの隣から〔大漁節〕が聞こえる設定にして、向田さんにたいそう褒められた。結婚してくださいという大事なセリフに、宴会のエンヤトットがかぶるので、藤岡もつられてエンヤトットといってしまい、プロポーズが不調に終るのだ。

ラブシーンは美しい音楽、サスペンスは不気味な音楽という、ありきたりのパターンを、私は破ってみたかった。
黒澤明監督の名画「野良犬」では、刑事の三船敏郎《みふねとしろう》と、犯人の木村功《きむらいさお》の格闘場面で、何とバックにのんびりと「蝶々」が流れる。蝶々蝶々菜の葉にとまれというアレである。実は遠くで、遠足の小学生が歌っているのだが、場面と音楽の強烈な違和感に、私は芸術の何たるかを教えられ、膝が震えた記憶がある。

意表を衝くことばかり考える私は「水戸黄門」の依頼がきたとき、肝心の印籠《いんろう》を紛失した黄門様が、村人に偽者と思われて、ポカポカ殴られるシーンを書いてボツになった。視聴者はみんな、印籠の場面を心待ちにしているのだから、そこをはずしたら水戸黄門にならないと叱られたのだ。なるほどテレビは芸術より視聴率を優先する。

昭和四十九年（一九七四年）には、松竹テレビ制作部の佐々木孟《ささきたけし》プロデューサーから声がかかり「白い滑走路」を書いた。フィルム撮影で放送局はＴＢＳ、そのころ登場したジャンボジェットの機長が田宮二郎、ほかに山本陽子《やまもとようこ》、浅丘《あさおか》ルリ子、新人の松坂慶子《まつざかけいこ》。

脚本家は当初は四人いたが、結局は新米の私が、全三十回のうち二十回を書いたのは、佐々木氏の過分の信頼による。

翌年は大映テレビから依頼があり、同じシリーズの「赤い迷路」に参加した。主演は宇津井健と山口百恵《やまぐちももえ》、タイトルが白赤白赤とつづいたのは、スポンサーのサントリーが、紅白のワインを売り出したことによる。

初々しい少女の山口百恵には、たぐい稀な哀愁が漂っていた。私はすっかり魅了され、登場場面をどんどんふやした。哀愁は男性の保護本能をかきたて、何とかしてやらなければと、思い込

ませるのである。

047 人生の充実

テレビドラマをせっせと書き出したころ、俳優座養成所で同期のパキこと藤田敏八が、日活の映画監督に昇進した。デビュー作「陽の出の叫び」を見て感心した私が、長い手紙を書いたのがきっかけで、一緒に映画を作ることになった。

「起承転結なんかくそ食らえだ。俺は自由で新しい感覚の映画を作る」

パキはタバコの灰をそこらじゅうに撒き散らしながら気炎を上げた。二度目か三度目の結婚をしたはずだが、奥さんはすでに別居していた。

パキはその当時、ヌーベルバーグの旗手といわれたゴダールの「気狂いピエロ」や、トリュフォーの「突然炎のごとく」を意識していたらしい。

松竹を離れた大島渚《おおしまなぎさ》、篠田正浩、吉田《よしだ》喜重《よししげ》監督らも、新感覚の映画を模索していたころだ。

私はできるだけパキの言い分を受け入れ、タイトルも「青い鳥を撃て」とし、前衛的な脚本を書いたつもりだった。

ところがパキは、腹心の助監督長谷川《はせがわ》和彦《かずひこ》と二人で、めちゃくちゃに脚本をいじくり回し、タイトルまで「赤い鳥逃げた？」と変えてしまった。

パキと私は大喧嘩になり、仲直りするのに数年かかった。いくら竹馬の友でも、個性や生き方の違いは、どうしようもないと悟り、今では自由奔放なパキの一生に、嫉妬すら感じている。

自由奔放といえば、弟の生き方にも、意表を衝かれた。何とか東大は卒業したものの、全共闘の活動が災いして、どこにも就職できず、いつのまにか六本木の酒場で、ジャズピアニストになっていたのだ。

事の始まりは高校生のころ、横浜のクラブでバンドのエキストラをやったことによる。欠員が出ると、私が弟にユニフォームを着せて、トランペットを持たせ、吹くふりをさせていた。

たちまちジャズにとりつかれた弟は、独学で私のピアノを弾くようになり、駒場寮時代は学生ジャズバンドに入って、アルバイトもしたようだ。

弟はバンドマンのかたわら、赤門大麻という芸名で俳優もやり、本名の山下六合雄《やましたくにお》で映画や舞台の作・編曲も担当した。堺正章《さかいまさあき》の「西遊記」では、私と一緒に脚本も書いた。夏目雅子《なつめまさこ》の三蔵法師が飢えに苦しむと、くじびきで当たった西田敏行《にしだとしゆき》の猪八戒《ちょはっかい》が食われる話とか、妖怪学校に通うこども妖怪が、分数ができなくて悩む話とか、珍妙なアイディアは弟から出た。

やがてクラシックのピアニストと結婚し、晩年は学習塾を経営していた弟は、大酒が祟って六十四歳で病没したが、パキにしても弟にしても、〔生活の向上〕より〔人生の充実〕を楽しむ一生だったと、私は解釈したい。

政治家のいう安全と安心だけが、人間の幸せではないのである。

048 無我夢中

脚本家になるにはいくつかの道がある。

もっとも正統と思われるのは、映画会社やテレビ局に入社して、監督の助手を務めながら、ドラマの組み立てを学ぶコースだが、現場を知り過ぎると、予算や撮影手段に捉われて、奔放な発想がしぼむ恐れもある。

大物脚本家の内弟子になり、清書や鞄持ちをしながら、やがて代作を務め、師匠の口利きで世に出た人も少なくない。だがそれは、よほどまじめで従順でないと、途中で破門される。

私のようなコンクール出身は、シロウト上がりと見られ、経験豊富なプロの現場では、軽いあしらいを受ける。スタジオを見学すると、コードを踏むなとか、カメラの邪魔だとか怒鳴られるのがオチで、「お登勢」のときは、着物の仮縫いの場面を書いて笑いものにされた。仮縫いは洋服だけだということを知らなかったのだ。

加藤泰《かとうたい》監督の「宮本武蔵」（高橋英樹《たかはしひでき》主演）では、脚本のタイトルを本名の〔山下清泉《やましたきよもと》〕にされた。〔ジェームス三木〕では時代劇にならないと一喝されたのである。

それでも私はめげなかった。めげても一晩で立ち直るのは、青春時代の挫折や不遇の積み重ねから、なるべく早く脱却するバネが、自然に身についた気がする。御都合主義かも知れないが、いやなことは早く忘れるにかぎる。いつまでもくよくよ悩んだり、人を恨んだりすれば、精神状態が悪くなる。空振りしたら次の球を打てばいいのだ。偉そうなことをいえば、人生も打率にこだわるより、打席にたくさん立ったほうがいい。

三十代の後半から四十代にかけて、私には数えきれないほどの打席が回ってきた。

テレビでは「白い地平線」（ＴＢＳ）、「逢えるかも知れない」（フジテレビ）、「ジグザグブルース」（テレビ朝日）、「玉ねぎ横丁の花嫁さん」（ＮＥＴ）、「助け人走る」（ＡＢＣ）、「誰かさんと誰かさん」（テレビ朝日）など、ヒットもあれば凡打も三振もある。

ヒットしたNTVの加山雄三《かやまゆうぞう》シリーズは「ありがとうパパ」「パパの結婚」「かたぐるまI・II」と百回を超えた。私が気に入ったのは、泉ピン子の初主演作「手ごろな女」だが、今なら人権団体からクレームがつきそうなタイトルだ。

映画では松竹の新鋭山根成之《やまねしげゆき》監督との出会いがあり「さらば夏の光よ」「パーマネントブルー真夏の恋」「ダブル・クラッチ」など、郷《ごう》ひろみや秋吉久美子《あきよしくみこ》の青春映画をたてつづけに書いた。誠実でさっぱりした気性の山根監督は、私が書いたセリフを一字一句直さずに撮ってくれたので、とても嬉しかった。

同じころ東宝では「恋の空中ぶらんこ」「ピンクレディーの活動大写真」を手がけている。

049 ハリウッド

自伝を書くのは生まれて初めてである。あまりにも無鉄砲で、脈絡のない人生だから、書いても嘘っぽくなり、恥をさらすだけだと、腰が引けていたのだ。

まわりに背中を押されて、いざ書き出してみると、いろんなことに気づく。たとえば人生には誰でも無数の岐路があるが、本人にとっては、まっすぐの一本道に過ぎない。後戻りもやり直しも不可能だし、残念ながら人生は、一回こっきりである。ドラマが時間芸術なら、人生もまた時の流れに支配される。

不思議で仕方がないのは、なぜ思い出の中に自分の姿が見えるのかということだ。思い出は主

観のはずなのに、いつのまにか客観になっている。

たとえば貧乏時代の私は、おかずを買うカネがなく、紅生姜と塩昆布ばかり食っていた。〔赤と黒〕だから、スタンダール式食事と名づけ、ドヤ顔で食う自分が、ちゃんと思い出の中に坐っているのはなぜか。

自分を見ているもうひとりの自分がいたとすれば、どっちがほんとうの自分なのか。あるいは思い出というのは現実ではなく、知らず知らずのうちに、自分なりのシナリオを書いているのか。そうかと思うと、とても現実とは思えない記憶も、私の中には存在している。たったひとりでハリウッドに乗り込んだ私は「ゴッドファーザー」シリーズの大プロデューサー、アルバート・S・ラディに歓待され、ラスベガスのカジノで、何日も遊興したのである。

詳しい経緯は覚えていないが、東宝映画「三億円大作戦」で知り合った奥田喜久丸《おくだきくまる》プロデューサーから、「サイレントフルート」という東洋の神秘を描いた洋画の筋書きについて意見を求められたことがあり、私の改訂案を読んだ胴元のアル・ラディがたいそう気に入ったらしく、逢わせてくれといってきたのだ。

いよいよハリウッドから声がかかったかと、鼻の穴をふくらませて単身渡米した私を、アル・ラディは撮影所を案内してくれたり、美人女優たちと一緒に、豪華ヨットのクルーズに招いてくれたり、実はマフィアに命を狙われているのだと、護身用のピストルまで見せてくれた。

だが共作になるはずの脚本家は外国に行っていて、帰国が大幅に遅れたため、アル・ラディは私に、ラスベガスで一週間ほど遊んできなさいと、小切手を切ってくれた。

ラスベガスに飛んだ私は、ひとりで豪華なホテルに宿泊し、カジノに通ってポーカーに熱中したり、ショウを楽しんだりした。ずっとファンだったサミー・デイビス・ジュニアには、魂が飛ぶほど感動した。

ハリウッドに戻って著名な脚本家スターリング・シリファントを紹介されたときは緊張した。彼は最初から、恐ろしく不機嫌だった。

050 ぬか喜び

ハリウッドの撮影所で対面した脚本家のスターリング・シリファントは、私と共同で脚本を書くはずだった。少なくとも私はそう思っていた。

ところが彼は私を一瞥《いちべつ》するや、「サイレントフルート」は自分が東洋の神秘を独自に研究して書いたものだから、他人のアドバイスは必要ないといってのけた。

私の英語は元歌手なので発音はいいが、ボキャブラリー（語彙《ごい》）がかなり不足しているから、難しい議論になるとついていけない。

実は数日前、プロデューサーのアル・ラディに貰った小切手をラスベガスで換金しようとして突き返され、さては不渡りかと青くなったが、経済オンチの私はエンドウスメント（裏書）という単語を知らなかったのだ。

シリファントは怒気をあらわにし、何やら棄てゼリフを残して席を立った。同席した日本人通訳に後で訊いてみると、ポッと出の若僧が出しゃばるなといったらしい。

当惑したアル・ラディは、頭を抱え込んでしまった。これで私のハリウッドデビューは、あえ

なく御破算になった。

よく考えれば、私もあさはかだった。もしも私がシリファントの立場なら、きっと不愉快だったに違いないのだ。

勝手な思い込みで突っ走り、にっちもさっちもいかなくなるのはしょっちゅうで、私の行動はいつも慎重さが足りない。

いつだったか、ようやく暮らしが安定して、疎遠になっていた親族に逢いたくなり、いとこ会を企画したことがあった。東京と関西にいる十数人のいとことその家族を、熱海の温泉旅館に集めて歓談したいと、往復ハガキで通知したのである。

ところが私の耳に、西宮の叔父が激怒しているという情報が入った。

「本家に無断で勝手な真似をするとは何事か。わしは絶対に行かん」

私に医学部を勧め、学費は援助するといった叔父を裏切り、勝手に俳優座養成所の保証人にしたのだから、忌々《いまいま》しく思われるのは当然だ。

しまったと思ったがもう遅かった。いとこたちからは、喜んで参加するというハガキが、次々に届いていたのである。

そして熱海の宿の宴会の直前、私はびっくり仰天した。叔父の一家五人が、突然現われたのだ。私はその場に両手をついて謝ったが、叔父は知らん顔で上座につき、ちゃんと会費も払ってくれた。もっと驚いたのは同行の叔母の耳打ちだ。

「あのね、主人は余興のために、貫一お宮の衣裳を持ってきたのよ」

私は思わず吹き出し、涙が出そうになった。叔父は宴会が大好きで、隠し芸が得意だった。

数年後、叔父の葬儀で西宮に駆けつけた私は、いとこたちと棺桶を担ぎながら、ごめんなさいと何度も謝った。

051 二律背反

過ぎた歳月をなぞってみると、うろたえたり、赤面したり、立ち往生したりと、私の人生は失敗だらけである。

しかし私の特技は立ち直りが早いことだ。壁にぶつかると、無理してよじ登ろうとはせず、さっさと回れ右して別の道を探しはじめる。

安直といえばそれまでだが、いつまでもぐじぐじすると、被害者意識にとりつかれ、精神が不安定になる。行き詰まって脚本が書けなくなる。何度かそういう目に遭ううちに、こざかしい私は、逆境を受け流すコツを身につけた。

よほどのことがないかぎり〔まァいいか〕と自分に言い聞かせ、心のもやもやにあっさりと結着をつけるのだ。

哲学だの処世術だのと気取るつもりは毛頭ないが、これほど便利なフレーズはほかに見当たらない。呪文というか自己催眠というか、私の墓碑銘は〔まァいいか〕にするよう頼んである。

もうひとつのオリジナル呪文は〔ぬか喜びも喜びのうち〕である。せっかく書いたシナリオが流れたり、宝くじがはずれたりすると、がっかりするのは仕方がないとしても、はずれるまでの期待感や楽しみまで否定するのはもったいない。〔ぬか喜びも喜びのうち〕と解釈し、〔まァいい

か〕で締め括る。

何やらごまかしみたいで、私の生き方が正しいとは思わないが、人の生き甲斐は、安心や安全ではない。心の中に楽しみのタネがなくなれば、死にたくなるのだ。

入院患者には退院する楽しみがある。刑務所の囚人には出所する楽しみがある。離婚した人には再婚の楽しみがある。雨が降れば庭木が色づく楽しみがある。晴れた日には洗濯物が乾く楽しみがある。あえていえば、人の足を引っ張る楽しみ、落とし穴を掘る楽しみ、テレビタレントをこきおろす楽しみもある。

人間の感情をおおまかに喜怒哀楽というが、喜は達成感、怒は不満感、哀は失望感、楽は期待感だと思う。つまり楽しみは〔想像力〕によって生まれる。生き甲斐を求めるなら、心の畠に楽しみのタネを絶やしてはならない。人生は日々刻々と過ぎる時間の中にある。

紀元前から存在し、世界中で上演される〔ドラマ〕は、ギリシャ語で二律背反を意味する。私の推測だが、英語の〔ディレンマ〕もスペルからいって語源は同じだろう。

要するに人間社会の対立、葛藤、トラブルを描くのがドラマなのだ。国家対国家、企業対企業、宗教、民族、イデオロギーの対立、嫁と姑、夫婦喧嘩、町内のいざこざ、こどものいじめ、そうしたトラブルはなぜ起きたのか、どうやって解決したのか、あるいは解決できなかったのか。

トラブルの根源は、すべて動物的本能に根ざしている。

052　愛と闘争

ドラマの多様性は無限に思えるが、究極の劇的要素は二通りしかない。ひとつは敵と闘って勝つか負けるか。もうひとつは愛が実るかどうか。闘争系は戦争もの、刑事もの、冒険もの、スポーツ根性もの、権力争いのたぐいで、愛情系は恋愛、結婚、子育て、友情などが軸になる。

別の言い方をすればロマンとサスペンス、濡れ場と修羅場、性と暴力、愛と死、エロと残酷などで、突きつめれば動物の二大本能〔食欲〕と〔性欲〕に行き着く。食糧や縄張りを争う生存本能は空間系であり、子孫に命をつなぐ種族保存本能は時間系ともいえよう。

猿から進化した類人猿が原人になり、道具や火を使い始めたのは、およそ四十万年前らしい。二万年前にはネアンデルタールが絶滅し、言語をあやつるホモ・サピエンスだけが生き残った。言語を共有すれば情報を交換できるし、智恵や知識を子孫に伝えられる。

我々の祖先は、防衛や繁殖のために、集団生活を営むようになった。村が町になり国家が誕生すると、本能の暴走をコントロールする掟《おきて》やルールが必要になる。原始時代の制御装置は〔神〕だった。神様が人間をつくったのではない、人間が神様をつくったのだ。

人類が発明した〔神〕は、宗教を生み、倫理や道徳を生んだ。文明の発達した現代社会の〔神〕は、憲法や法律や良識になった。ただし集団によって〔神〕の概念が異なり、正邪善悪も異なるから、集団と集団の争いは絶えない。

それはともかく、人類が他の動物と違うのは、〔食欲〕と〔性欲〕のほかに、二大本能を制御する〔第三極〕を持ったことだ。人間の精神構造も行動原理も、この三角形の中にあるといっていいだろう。

ところが、この三角形は、人によって角度が違う。二等辺三角形もあれば、妙にとんがったのもある。硬直したのもあれば、柔軟に変化するのもある。ひとりひとりの性格や個性は、それぞれの三角形によって形成される。どれが正しいかは、時代や教育によっても違うので、一概にはいえないが、三角形の内角の和が、すべて百八十度であることは、中学で習った通りである。

そして集団社会のルールや、個々の人間関係とは、複数の三角形を重ね合わせることなのだ。ぴったり合うのは珍しく、大なり小なりのズレが生じるのは仕方がないだろう。ズレを無理やり修正して、規格通りの人間をつくろうとすれば、みんな戦争ロボットや労働ロボットになる恐れがある。むしろ他人との違いを認め、ズレを楽しむほうが、人生は豊かになるはずだ。

私はようやく悟った。宇宙全体より広くて深いもの、それはひとりの人間の心である。

053 銀河テレビ

少年時代から16ミリの映画を撮り、独自の道を開拓した大林宣彦《おおばやしのぶひこ》監督とは、同じシロウト出身だからか仲よくなり、昭和五十二年（一九七七年）には手塚治虫《てづかおさむ》の「瞳の中の訪問者」、翌年には三浦友和《みうらともかず》と山口百恵主演の「ふりむけば愛」の脚本を頼まれた。どっちも可愛いらしい映画だった。

料理の達人でもある大林監督は、塩しか使わないスパゲッティ〔ペペロンチーノ〕や、茄子を冷凍してつくるシャーベットを教えてくれ、料理の献立は脚本の構成と同じだと語った。

どこだったかロケ先の旅館で、大林流の寄せ鍋をスタッフ一同で食う前に、私が何気なく鍋の蓋を開けると、監督が泣きそうな顔でうめいた。

「あーあー、これで台無しになった」

鍋物はぐつぐつ煮えたぎるまで、絶対に蓋を開けてはいけないそうだ。ごめんね監督。

さて、脚本家になって十数年、私は注目の新人から、売れっ子の中堅になりかけていた。内村《うちむら》直也《なおや》先生に、遅咲きの花は長持ちするぞといわれたことも励みになった。

しかし私の心の奥には大きなしこりがトグロを巻いていた。映画界やテレビ局の仕事は、ほとんど網羅しているのに、ＮＨＫだけはうんともすんともいってこない。

「ＮＨＫは慎重なんだ」

「自分から売り込んでみたらどうだ」

「ジェームス三木というペンネームが軽すぎるんじゃないか」

周りはいろいろアドバイスしてくれたが、仕事は向こうからくるものだと信じていたので、自分から積極的に売り込んだ記憶は一度もない。

「こうなったら注文がきても断ってやる」

ひねくれ気味の虚勢を張っていた私に、ＮＨＫの川村尚敬《かわむらなおたか》プロデューサーから脚本依頼があったのは、昭和五十五年（一九八〇年）で、私は四十五歳になっていた。

ハイハイと、シッポを振って引き受けた初仕事は、二十回連続の銀河テレビ小説だった。定時制高校に通う大工の川谷拓三《かわたにたくぞう》と、年下の数学教師根岸季衣《ねぎしとしえ》の「愛さずにはいられない」である。

冴えない男女の恋物語は共感を呼び、川谷が満員のバスの中で、根岸を探しながら、大声でプロポーズする最終回が終ると、川村氏が電話をかけてきて、視聴者の感動の電話が鳴り止まない

と、涙声でいった。

以後、毎年のように書いた銀河テレビ小説「煙が目にしみる」「夢見る頃を過ぎても」「あなたに首ったけ」は、いずれも私の愛唱歌だったジャズソングのタイトルを借用している。

昭和五十七年にはダイナミックな演出で知られる和田勉《わだべん》の指名で、松本清張《まつもとせいちょう》の「けものみち」全三回を書いた。名取裕子《なとりゆうこ》主演のこのドラマは、同年のテレビ大賞優秀番組賞を受賞した。

054 アップの和田勉

和田勉の演出には度肝を抜かれた。「けものみち」も「波の塔」もそうだったが、ドカンドカンと、クローズアップ、ズームアップ、ズームアップの連続で、通行人までアップで撮っている。しかも大胆な省略が効いて小気味がいい。

歴史の浅いテレビドラマは、まず映画を手本にした。演出家は芸術的な映像、印象的な画面にこだわり、背景や照明や小道具に工夫をこらした。

だが映画とテレビでは画面の大きさが決定的に違う。百頭の騎馬が川を渡る場面が、テレビではメダカやオタマジャクシの集団にしか見えない。

映画では灰皿でも茶碗でも人の顔でも、本物より大きく映るが、テレビは基本的に本物より小さい。映像表現の本質を考えれば、映画には到底かなわない。

ならばテレビはアップで対抗するしかない。茶の間で画面を見ている家族の顔より、サイズの大きい顔を映せばよい。ズームアップなら、画面から飛び出してくるような迫力がある。

画面に映る顔はせいぜい三人までで、大勢出てくるヒキの場面は、人物の位置関係や、その場の雰囲気を伝えるだけでよい。これが和田勉演出の基本理念だった。

吉永《よしなが》小百合《さゆり》と結婚した岡田太郎も同じスタイルで、アップの太郎といわれた。更にＲＫＢの久《ひさ》野《の》浩平《こうへい》は、誰の目線から見た映像なのかにこだわりつづけた。

考えてみれば人間は、いやすべての動物は、相手の表情から、本心を察知しようとする。まばたきひとつ、笑い方ひとつで、あ、この政治家は嘘をいっている、真犯人はこいつに違いないと嗅ぎつける。テレビは嘘発見器の役割を果たしているといってもいい。野球やサッカーの中継でも、見どころはピッチャーやバッターやゴールキーパーのアップなのだ。そう、人間の最大関心事は、他人の顔色である。究極は動物の生存本能につながるからだ。

「風景には何の興味もありません」

映画の巨匠溝口健二《みぞぐちけんじ》もそういっているし、脚本家兼監督の松山善三《まつやまぜんぞう》は、

「人物がしゃべるとき背景は邪魔になる」

とまで言い切った。絵柄より心情のリアリティーを優先するのだ。

残念ながら和田勉らの方法論は、現在のテレビドラマに継承されていない。はったりだとか、押しつけがましいという見方もあるが、肝心の俳優に、感情や性格を表現する能力が、不足していることも否定できない。

アップ多用のドラマづくりを継承しているのは韓流ドラマである。何年も訓練を重ね、厳選された俳優だけが出演し、目の演技で日本のファンをとりこにしている。

ただし記憶喪失と、出生の秘密と、偶然の事故ばかりで、盗み聞きや、ひとりごとや、回想が

多過ぎますけどね。

055 青年劇場

四十代後半に入った私は、NHKで銀河テレビ小説のほかに、「けものみち」「欲望」「結婚という冒険」「旅よ恋よ女たちよ」などを書いた。

テレ朝では「加山雄三のブラック・ジャック」、江戸川乱歩《えどがわらんぽ》の「パノラマ島奇談」「人間椅子」「黒蜥蜴」などを次々に手がけた。

TBS系列の東芝日曜劇場では「初恋通りゃんせ」(RKB)、「シューベルトの微笑」(HBC)、「憎いとんぴんしゃん」(RKB)、「紙のダイヤモンド」(MBS)、「青春ジグザグ通り」(RKB)を、フジ系関西テレビの花王名人劇場では「妻の見合い」「早苗ちゃんの恋日記」「ちゃんとした恋人」などを書きまくった。

それだけではない。私は昭和五十七年、劇作家兼演出家として、演劇界にもデビューしている。銀河テレビ小説を御覧になった飯沢匡《いいざわただす》先生が、出演した女優の賀原夏子《かはらなつこ》さんを介して、芝居を書かないかと打診してくださったのだ。

「あなたはリアリズムの喜劇が書ける。余命いくばくもない私の仕事を、引き継いでください」

私の母と同年の飯沢先生は「夜の笑い」「多すぎた札束」「もう一人のヒト」など、辛口の政治風刺劇で知られる劇作家の重鎮であり、テレビでは「ヤン坊ニン坊トン坊」「ブーフーウー」などの作品がある。

黒柳徹子《くろやなぎてつこ》や山藤章二《やまふじしょうじ》を発掘して育て、人形作者の川本喜八郎《かわもときはちろう》や与勇輝《あたえゆうき》を世に出した飯沢先生に、見込まれた私は、天にも昇る心地だった。

先生の推挙で青年劇場と組み、最初に書いたのは「愛さずにはいられない」の演劇版で、ぜひ演出もやりなさいといわれたのが嬉しかった。

ドラマの脚本が精子なら、卵子は俳優の演技である。組み合わせをお膳立てするのはプロデューサーで、受精卵の成長、出産、育児、教育を担当するのが演出なのだ。

脚本を演出家に渡すとき、私はいつも、娘を嫁に出す父親の気分に襲われる。幸せになれるかどうかが、心配でたまらないし、たとえ幸せであったとしても、何らかの違和感はつきまとう。

小説やマンガの原作者も、他人が脚色したドラマには、たぶん不満が残るだろう。価値観やセンスは人それぞれであり、一致することはきわめて稀なのである。

演出もまかされた青年劇場とは「結婚という冒険」「善人の条件」「翼をください」「アダムの星」「安楽兵舎V・S・O・P」「真珠の首飾り」「族譜」など三十年以上のつきあいになり、私はすっかり演劇にのめり込んだ。

飯沢先生は私の作品に助言も忠告も一切なさらず、客席でにんまりと御覧になるだけだった。

だが私のその後の生き方に、もっとも大きな影響を与えた師であることはいうまでもない。

056 飯沢先生

飯沢匡先生はいわゆる名門の出で、貴族院議員の父上は台湾総督をお務めになった。また教育

者の伯父上は、文部省唱歌を制定して全国に広めた伊沢修二《いさわしゅうじ》氏である。

ところが反骨精神の強い御本人は、旧制高校時代、教師を侮辱したカドで放校処分になった。その後はこどものころから好きだった芝居に熱中し、親族からは手がつけられない不良少年と見られたらしい。自由な気風の文化学院に進むと、チェーホフでもモリエールでも原書で読破し、ずばぬけた洞察力で、独自の美学を開拓なさった。

当時は出席簿でも何でもイロハ順だから、本名の伊沢紀《いさわただす》はいつもトップに書かれたが、あるとき飯田という生徒が入ってきたので二番手になったのが気に入らず、飯沢匡と変名してまたトップになった。ところが次に飯泉《いいいずみ》というのが入ってきたため、とうとう諦めたというエピソードがある。若いころから負けん気が強かったようだ。

『アサヒグラフ』の編集長時代は、歯に衣を着せぬ評論で、画壇の大家をこきおろし、偏屈で気難しい人物と恐れられていた。劇作家になっても反権力を貫き、信念を曲げない人だった。

戯曲「もう一人のヒト」は、南朝の末裔で靴屋をやっている人物が主人公だったが、皇室批判とも受け取れるので、再演を見合わせた劇団民藝に代わり、青年劇場が引き継いだと聞く。

田中角栄のロッキード事件を土台にした「多すぎた札束」では上演後の一年間、ある政治団体から、毎晩深夜零時にいやがらせの電話がかかってきたが、夜に強い飯沢先生は、何時間でも懇々と説諭し、相手を根負けさせた。

芝居の打ち上げでは恒例の手拍子を嫌った。

「芸術に携わる者が、野暮ったい真似をするな」

出版社やテレビ局が求める〔請求書〕は、断固として書かなかった。

「正当な報酬を受けるのに、請い求める必要がどこにある」

いわれてみると、もっともな話だ。

だが私がお目にかかった飯沢先生は、気難しい人ではなかった。風采は気品にあふれていたが、屈託というものが微塵《みじん》もなく、こよなくユーモアを愛する人だった。

私はしょっちゅう先生を囲む食事会に顔を出した。常連は天衣無縫の黒柳徹子、人形作者で全身刺青の川本喜八郎、青年劇場の松波喬介《まつなみきようすけ》、ときどき山藤章二というメンバーで、みんな人を楽しませるのが本業だから、話題は森羅万象変幻自在、世俗的な噂話、最新のジョーク、その夜の料理批評に至るまで、笑いっぱなしで時を過ごした。

私は飯沢先生の言葉をひとつも聞き洩らすまいと心掛けた。知的で愛に満ちた片言隻句が、自分の心の畠のタネになり、芽生えて樹木になり、やがて森に育って行くことを、まざまざと実感したからである。

057 トットちゃん

食事会での飯沢先生との楽しいやりとりを、いくつか書いてみる。

「青年劇場『翼をください』の全国公演は、一千五十回に達しました」

「ああ、端数の五十回は消費税の分でしょう」

「フルシチョフはバカだと書いたソ連の記者が逮捕されました」

「罪名は国家機密漏洩《ろうえい》罪でしょうな」

「ごちそうさまでした。私は独房に戻ります」

「ご苦労さん、私も終身刑に戻ります」

独房とは私が執筆のため、缶詰になっているホテルのことだが、すると終身刑というのは？考えないでください。

あるとき私は得意顔で〔すし屋三原則〕を披露した。一、知らない店には入らない。二、誰がカネを払うのか確認して入る。三、ホステスを誘わない。

知らない店はボラれる恐れがある。ホステスを誘うと友達を何人も連れてくる。飯沢先生は目を細めて笑いながら、こうおっしゃった。

「すし屋の勘定は、最初にウニを頼んだ人が払うのが暗黙のルールです」

なるほど、そういえば私のような凡人は、高価なウニを注文するのは誰か、いつも気になる。

それがきっかけで、一度みんなで、ウニだけをたらふく食ってみようということになった。

次の食事会は黒柳さんのマンションに決まり、築地の魚市場から、黒柳さんが買い集めてきた大量のウニを、豪勢にひと山ずつ食ったのだが、なぜか途中で、箸が進まなくなった。

ウニは少量だからこそ美味なので、たくさん食うと味がくどく、いやけがさすのである。

「食ってみなきゃ分からんもんだな」

貴重な体験ということで、全員の意見が一致すると、残ったウニはすべて、皿洗いを手伝った川本さんが持ち帰った。

黒柳さんほど心がまっすぐな人に、私は逢ったことがない。『窓ぎわのトットちゃん』を読めば分かるが、独自の思考回路、純粋な価値観は、こどものころから変わっていないようだ。

音楽学校を出て、東京放送劇団にいたころは、素《す》っ頓狂《とんきよう》な発声と、けたたましい早口が邪魔で、あまりいい扱いを受けていなかった。その個性に着目し、たぐい稀な才能として発掘したのが、飯沢匡先生である。「ヤン坊ニン坊トン坊」や「ブーフーウー」などで、時代の寵児《ちようじ》となった黒柳さんは、一万回を突破した「徹子の部屋」で、今やテレビ界の第一人者となったが、いささかも驕《おご》るところがない。

御本人から聞いた失敗談は、思い出すたびに笑える。大相撲の親方のインタビューで、親分親分といってしまい、とうとう「親方です」と苦情をいわれた話。親戚の結婚式で「花婿と私は内縁関係にありまして」と挨拶し、大騒ぎになった話。銀座ですれちがった青年に頭を下げられ、誰だったかしらと後でよく考えると実弟だった話。静岡の旅館で「ステキな山ですねー、何て山ですか」と訊いて、「富士山ですけど」と、女中にバカにされた話などなど。

058 病変

昭和五十八年（一九八三年）ごろ、私は多忙をきわめていた。テレビドラマのほかに、映画は松田聖子主演の「夏服のイヴ」、野村芳太郎監督の「ねずみ小僧怪盗伝」を書き、演劇にも手を広げたので、眠るヒマもない。

特に演劇はナマものだから、一カ月もの稽古を要し、百回公演なら百回の実演をこなさねばならない。だが客席と舞台が一緒になって、その場を盛り上げる醍醐味は、格別の感がある。

厚木の自宅は遠くて不便なので、私は都内の仕事場を物色し、ＮＨＫにも民放各局にも、劇団の稽古場にも近い南青山のマンションを、ローンで購入した。

同年の春、ＮＨＫの中村プロデューサーから、再来年度の朝の連続テレビ小説の依頼があった。いわゆる朝ドラで、十五分×百五十六回。いよいよ来たかと、私は武者震いした。自分のからだに重大な病変が起きているとは知らずに。

朝ドラの構想を立て、資料調べに没頭しているころ、私は原因不明の高熱で何回か寝込んだ。行きつけの医院の人間ドックでは、特に悪いところはなく、疲労の蓄積と診断された。ひどい肩こりと頭痛は、執筆のせいだと考えた私は、当時出回り始めたワープロを購入したが、それでも体調は悪化した。

これでは朝ドラどころではないと、慶應病院の神経内科へ行き、頭部のＣＴ検査を受けると、左脳に腫瘍が発見された。

私は闇の底に突き落とされた気がした。七歳で死んだ妹と同じ脳腫瘍だったのだ。ただちに脳外科に回され、入院手術が決まった。

そのころ南青山のマンションには、妻と大学生の長男、高校生の次男が住み、長女はアメリカに留学中だった。私は家族に、志半ばで死ぬのは残念だが、一巻の終りだと告げ、葬儀の手順を脚本にして渡した。

脳血管に造影剤を入れて撮った映像で、三叉神経の鞘《さや》にできた鶏卵大の腫瘍は、悪性（癌《がん》）ではないと分かった。執刀の戸谷教授によれば、左側頭部の頭蓋骨をくりぬいて患部を除去するが、全部は取れないので、再発の可能性もある、ただし四十九歳の年齢からいって進行は遅いだろうということだった。

また術後は、右半身が麻痺するかも知れないと告げられた私は、その夜から股間のあの大事な部分を、必ず左に寄せて寝た。ところがあの部分は右でも左でもなく、背骨からぶら下がっているのだそうで、まったく無意味な努力だったことを後で知った。

入院した病棟の相部屋には、同じ病気で手術を待つ男性患者が何人かいて、それぞれの境遇を語り合ったが、雰囲気は必ずしも暗くなく、テレビの巨人阪神戦を、二手に分かれて応援していた。人は絶望的な境遇にあっても、何かしら楽しみを探すものだと悟り、私なりに感動を覚えた。

そうかと思うと、手術室に向かう途中で、ベッドから飛び下り、逃亡した患者もいたという。何とその人は教会の神父だったそうだ。

059 開頭手術

脳腫瘍の手術を目前に控えて、私は自分の人生に、一応の結着をつけなければならなかった。人は誰でも死ぬ。死ななかった人間は、これまでひとりもいない。死に方は〔病死〕〔事故災害死〕〔自殺〕〔他殺〕の四通りしかない。そのうち九十六パーセントを占める病死は、ごく当たり前の正常な死といえよう。運命は黙って受け入れるしかあるまい。命を断たれる無念さは、死と共に消滅するのである。

では具体的には、死の何が怖いのか。恐らく断末魔の苦悶激痛、心肺停止に至る呼吸困難など、想像しただけで身の毛がよだつ。

死の恐怖はこどものころから、何度か体験している。米軍の空爆、ソ連軍の侵攻、難民として命からがらの引き揚げ。路傍に放置された死体の形相は、たいがい悲惨に歪んでいた。

しかしである。人は息を引き取る瞬間、果たして自分の死を、体感するだろうか。すでに意識は朦朧《もうろう》と混濁《こんだく》し、死んだことに気づかないのではあるまいか。

私は高校時代、三回も気絶している。最初と二度目は、柔道部の先輩コーチに、寝技で締め落とされたとき。三度目は体育の授業のラグビーで、級友と正面衝突し、頭を打って昏倒したときで、ふらふらと立ち上がった私は、大丈夫だといいながら、級友に支えられ、自分で歩いて医務室に向かったそうだが、その記憶はまったくない。気絶したまま蘇生せず、絶命していれば、当人は自分の死を知らない。

死亡の確認は、医師や家族の客観によるものであり、当人の主観とは無関係である。死という概念が、当人の意識外だとすれば、それは存在しないに等しい。

ましてや私の開頭手術には、全身麻酔がかけられる。死ぬも生きるも無意識ならば、恐れる必要はない。結果がどうであろうと、あれこれ悩むのは無駄だと、理屈をこねて自分を説得した。

この間、やきもきしていたのは、ＮＨＫのドラマ部だ。朝ドラの中村プロデューサーは、内々に慶應病院に、病状を問い合わせたらしい。

なにしろ打ち合わせを重ねて、お膳立てもほぼ整った脚本家が、突然脳腫瘍で倒れたのである。普通なら大急ぎで脚本家を変更し、企画をゼロから練り直そうとするだろう。しかし見舞いにきたプロデューサーは、そんなことはおくびにも出さず、ひたすら私を励ましてくれた。裏でどんな動きがあったのか、私は今でも知らない。

そして六月――。

病院内の理髪所で、丸刈りにされた私は、少年のようなつるつるの坊主頭と、鏡で対面して別れを告げ、手術室への移送ベッドに寝た。

約三時間の開頭手術が終り、麻酔から覚めたとき、私は集中治療室の酸素テントの中で呼吸をしていた。

あれ？ 私は生き返ったのかと、ゆっくり手足を動かしてみた。どうやら命だけは、とりあえず取りとめたようだ。

060 気力

開頭手術で命をつなぎとめた私は、集中治療室で意識を取り戻し、約一週間後には、病棟の個室に運び込まれた。

だが安心してはいられない。左側頭部の頭蓋骨を、直径五センチほどくりぬいて、三叉神経の鞘部にできた鶏卵大の病巣を摘出したのだが、すべては取れず、危険な部分は残されたままだ。手術後の開口部は、はずした頭蓋骨で蓋をしてあり、包帯の上からさわってみると、何だかでこぼこしている。当面は頭髪で隠せるが、いつか禿げ頭になったら、みっともないだろうと心配した。

術後の経過は、必ずしも順調といえず、左耳からの出血が止まらないので、耳鼻科の治療を受けた。薬が合わなかったのか、肝炎も併発して、入院生活は長引いた。自覚できる後遺症は、舌の根のしびれるような違和感と難聴であり、これは諦めるしかない。

私は医師や看護婦の顔色から、自分の病状を探ろうとしたが、そう簡単にはいかない。とにかく歩きなさいといわれ、頭部を厚い包帯でぐるぐる巻きにしたまま、パジャマ姿で院内を歩いた。足腰に異常はなかった。

友人知人の見舞いは、しばらく制限されていたが、最初に私を発見したのは、俳優座養成所で同期のオコゼ（小瀬朗《おせろう》）だった。別の病気で入院中の彼は、ジェームス三木宛ての名札がついた花束が運ばれるのを見て不審に思い、どこまでもついて行くと、集中治療室の覗き窓から、昏睡状態の私の顔が見えたそうだ。

後に病室にきた彼は、オセロとかフランス乞食とかのあだ名もあり、気さくでおしゃべりな役者だった。オコゼと私はジョークを交えて、しょっちゅう歓談した。おかげで私は、言語明瞭な自分に気づき、記憶力が確かなことも確認できた。

やがてテレビや劇団関係者が、次々に見舞いにきてくれた。私が再起可能かどうか、様子を見にきたのかも知れない。

泉ピン子は、私の頭がおかしくなったと聞き、ふっとんできたらしい。

「手ごろな女」（ＮＴＶ）で初主演の彼女は、奪われた夫を取り返す女を絶妙に演じて、私との信頼関係を深めていた。

私の手術に輸血が必要と知った青年劇場は、Ｂ型の役者を数人待機させてくれた。私が不安だったのは、主宰の瓜生正美《うりゅうまさみ》以下大半が大酒呑みで、劇作家アルチュール・ランボーをもじり、アルコール・ランボウ劇団の異名があったからだ。

（輸血でアル中が感染したらどうしよう）

結局は輸血が不要だったので、私はひそかに胸をなでおろした。

日がたつにつれ、私は気力を取り戻し、気力は欲望を生んだ。何とかつなぎとめた命を、むだにするのはもったいない。

「朝ドラは書くよ」

中村プロデューサーを前に私は断言した。

「たとえ病状が悪化しようが再発しようが、これだけはやり遂げて死ぬ」

退院したのは八月末、三カ月ぶりに帰宅した私は、その夜から一心不乱に、ワープロを打ち始めた。放送開始まで、もう七カ月しかない。

061 澪つくし

昭和六十年（一九八五年）四月から放送予定の朝ドラは、千葉県銚子を舞台に、醤油《しょうゆ》醸造の老舗の娘と、漁船の船主の倅《せがれ》の恋物語に決定していた。

紀州から移住した醤油産業と地つきの漁業は、銚子を二分してほとんど交流がなく、どちらもプライドが高い。家名にこだわる旧家の反目を、私は「ロミオとジュリエット」の悲恋を土台に、波瀾万丈《はらんばんじょう》のストーリーに組み立てた。

醤油屋の頑固な当主は津川雅彦《つがわまさひこ》、本妻が岩本多代《いわもとますよ》で、妾《めかけ》は加賀《かが》まりこ、女傑の船主には草笛光子《くさぶえみつこ》がすでにキャストされ、主役の二人は、オーディションで選ぶことになっていた。醤油屋の妾の娘かをると、船主の長男惣吉《そうきち》である。

ＮＨＫが決めた当初のタイトル「朝まずみ」は銚子の方言で、夜明け前を意味する。ところが発表の直前に、地元の政党の機関紙と同じだと分かり、慌てて変更することになった。

私が思いついた新タイトル「澪《みお》つくし」は、市岡高校の校歌の一節である。〔澪〕は水脈を意味し、浅瀬に林立する杭を〔櫛《くし》〕に見立てた古語で〔身を尽くす〕の掛け言葉でもある。いにしえの美しい日本語を、蘇生させて世に広めることに、私は満足し、スタッフにも歓迎された。

同じころ私は、武田鉄矢《たけだてつや》主演の映画をたまたま見て、いじらしく凛々しい新人女優を発見し、スタッフにも見るよう勧めた。漁師惣吉の妹役にどうかと思ったのだ。

ところが見てきた中村プロデューサーは、興奮気味に「主役のかをるはあの子に決めた！」と叫んだのである。それが沢口靖子《さわぐちやすこ》だった。

ロミオの惣吉は、オーディションで、川野太郎《かわのたろう》が選ばれた。こっちもずぶのシロウトで、早大野球部の補欠選手だった。

トップシーンは銚子の海岸、かをると惣吉の出逢いである。時代は昭和の初期、画家役の福田豊士《ふくだとよと》が、かをるをモデルに絵を描いていると、背景の漁船を、惣吉が動かそうとして揉める。

脚本の進行は、自分でも驚くほど快調だった。いつ倒れるか分からないのだから、いちかばちかの挑戦である。せめてこの作品だけは、生きた証拠としてこの世に残したい。腹を決めると、自然に気合が入った。

順調に撮影が進み、いよいよ放送がスタートすると、視聴率が急カーブで上昇した。

「頭に穴を開けて、風通しがよくなったんじゃないの？」

といったのは黒柳徹子さんである。

最初のころは「澪つくし」を、「澪くずし」とか「濡つくし」とか誤植するマスコミも多かったが、視聴者の評判は評判を呼び、とうとう最高視聴率は、五十四パーセントに達した。歴代の朝ドラの中では、橋田壽賀子《はしだすがこ》さんの「おしん」に次ぐ第二位という。

同時に私の体調が、驚くほどよくなり、いかに高視聴率が作者のからだにいいかを、しみじみ実感した。毎朝ご覧くださった皆さんの御恩は、一生忘れない。

062 沢口靖子

大当たりした「澪つくし」の原動力は何だったのか。何がブームに火をつけたのか。

おこがましくいえば、病み上がりの私は決死の覚悟で、ありったけのアイディアを、惜しみなく注ぎ込み、連続百五十六回の長丁場を、大胆なストーリー展開で、スピードアップを狙った。明日はどうなる、明日はどうなると、こどものころ夢中になった紙芝居の要領で、視聴者を釘づけにするつもりだった。

対立する両家のしがらみを、ひとつずつ乗り越えて、かおると惣吉は結ばれる。普通ならここで大団円だが、漁に出た惣吉が遭難して死ぬ。泣く泣く実家に帰ったかをるは、父の采配で醤油屋の職人（柴《しば》田《た》恭兵《きょうへい》）と結婚しこどもを産む。ところが死んだはずの惣吉は、外国船に助けられ、

記憶を失ったまま帰国する。

あざといといえばあざといが、このあたりから視聴率が最高潮に達したのは確かである。

しかし脚本家はドラマの料理人に過ぎない。メインディッシュは役者の演技であり、味見をするのは視聴者なのだ。

ドラマを支える二本柱ともいえる津川雅彦と草笛光子は、実に見事な存在感を示し、たっぷりとベテランの味を見せてくれた。津川はこの役がよほど気に入ったらしく、三十年後の今でも、必ず代表作のひとつといってくれる。

更にひと癖ありげな加賀まりこ、奔放な桜田淳子《さくらだじゅんこ》、しっとりした岩本多代らを含めて、レギュラー陣は、磐石《ばんじやく》の布陣だったといえよう。

しかしである。「澪つくし」の高視聴率を生み出した最大の功労者は誰かと訊かれたら、私は迷わず沢口靖子と答える。

主役も連続ドラマも初めての新人沢口は大阪の出身、山のようなセリフのアクセント修正に、痩せ細るほど苦労した。所属事務所の東宝芸能は、沢口を寮に閉じ込め、関西人との接触を遮断したらしい。

撮影現場では、主として母親役の加賀まりこに演技を指導され、容赦なく注文をつけられた。沢口はどうすればいいのか分からず、ひとりになるとしょっちゅう泣いていたそうだ。

スタッフは私に、かをるのセリフを短くしてくれといってきた。棒読みだし、リズムも抑揚もないので、三行以上になると、何をいってるのか分からないと。

セリフを単純に短くすれば、芝居に差し障りが出るので、私は合間に相手役の合いの手を入れたり、リアクションを書き込んで、間を取ったりするように工夫した。

ところが意外や意外、全国の視聴者がやきもきしながら、こぞって味方についたのは、そのかをるのたどたどしい物言いや、シロウトっぽい演技だったのである。

視聴者の皆さんは、何とかならないのと、はらはらするうちに、沢口本人の初々しさ、気まじめさ、いたいけな懸命さなどに気づき、いつのまにか親代わりの気分で、目を離せなくなったに違いない。もちろん天性の愛くるしさ、清らかさに感動したことも、つけ加えておく。

063 嘘発見器

めまぐるしいストーリーで、全国のファンを熱狂させた「澪つくし」だが、最終回が近づくと困ったことが起きた。

死んだと思った惣吉が生き返ったことで、再婚していたかをるの心が揺らぐ。さあラストはどうなるのか。私が考えていた結末は安易だった。太平洋戦争で出征した現夫は戦死する。後は視聴者に想像して貰えばいい。

ところが柴田恭兵の人気が高まり、視聴者は川野太郎派と真っ二つに分かれていた。かをるの心情はどっちなのか。川野派と柴田派の双方から、ファンの投書が殺到し、恐れをなした私は、結論をあいまいにしたまま、最終回を終えた。

たちまち作者の無責任を咎める抗議の電話や投書がどっときて、収拾がつかなくなった。

私は中村プロデューサーと相談して、同年の紅白歌合戦に、かをると惣吉を登場させ、いずれ

二人は再び結ばれるであろうと暗示した。前代未聞の継ぎ足しだが、これで視聴者が納得したかどうかは分からない。

朝ドラの人気は、地元の産業や財政にも好影響をもたらす。観光ブームに湧く千葉県の銚子地方には〔澪つくし号〕と名づけた電車が登場し、ロケで世話になった醤油工場からは、濃い口の〔澪つくし醤油〕が売り出された。かをる役と女傑の船主は、私がモデルだという女性が、次々に名乗り出る騒ぎもあった。

余談になるが、全国共通の俗語〔ブス〕は、千葉の方言〔ぶすくれ〕が語源である。同じく〔ごろつき〕も、大前田英五郎《おおまえだえいごろう》、飯岡助五郎《いいおかすけごろう》など、千葉のならずものは〔五郎つき〕が多かったせいらしい。

私が「澪つくし」から学んだのは、数千万の視聴者が、テレビ画面の何を見ているのかということだった。

人間という動物はほかの動物と違い、本心を隠して、お世辞やハッタリの嘘をつく。相手の顔色や指先のしぐさを、用心深く見ながら、敵か味方かを察知しようとする。

これは世渡りの基本であり、生存本能といってもいいだろう。だが目上の顔色をジロジロ見るのは失礼に当たる。武家社会では、上司に質問することすら、無礼とされて許されなかった。

ところがテレビの視聴者は、何の遠慮もなく、一方的に画面を直視できる。向こうから見返される心配はまったくない。

登場人物の言動から嘘を見破り、本心を突き止め、それぞれの個人的な経験、思考、価値観、想像力を駆使し、自分なりのドラマを心の中に構築するのだ。

国会討論やインタビュー番組でも、顔色や目つきや態度から、言葉とは裏腹の内心を読み取ることができる。人物の器量も本質も判断できる。

そう、テレビはまさしく〔嘘発見器〕である。

ではテレビに出演するときは、どんな心得が必要なのか。

「自分がどれほどバカであるかを、さらけ出せばいいのです」

こともなげに教えてくださったのは、飯沢匡先生である。

064 向田さん

朝ドラ「澪つくし」で日本文芸大賞脚本賞を受けた私は、その翌年（一九八六年）もＮＨＫで、向田邦子原作の「父の詫び状」を手がけた。残念ながら向田さんは、飛行機事故で亡くなっていた。

向田さんとはマンションが近いこともあって、御自宅へ伺ったり、近所の喫茶店で世間話をしたり、親しいおつきあいをさせて貰った。

ひとり住まいの向田さんは、コラットという珍種の猫を、十五匹も飼っていて、生まれて間もない子猫を、一匹譲ってくださった。ところが厚木の自宅へ車で届けてくれるはずの某プロダクション社員が、ほかにも用があったらしく、厚木に着いたのは夜だった。子猫は車内でぐったりしていて、介抱空《むな》しく三日後には、ギャーと悲鳴を残して絶命してしまった。

私はそのことを、どうしても向田さんにいえなかった。「あの子は元気？」と訊かれる度に、

元気ですと嘘をついた。いつかは露顕すると、悩んでいるうちに、向田さんは他界したのである。

向田さんが実父をモデルにしたエッセイ「父の詫び状」は、杉浦直樹《すぎうらなおき》主演、深町幸男《ふかまちゆきお》演出、私の脚本でドラマ化され、その年の放送文化基金賞本賞を受けた。更にプラハ国際テレビ祭では、何とグランプリを獲得した。

私が向田さんに脱帽したのは、数ある脚本家の中で、抜群にセリフがリアルだったからだ。小説家の書くセリフは、ほとんど書き言葉だが、ドラマは話し言葉でなければならない。名作「時間ですよ」を見れば分かるように、向田さんはわざと言葉の順番を変えたり、アーとかウーンとかを入れて、つっかえさせたり間を取らせたりして、巧みに臨場感を出す。

向田さんは、つきあいの長い森繁久彌の影響だといっていた。確かに森繁はセリフの名人であった。映画で森の石松を演じたとき、斬り合いの場面で「キキキ、キキキ」とどもり、切り棄てた後でやっと「斬るぞ」と叫んだのには大笑いした。セリフと動作には、多少ずれがあるほうが、リアルで面白いのだ。

私も向田さんを真似して、話し言葉のリアリズムを大事にするよう心がけている。何度も声を出して読み返したり、路上や酒場で他人の会話に耳を傾けたりする。いつだったか電車の中で「あらいやだわ」と、つい女言葉を口走ってしまい、周りから変な目で見られたこともある。

また私は喧嘩の場面でカ行タ行を多くし、ラブシーンはナ行マ行を多用する。カ行タ行は荒っぽくなるし、鼻濁音は色っぽくなるからだ。だが、いかにこざかしいセリフを書いても、実在の人間にはかなわない。

あるとき公園を歩いていた私は、ベンチでしくしく泣いている女性を見かけた。さては失恋でもしたのかと、ひそかに観察すると、女性は泣きながら片手を伸ばして、ベンチ脇の水道の蛇口を何度もひねり、水滴のポタポタ洩れを無意識に止めていた。感情と動作が完全に分離している。人間ほど奇妙で不可解な動物はほかにいない。

065 大河ドラマ

必死に書いた「澪つくし」で、脚光を浴びた私には、民放からも次々に脚本依頼があった。

東芝日曜劇場の「プロポーズをもういちど」（RKB）、「春遠からじ」（HBC）、「新婚旅行は三人で」（RKB）、「誰かが来るまで」（MBS）などは、「父の詫び状」と同じ年で、NHKでも「旅よ恋よ女たちよ」と「ふたりで旅を」を書いている。

笑えるのは大阪ABCの「澪つくし高校連続殺人事件」で、朝ドラに便乗したというか、このむきだしのタイトルをつけたプロデューサーは、市岡高校の先輩だった。

ほかにもこの年は、大林宣彦監督の映画「四月の魚」の脚本を書き、新橋演舞場で上演した芝居「澪つくし」は、演出まで担当したのだから、よくからだが持ったものだと思う。

いや、それだけではない。私はNHKから次年度の大河ドラマを発注されて、ひそかに下調べを重ね、すでに執筆を開始していたのである。

NHKの看板ともいえる大河ドラマは格式が高く、ふだんはあまりドラマを見ないおとなの男性が、日曜の夜だけは、教養と娯楽を兼ねて、熱心に見ていた。

ところがここ数年、歴史上の高名なヒーローをほとんどやりつくした大河ドラマは、また忠臣

蔵をやるわけにもいかず、方針を転換して、女性を主人公にしたり、フィクションの現代劇にしたりと、揺れが生じたため、本来の時代劇ファンが遠のきつつあった。

私は中村プロデューサーに、石田三成《いしだみつなり》はどうかと進言した。歴史はほとんど、勝者の立場で描かれるが、敗者にも言い分はあるだろう。関ヶ原の合戦を、三成の側から見ればどうなるか。

だが中村氏の腹づもりは伊達政宗《だてまさむね》だった。とにかくこれを読んで欲しいと届けられたのが、山《やま》岡荘八《おかそうはち》の長編小説『独眼竜政宗』である。

読んでいるうちに、私は政宗にのめり込み、これはいけると思った。

地方の一大名に過ぎない政宗は、織田信長に憧れ、自分も天下を取ろうと決意するが、秀吉には翻弄され、家康にも適当にあしらわれて、本望を遂げるに至っていない。

政略結婚の多い東北地方で、片っ端から親戚の大名を構わず攻め倒し、最後はスペインの無敵艦隊を誘致して、江戸幕府の打倒をもくろむが、これも失敗に終った。

敵の人質になった父を見殺しにし、弟を溺愛する母を追放し、その弟を斬り殺した政宗の胸中には、いったい何があったのか。私は稀代の悪人ともいえる政宗の、劣等感と自尊心を、ドラマの軸にしようと決めた。

私の仕事場で、主役候補の渡辺謙《わたなべけん》と会ったときは、見上げるような図体に驚いた。当時二十五歳の彼は声がよく響き、ギョロリとした目つきも政宗にぴったりだった。

私は覚えていないが、渡辺謙では地味だから、ぼくがいい芸名をつけてやるといったらしい。

ジェームスさんの命名で、チャーリーなんとかにされたらどうしようとびびった彼は、返事を濁したそうだ。

066 梵天丸

これまでの映画や講談では、政宗の隻眼《せきがん》は武将にふさわしく、合戦で敵の矢が突き刺さったことになっている。だが従弟で家臣の伊達成実《しげざね》が書き残した『成実記』によれば、赤ん坊のころ天然痘にかかり、片目が潰れたのが真実のようだ。

また政宗の墓は、近年になって改葬され、発掘した遺骨を、科学的に分析すると、身長はおよそ百五十五センチ、血液型はBであることが判明、足の骨の傷痕は『成実記』にある少年時代の落馬骨折と一致した。

新しい大河ドラマは、綺麗ごとではなく、どろどろした人物の内面を、あからさまに絞り出そうと、心を決めた私は、初回の冒頭場面で、政宗の本物の頭蓋骨を、クローズアップで見せた。恐らく視聴者は、度肝を抜かれたと思う。

昭和六十二年（一九八七年）正月にスタートした「独眼竜政宗」は、辛口のホームドラマだった。

米沢領主伊達輝宗《てるむね》（北大路欣也《きたおおじきんや》）は、仲の悪い隣国の領主最上義光《もがみよしあき》（原田芳雄《はらだよしお》）の実妹（岩下志《いわしたし》麻《ま》）を娶《めと》った。政略結婚だし、男まさりの妻だから、いつ寝首をかかれるか分からない。やがて誕生した嫡男梵天丸《ちゃくなんぼんてんまる》は、病気で片目を失う。

子役の藤間遼太《ふじまりょうた》君は、ぶすっとした表情に、何ともいえない哀愁があり、またたく間に人気をさらった。「梵天丸もかくありたい」というセリフは、全国の小学校で流行語になった。

第八回から登場した渡辺謙は、凄みのある独眼に、むきだしの闘争心をただよわせ、東北の暴れん坊を、鮮やかに演じ切った。特に覚悟の死装束で、秀吉（勝新太郎《かつしんたろう》）と対決するくだりは、後々まで語り継がれる名場面になった。

ほかにも津川雅彦、大滝秀治《おおたきひでじ》、西郷輝彦《さいごうてるひこ》、三浦友和、奥田英二《おくだえいじ》、竹下景子、秋吉久美子といった豪華キャストが、画面を圧倒したことは、今さら書くまでもない。

初回の視聴率は二十パーセントを上回った程度だったが、それが三十、四十、五十と、どんどん跳ね上がり、年間平均では大河ドラマ史上空前の三十九・七パーセントに達した。この驚異的な記録は、いまだに破られていない。

地元の仙台は観光客であふれ、仙台駅には政宗の銅像が立った。売り出された政宗弁当や政宗ラーメンは、椎茸とゆで卵をあしらい、独眼を強調していた。

元々は〔千代《せんだい》〕といった地名を、〔仙台〕に改めたのは政宗である。家康から所領として授かったとき〔千代〕では限りがあると注文をつけ、仙人の台《うてな》に変えたのだ。

夢中でワープロを打っていた私は、夜中になると、誰かが後ろに立っているような気がしてならなかった。きっと政宗の亡霊が、脚本に文句をいっていたのだと思う。

政宗の名誉のために書いておくが、彼は単なる暴れん坊でも、謀略家でもなく、多彩な趣味人としても一流だった。

実は伊達男とか、伊達者《だてしゃ》とかいうのは、政宗についての人物評価が、そもそもの起源なのである。

067 馬上少年過

伊達政宗は書道の達人であり、流麗な筆さばきで、自作の和歌も漢詩も残している。能楽、茶の湯、生け花などにも精通していた。

瞠目《どうもく》すべきは、モダンなファッション感覚で、三日月のついた有名な兜《かぶと》も、黒が基調の鎧《よろい》も、伊達男らしくしゃれていて、愛用の小袖には、まるでカルダンのデザインかと、見まがうような絵柄も現存している。

秀吉の朝鮮出兵に参加した伊達軍は、思い切り派手な軍装で、京の都大路を闊歩《かっぽ》し、見物衆をびっくりさせたらしい。

政宗は、風流を好む公卿衆《くげしゅう》や、太閤《たいこう》の側近大名たちに、たかが東北の田舎大名と、思われたくなかったのだろう。

奥方の愛姫《めごひめ》や側室の猫御前が、つぎつぎに生んだ娘たちに、いろは姫、にほ姫、とち姫、むう姫と、イロハ順の名をつけたのも、独特のセンスを感じる。

美意識にこだわる政宗は、決して他人に寝姿を見せなかった。息を引き取ったときも、きちんと正座したままで、小姓たちはしばらく気づかなかった。

ちなみに伊達という家名の語源は〔韋駄天《いだてん》〕だそうだ。支倉常長《はせくらつねなが》に持たせて、ローマ法王に届けた親書には、ＩＤＡＴＥと署名している。当時はイダテ政宗だったのかも知れない。

偉そうなことを書いているが、これらは膨大な資料と格闘しながら、たまたま発掘した〔付け

焼き刃〕である。

中学や高校で、ロクに勉強をしなかった私は、中年を過ぎてから猛勉強を強いられる羽目になった。特に本格的な歴史ドラマは、有識者も見ているので、変なことを書けば赤恥をかく。

今だから打ち明けられるが、「独眼竜政宗」の中で、私は致命的なミスを犯している。

たとえば〔役不足〕と〔役者不足〕は意味が反対だが、私は取り違えて書いてしまった。

また「とんでもございません」とか「滅相もございません」という言葉は、文法上あり得ない。「とんでもないことでございます」あるいは「滅相もない仕儀にござります」が正しい。時代考証の先生も、うっかり見落としたらしく、そのまま放送されてしまった。

決定的な失敗は、私がテレビに出て、政宗の漢詩を解説したときだ。

馬上少年過
世平白髪多
残躯天所赦
不楽是如何

私は得意げに「若い時代は馬上で合戦ばかり」と説明した。資料にもそう書いてあったはずだ。ところが中国飯店の若社長徐さんによると〔馬上〕は中国語でマーシャンと発音し〔あっという間〕を意味するそうだ。そもそもこれは、漢詩の体をなしていないともいわれた。漢学者はともかく、武将の漢詩は、日本独特の流儀で書かれたものが多いらしい。

日本人が〔国語〕の時間に学んだ漢字は、すべて中国語であり、ひらがなは漢字を崩したものであることを、忘れてはならない。

068 思い違い

誰もが愛するガッツ石松《いしまつ》は「独眼竜政宗」に出演したとき、カツラが頭に合わなくて、痛い痛いといいながら、こう呟《つぶや》いたそうだ。

「昔の人は大変だったんだなァ」

昔は武士も町人も、みんなカツラだったと思ったらしい。

また彼はあるとき、座右の銘を訊かれて、即座に「一・五」と答えたそうだ。左右の目と間違えたのだ。

勘違いや思い違いは誰にでもある。私が書いてきたこのエッセイにも、記憶違いはあると思う。年を重ねるにつれ、忘れることも多い。

いつだったか民放の時代劇で、関ヶ原の合戦を見ていると、こんなセリフがあった。

「おのおの方、お喜び召されい。これにて徳川三百年の礎《いしずえ》は固まりましたぞ」

神様ではあるまいし、どうして三百年も先のことが分かったのか。

外務省の人から聞いた話だが、クリントン大統領が、初めて来日したとき、当時の首相は英語で挨拶するつもりで、ハウアーユーとミートゥーを練習していた。

ところが本番では間違って「フーアーユー」といってしまった。びっくりしたクリントンは、

ジョークだと思ったのだろう、笑いながら「オー、アイアム、ヒラリーズハズバンド」と返した。するど首相が握手を交わしながら「ミートゥー」といったので、何が何だか分からなくなった。

私はこういうミスや勘違いに、目くじらを立てる必要はないと思う。人生は誰でも間違いだらけであり、その間違いがきっかけで、新しい関係が生まれ、親しくなることもあるのだ。自分のことを棚に上げ、四角四面に他人を責め立てる人は、警戒されるだけで、誰も寄りつかない。人生を楽しむつもりなら、会話も態度も、ジャージーなほうがいい。

柔軟に伸び縮みする布地などをいうジャージーは、いささかワイセツな隠語にも使われる。ジャージーを語源とするジャズは、気持ちよくリズムをずらし、譜面にないアドリブを、自由に演奏する。何が起きるか分からないのが人生なら、ジャージーに過ごしたい。これが私の信条である。

歴史上の文献も、怪しい記述が多々ある。天下分け目の争いは、必ず勝者の立場で合理化され、敗者の言い分は抹殺される。名君のエピソードは御用学者や講釈師が、都合よくでっちあげる。

本能寺の変で横死した信長は「光秀ならば是非もなし」といったそうだが、居合わせた小姓も全員死んだのに、いったい誰が伝えたのか。

処刑場に運ばれる石田三成が、途中で柿を勧められて「柿はからだによくない」と断わり、失笑された話も、私は三成がジョークをいったのだと解釈したい。

関ヶ原の合戦に向かう徳川本隊四万が、もたもたして遅参し、指揮官の秀忠が叱責されたくだりも、実は用意周到の家康が、敗北の場合を懸念して、徳川家温存のためにわざと遅らせたのだと私は見ている。

069　善人か悪人か

大河ドラマ史上最高の視聴率を得た「独眼竜政宗」は、プロデューサー協会特別賞を受賞した。

気をよくした私は、その翌年（一九八八年）、落ちこぼれ高校の生徒たちが劣等感をはねのけ、文化祭で進学校と張り合う「翼をください」（ＮＨＫ）を書き、大きな反響をもたらした。

私は五十歳を過ぎてようやく、人間を書くとはどういうことかを、つかんだ気がする。

あなたの作品は悪人が出てこないと、人によくいわれるのは、この世の中に百パーセントの悪人はいないし、百パーセントの善人もいないと、信じているからだろう。

善人を書くときは、その人の悪い部分も、付け加えたくなり、悪人を書くときは、必ずいい部分も見せたくなるのは、いつのまにか自分自身をたしなめたり、かばったりするからに違いない。

手術後の私の体調は、順調に復活した。定期的に慶應病院で、ＭＲＩの検査も受けていたが、残った病巣にさしたる変化は見られない。

同じ年、青年劇場で上演した「善人の条件」の映画化が、本決まりになったのも、運が向いてきた証拠だと思ったが、実は芝居を見にきた松竹の奥山社長と、劇団の瓜生正美主宰が、旧制五高の同期で親友なのが、そもそものきっかけだった。

渡りに舟と、勇んで取り組んだ「善人の条件」は、原作・脚本のみならず、私の初の映画監督作品である。

民主主義の欠陥ともいえる金権選挙の実態を暴いたこの映画のクランクインは翌年（一九八九

年）の一月七日、撮影所に向かう車の中で、私は昭和天皇御逝去のニュースを聞いた。昭和の時代は終り「善人の条件」の撮影と封切は、平成元年になっていた。

日暮市と名づけた架空の町で、市長選挙の裏工作を、あからさまに描いたこの映画は、埼玉県の秩父をロケ地に選び、大船のスタジオと、行ったり来たりして撮影した。

元大学教授の市長候補は津川雅彦、選挙参謀は丹波哲郎《たんばてつろう》、津川の妻で前市長の娘は小川真由美《おがわまゆみ》、前市長の未亡人は山岡久乃で、愛人は野際陽子《のぎわようこ》、ほかにも橋爪功《はしづめいさお》、すまけい、小林稔侍《こばやしねんじ》、イッセー尾形《おがた》、松村達雄《まつむらたつお》、黒柳徹子、浅利香津代《あさりかづよ》など、手だれの面々を集めた豪華キャストが、リアルな演技で私の期待にこたえてくれた。なお冒頭の場面で腹上死した前市長の遺影は、飯沢匡先生のお顔を撮らせて戴いた。

完成試写を御覧になった野村芳太郎監督は「器用に撮るもんだね」と、独特の言い回しで褒めてくださった。

全国の松竹系で封切られた「善人の条件」は、映画雑誌の年度ベストテンに入り、第一位に推した評論家も数人いた。

興行成績はトントンだったが、なぜかＤＶＤがたくさん売れたのは、選挙違反の巧妙な手口が、政治家や選挙関係者の参考にされたらしい。

この映画には新米監督の初歩的な演出ミスがひとつある。足が不自由な役の松村達雄がうっかりして、すたすた歩いてしまった場面だが、気づいた人はいるだろうか。

070 安楽兵舎

昭和の終りから平成時代の初期、演劇では青年劇場の「翼をください」「安楽兵舎V・S・O・P」、NLTの「危険なパーティー」「新婚やぶれかぶれ」、前進座の「煙が目にしみる」、俳優座では「巨人の帽子」、新橋演舞場の「澪つくし」「愛と修羅」「雨月恋物語」、人形劇は「三国志」、ミュージカルは「イダマンテ」と、多彩に手を広げていた。

テレビドラマの舞台化もあるが、「安楽兵舎V・S・O・P」は国防問題と高齢化社会を結びつけ、自衛隊は七十歳以上でないと入れなくなったという架空のストーリーで、老人ホームのような兵舎は、糖尿部隊、前立腺部隊、ぼけ部隊などに分けられ、おむつの交換や、ボランティアのストリップを楽しみながら、安楽に暮らしている。だがその裏には、やらせの戦争で老人たちを抹殺しようと企む政府の陰謀があった。それを察知した安楽師団は、兵舎に立て籠もって、決死の謀叛《むほん》を起こす。

観客は泣いたり笑ったりして、上々の評判だったが、なぜか青年劇場は地方巡業を断念した。理由は登場人物に高齢の役者が多く、重い荷物を運べないからだった。

賀原夏子さんが主宰するNLTの「危険なパーティー」は、南太平洋の島でロケをした映画監督が、現地の酋長夫人を夜伽《よとぎ》に提供されて、いい思いをするが、やがて日本を訪れた酋長に、お返しを迫られ、やむなく無名の女優を奥さんに仕立てて差し出し、それが露顕する話だ。

俳優座が演じた「巨人の帽子」は、パジャマが黒と黄色の縦縞、魔法瓶までタイガーという阪

神ファン専用のホテルに、巨人ファンの一家がこっそり宿泊して監禁され、徹底的に洗脳されるストーリーで、劇場の客席も阪神ファンと巨人ファンに分け、エールの交換をして盛り上がった。市川猿之助《いちかわえんのすけ》の演出、近藤真彦《こんどうまさひこ》（マッチ）が主演の「イダマンテ」は、豪華なセットと、百人近い合唱団に圧倒された。

テレビドラマはNHKで「私が愛した鯨」「ときめき宣言」「マドンナは春風にのって」「デカルトカント物語」「巌流島」を書き、民放各局では演出も兼ねて「幸せの黒いしっぽ」「女房という他人」「シンデレラ・ボーイは歌えない」「危険なパーティー」を、矢継ぎ早に仕上げた。

「私が愛した鯨」は日本の捕鯨船を、諸外国が敵視する風潮が高まり、やむなくサロマ湖で、鯨の養殖を企画する話。「女房という他人」は、離婚した夫婦（橋爪功／汀夏子《みぎわなつこ》）が、それぞれ別の相手（寺泉憲《てらいずみけん》／ジュディ・オング）と再婚するが、新婚旅行に出かけたインドネシアの景勝地で、ばったり出逢い、それもバンガローが隣り合わせだったという話。テレビ版「危険なパーティー」は映画監督を橋爪功、酋長をすまけいが演じた。

おまけに各地の自治体や、企業の講演会に招かれ、多いときは年間百回もの講師を務めたのだから、まさに順風満帆、八面六臂《はちめんろっぴ》の日々で、収入もどっとふえた私は、天狗になりかけていた。

071　偽ジェームス

不思議な電話がかかってきたのはそのころで、「ジェームスさん、〇子ちゃんをどうしてくれるんですか？」

電話の主は青山学院大の近くで喫茶店を営むママだった。私には何のことか分からない。

ママは翌日、店でバイトをしている青学の○子ちゃんを連れて、私の仕事場へ押しかけてきた。

「あらッ、あんたがジェームスさん？」

どうやら人違いだったらしい。聞けば店に入り浸りで、原稿らしきものを書いていた客が、ジェームス三木を名乗り、○子ちゃんを女優にしてやるといったそうだ。その男は○子ちゃんと肉体関係を持ち、借金までして姿をくらましたという。

いろいろ調べるとその男は、ほかの店でもジェームス三木になりすましていた。私よりずっと若くてハンサムだというから、無性に腹が立つ。

いつだったか、講演先の鹿児島空港で、売店の女将さんに頼まれて、色紙にさらさらとサインをすると、がっかりした顔をされた。

「あらー、江守徹《えもりとおる》さんやなかとね」

私はよく江守徹に似ているといわれる。特に体型が似ているらしい。

その話を江守徹にしたら、むっとした表情でこういった。

「悪いけどぼくは、ジェームス三木に似ているといわれたことは一度もありません。あなたは西田敏行に似てますよ」

江守は酒を飲むと人格が変わる。今度はこっちがむっとして、大河ドラマの敵役石田三成を彼に回した。民放の長時間ドラマ「瑶泉院《ようぜんいん》の陰謀」では吉良上野介《きらこうずけのすけ》も。

口は災いの元とさとしたつもりだが、江守は何の抵抗もなく悪役を演じ切り、さすがは名優と

脱帽したのは私だった。

脚本家はひとりでこつこつと仕事をし、表にはほとんど顔を出さない。タイトルに名前は出るが顔は出ない。いわば裏方の職人である。同業の先輩倉本聰さんでさえ、贋者《にせもの》が高級旅館に一カ月も滞在し、料金を踏み倒して消えたそうだ。結局は私も贋者の正体を突き止められなかった。ならば積極的にテレビに出て、顔を売るしかない。

私は「徹子の部屋」に出て、事件の一部始終を話し「贋者に騙されないように、この顔を覚えておいてください」といった。NTVでみのもんたが司会する昼の番組にも何度か顔を出し、いつのまにか常連の準レギュラーになった。元々は俳優志願であり、歌手でもあった私は、テレビに出るのが苦にならず、物怖じもしなかった。

やがてNHKからも声がかかり、新規の音楽番組で司会をやらないかと渡壁《わたかべ》プロデューサーに打診された。相棒はあのジュディ・オングだという。願ってもない幸運に、私はにんまりし、その場でOKした。

「ザッツミュージック」は、内外から一流の歌手や演奏家をゲストに招いて、ジャズ、ラテン、ポピュラー、クラシックなど、ジャンルにこだわらず、格調が高く、しかも親しみやすい番組が狙いだった。

072 ザッツミュージック

ジュディと私はあれこれ相談して、できるだけジャージーな司会を心掛けた。堅苦しい能書きをユーモアで包み、時には掛け合い漫才みたいなやりとりもした。ジュディは魅力にあふれ、すばらしく勘がよかった。

番組の中では、二人のダンスも披露した。ワルツ、ジルバ、チークダンス。もちろんジュディのリードで、私は引きずられてばかりいた。

ジュディは本職の歌も歌った。毎週のエンディング「グッドナイト・スイートハート」は、哀愁がこもっていた。

私もたまには歌いたいといったが、プロデューサーは聞こえないふりをした。司会を二年間担当した「ザッツミュージック」の中で、私が歌ったのはたった一回、それもジュディが歌う「小犬のワルツ」で、四小節ごとにワンワンと、合いの手を入れるだけだった。

視聴率は好調で、深夜番組にしては珍しく、二十パーセントを超えた。

顔を売るという目標を達成した私は、街角で知らない人に、声をかけられるようになった。

多忙きわまりない私は税理士に勧められ、仕事場のマンションに㈲ジェームス三木事務所を設立した。昼間は秘書、運転手、付き人、家政婦など、多いときは五人ものスタッフがひしめき、夜は私ひとりが、ほとんど徹夜で脚本を書いて、そのまま眠った。

家族は六本木の賃貸マンションで暮らし、厚木の自宅には長女夫婦が住んでいた。長女はアメリカのカレッジで知り合った学生と結婚し、子を生んで帰国していた。アメリカ人の夫は、神奈川県の大学などで、英語の講師を務めた。更に私は自宅に近い愛甲石田《あいこういしだ》の空き家を購入し、妻の老いた両親を山形から引き取って住まわせた。

家族、親族、事務所のスタッフと、次々に人がふえれば、出費も増大するが、私は何も心配し

ていない。筆一本の本業は頭が資本なので、経費がかからないし、注文は断わり切れないほどくる。

全国各地へ出張してしゃべるだけの講演料も、どんどん値上がりして七十万円に達し、新聞に掲載される高額所得者番付の文化人部門には、何回か私の名前があった。

何でも茶化すのが好きな私は、スタッフの役職を〔若年寄〕〔金庫番〕〔筆頭足軽〕〔戸締役《とじまりやく》〕などと名づけた。事務所の壁には社訓〔濡れ手で粟〕と書いて貼ったが、これは税務署が来る日に、慌ててはがした。

ことわっておくが、私は金銭感覚がおおざっぱで、経済学も経営学も、学んだことがなく、株がどうして上がったり下がったりするのか、銀行預金になぜ利子がつくのか、よく分かっていない。

大昔の商取引は物々交換が基本だった。それが不便なので、人類は金銭を発明した。したがって金銭は、一種の証文であり、物の価値を計る物差しに過ぎない。

ところが現代社会は、その〔物差し〕に支配されている。何ひとつ生産せず、金銭の流通を操作するだけのマネーゲームが、罷《まか》り通っている。

073 仮面夫婦

野放図な青春時代を、じたばたと過ごし、ようやく物書きの道にたどりついた私は、苦労したからこそ、ドラマが書けるのだと、能天気に自分の過去を合理化していた。

ところがどっこい、中年を過ぎて、いわば人生の第三コーナーを曲がりかけた私の前に、とんでもない〔落とし穴〕が待っていたのである。

私の身の上に騒動が起きたのは平成四年（一九九二年）、ちゃんと銀婚式を挙げ、三十二年も連れ添った配偶者に、突然造反されたのだ。

私は何が何だか分からなかった。特に仲の悪い夫婦ではなかったし、離婚は考えたこともない。人間の心を描くために、あらゆるケースを想定し、観察してきた脚本家としては、恥じ入るしかないが、同じ屋根の下で、長い間暮らした妻の内面の変化には、気づいていなかった。

手早くいえば、妻は私に無断で、税理士と相談し、不動産投資をしていたが、バブル経済の崩壊で、にっちもさっちもいかなくなった。パニック状態の妻は、私と離婚して財産を分け、損失の穴埋めをするしかないと思ったようだ。

事情を知った私は妻を問いつめ、深刻な言い争いがつづいた。離婚を求める妻は、別人のように居丈高で、何者かが背後で糸を引いているのではないかと思った。

その当時、ヨガに凝っていた妻は「いま最高ですか？」と通行人に呼びかける怪しげな宗教団体（？）にはまり、精神修養道場にせっせと通っていたらしい。

被害妄想に陥ると、窮鼠《きゅうそ》猫を噛むというか、開き直るというか、一転して攻撃的になるケースは少なくない。家を出た妻は、信じられない行動を起こした。

私は若いころから、印象に残ったことをメモする癖があり、それが物書きになって役立ったことは事実だが、迂闊《うかつ》にも極秘のメモが、妻の手にあったとは知らない。

極秘のメモとは、主として歌手時代の女性関係を綴ったものである。何と妻は、それをある出

版社に持ち込み、ゴーストライターをつけて、一冊の本に仕立てた。

暴露本『仮面夫婦』はあっというまに十五万部も売れ、芸能マスコミは蜂の巣を突ついたような騒ぎになった。妻はテレビに出て言いたい放題であり、週刊誌は私を追い回し、毎週トップで女性関係を書き立てた。

他人の不幸は蜜の味というが、スキャンダルの記事は、どんどんエスカレートし、私を〔女性の敵〕と決めつけるやら、〔色魔〕よばわりするやら、しまいには暴露本に出てくる女性の頭文字を詮索して、S・Jは桜田淳子、J・Oはジュディ・オングなどと、身に覚えのないことを、目茶苦茶に書き立てられた。

しつこい芸能記者は、厚木在住の母まで取材した。高齢の母は情緒不安定になり、知らない人が毎晩、水道の蛇口から出てくると、近所の警察に訴えた。ミッキー安川は、俺のほうが〔女の〕数は多いと、電話で励ましてくれたが、何の支えにもならない。

074 四面楚歌《しめんそか》

妻の暴露本で四面楚歌の私は、出版社を名誉毀損《きそん》で訴え、絶版と和解金五百万円で、いちおう結着はつけたが、世間の笑い者になり、後ろ指をさされる状態は、一向に納まらない。

妻は家裁にも離婚を申し立てたが、弁護士の言い分があまりにも理不尽なので、私がいちいち反論し、調停は不成立に終った。だがもはや家庭は崩壊しているので、弁護士を排除しての協議離婚には応じた。

すでに結婚や就職で自立していた三人の子は、親のいさかいに一切口をはさまなかった。というより口の出しようがなかったのだろう。

誰にそそのかされたのか、他人になった前妻がいきなり参議院選挙に立候補したときは、まさかとあっけにとられた。

私のほうはそれ以来、脚本の注文がぷっつり途絶え、四十数本の講演もすべてキャンセルになっていた。私の不徳といえばそれまでだが、その後数年間は、収入の道を閉ざされたまま、高額の離婚費用とローンを抱え、途方に暮れていた。残ったのは老いた母と、一匹の猫だけである。お先真っ暗の私に、救いの手をのべてくれたのはＮＨＫだった。何と平成七年（一九九五年）の大河ドラマを、書かないかといわれたのだ。

私は跳び上がるほど嬉しかったが、不安でもあった。芸能マスコミのバッシングは下火になっていたものの、世間の目はそれほど甘くない。

ＮＨＫ会長の定例記者会見でその話が出ると、案の定、根性の悪い記者が、私の人格うんぬんを質問したらしい。ドラマ部出身の川口幹夫《かわぐちみきお》会長はその場で「家庭騒動は民事の問題であって、刑事事件ではない」と突っぱねたそうだ。

おかげで私は二作目の大河ドラマを執筆することになった。それが「八代将軍吉宗《よしむね》」（西田敏行主演）である。

当時の大河は、また視聴率が低迷して、六カ月とか九カ月とかに短縮され、存続自体を危ぶまれる状況にあり、脚本家の責務は重大だった。

紀州徳川家の三男坊吉宗は、家臣の屋敷に預けられて育ったが、二人の兄が死去したので、藩

主のお鉢が回ってきた。

更にそれまで将軍の座を独占してきた尾張徳川家を、押し退けるかたちで、八代将軍の座に就いている。

吉宗の業績は、何といっても〔享保《きようほう》の改革〕だろう。幕府の経済政策が破綻して、下級武士は貧困に苦しみ、農民は年貢も払えず、悪徳商人だけが暴利をむさぼる世の中になっていた。

吉宗はそれまでの側用人《そばようにん》政治を改め、身分の如何《いかん》を問わず、有能な人材を登用して政務に当たらせた。

吉宗が創設した足高制《たしだかせい》は、役職につけるボーナスであり、在任中は大名格の禄高《ろくだか》を足すというシステムである。

また吉宗は、商人の儲《もう》けの上限を一割五分と決め、それ以上は暴利と見なして没収した。しかも武士が金貸しから借りていた金銭は、返済無用と布令《ふれ》を出した。

075　再び大河

大胆かつ強引ともいえる〔享保の改革〕を、山のような資料から読み解くと、どうやら吉宗は理系の人だったらしく、和歌も漢詩も、まったく残していない。経済オンチの私は頭を抱えた。

しかし大河ドラマは、経済を解説する番組ではない。人間の感情や性格を丹念に描いて、視聴者の共感を得なければ、ドラマの意味がない。

私は自分にそう言い聞かせ、資料の末端までほじくり返すと、少しずつ吉宗の個性や、人間らしさが見えてきた。

六尺豊かな巨漢（百八十センチ以上）であった吉宗は、窮屈な駕籠《かご》が嫌いで、将軍になっても駕籠の横を歩いた。ならば鴨居《かもい》に頭をぶつけたり、床板を踏み抜いたりしてもおかしくない。

江戸城に入った吉宗は、大奥にひしめく腰元衆から、若い五十人を選んで暇を出した。さっさと嫁入りして、こどもをたくさん産めといったのだ。

昔の美女は、ほっそりした瓜実《うりざね》顔の柳腰がもてはやされたが、吉宗は腰が太くてお尻もでかい女を好んだ。そのほうが丈夫な子を安産すると踏んだのだろう。確かになよなよした美女は〔美人薄命〕であり、早死にする確率が高かった。

何もかも理詰めの吉宗は、貧しい農民のために新田を開発し、米相場の安定にも目を光らせた。後に〔米将軍〕といわれる所以《ゆえん》である。

俗に〔火事と喧嘩は江戸の華〕というが、当時の江戸は大火が頻発していた。吉宗は参勤の諸大名に命じて、火消しの消防組織をつくらせた。いわゆる〔め組〕〔ろ組〕などの発祥である。また江戸市街のあちこちに、火除け地を造り、家屋の建築を禁じた。火除け地に植えた桜は、現代もそれぞれ、花見の名所になっている。

吉宗に抜擢され、江戸の町奉行を務めた大岡越前守《おおおかえちぜんのかみ》についても、真実を書いておきたい。大岡は加藤剛《かとうごう》が演じたような凛々しい美丈夫ではなく、ちんちくりんで痔《じ》が悪く、よぼよぼしていた。将軍の日光東照宮参詣にもついて行けず、途中でへたばった。

江戸町奉行は、今の東京都知事と裁判官を兼ねる重職だから、大岡の政務能力はすぐれていたに違いない。しかし裁判官としての記録は、ほとんど見当たらない。有名な大岡裁きは、誰がで

っちあげたか知らないが、いずれも中国の古典からの引用である。

足高制で一万石を与えられ、大名扱いになった大岡だが、殿中の宴《うたげ》や寄合では、いつも末席であり、正規の大名には口もきいて貰えなかった。

私は大河ドラマで、大岡越前をわざわざ貶《おとし》めるつもりはなく、むしろ彼の辛い立場や、我慢強さをしっかり伝えて、共感を得たいと思った。

ついでに書くが、江戸には北町奉行所と、南町奉行所があった。これは地域割りではなく、月番交替で門戸を開き、陳情や訴訟を受け付けたので、町民はどっちでも選択できた。つまり幕府は、同じポジションに、複数の管理職を置き、相互の監視と、手柄争いをさせていたのだ。

076 さればでござる

二本目の大河を書くにあたって、私がもっとも苦心したのは、ドラマの語り口である。

これまでと同様に、ナレーターが陰で解説するのは、ありきたりで新鮮味がない。登場人物の誰かが、語り部を兼ねるのはどうか。

私は吉宗と同時代を生きた狂言作者、近松門左衛門《ちかまつもんざえもん》に目をつけた。年齢は吉宗より三十ぐらい上だから、若い将軍の言動に、ぶつぶつケチをつけるのも面白い。「曽根崎心中」や「心中天網島《てんのあみじま》」を書いた近松は、後に心中という文字を幕府に咎《とが》められた。心中を逆にすると〔忠〕になるという理由で、無粋にも〔相対死《あいたいじに》〕といわされたのだ。

私の思いつきを高沢プロデューサーに話すと、双手《もろて》を挙げて賛成してくれた。では近松を誰が演じるのか。私は江守徹しかいないと主張した。

〔虚実皮膜論〕を唱えた近松のインテリジェンスを、画面に出せるのは彼しかいない。しかも江守は私に似ている。

平成七年（一九九五年）正月。「八代将軍吉宗」の初回視聴率は、二十二・一パーセントだった。やれやれと、ひとまず胸を撫で下ろしたのは、それまでの三作の平均視聴率が、いずれも二十パーセントに届かず、前年の「花の乱」に至っては、大河史上最低の十四・一パーセントだったからだ。

視聴率がすべてとはいいたくないが、久々に二十パーセントを超えたのは、幸先がよいとも、干天の慈雨ともいえる。

特に身辺のスキャンダルで、マスコミのバッシングにさらされ、土壇場に追い込まれていた私にしてみれば、乾坤一擲《けんこんいってき》のラストボールであり、いよいよ名誉挽回のチャンス到来かと、期待に胸がふくらんだ。

江守の近松門左衛門は絶妙だった。皮肉たっぷりのユーモアを交え、世情を慨嘆《がいたん》するセリフ回しは、まるで私の心情を代弁しているようで、決まり文句の「さればでござる」は、サラリーマンの間で流行した。

少年時代の吉宗（阪本浩之《さかもとひろゆき》）が疱瘡《ほうそう》を患い、ようやく治癒して、顔面の包帯を取ると、西田敏行のあばた面に変わっていた場面は、全国の視聴者が、テレビの前で爆笑したそうだ。

終盤には吉宗の嫡男で言語障害のある家重《いえしげ》を、無名の新人中村梅雀《なかむらばいじゃく》が演じて人気をさらった。

自慢になるが、前進座の芝居で知り合った梅雀を、強く推薦したのはこの私である。

ほとんど意味不明のセリフを、全身の喜怒哀楽で表現し、視聴者をうるうるさせた梅雀は、一気に知名度を高めた。

迫真の演技を誤解した一部の視聴者からは、なぜ障害者を酷使するのかとクレームがついた。

困惑した私は、懸念を払拭するため、家重が夢の中で、流暢《りゅうちょう》にしゃべる場面を書き足した。

近松門左衛門は途中で死去するが、それでは語り部（江守）がいなくなるので、少々あざとい手口だが、あの世から亡霊になって舞い戻り、最終回まで登場させることにした。

077 再稼働

私が再起をかけて取り組んだ「八代将軍吉宗」は、順調に視聴率が伸びて、最高が三十一・四、年間平均は二十六・四パーセントに達した。

芸能界は水商売という人もいるが、視聴率によって、脚本料が上がったり下がったりするわけではない。視聴率がいいというのは、それだけ多くの視聴者が、見てくださったからだ。その光景を想像するだけでも、脚本家冥利《みょうり》につきる。

私は若いころから、人に尊敬されたいと思ったことは一度もない。「バッカだなァ」と笑われるほうが、ぞくぞくするほど嬉しいのだ。サービス精神というのか、自己満足というのか、その性分は還暦を過ぎても、変わっていなかった。

奈落の底から這《は》い上がった私は、次の年（一九九六年）もＮＨＫで、大竹しのぶが多重人格の人妻を演じた「存在の深き眠り」（共演・細川俊之《ほそかわとしゆき》、中村梅雀）を書き、つづいて日本国憲法の誕生秘話「憲法はまだか」（津川雅彦、江守徹）を書き上げた。この二作は、放送文化基金賞の脚本賞と優秀賞を受けている。

演劇では前進座の「戦国武士の有給休暇」、里見浩太朗《さとみこうたろう》の「わが心の龍馬」、中村美律子《なかむらみつこ》の「雲の上の青い空」をいずれも大阪で、寺泉憲《てらいずみけん》の「上杉鷹山《うえすぎようざん》」は山形県米沢市で、地元のアマチュア劇団が演じる「希望のバトン」は島根県斐川町《ひかわちょう》で、たてつづけに上演した。演劇はすべて演出も兼ねるので、てんてこ舞いの忙しさである。

歌手の中村美律子は、所属プロダクションの社長中村伸さんが、歌手時代の私を可愛がってくださった縁があった。苦労人の美っちゃんは、役者顔負けの熱演で、私をびっくりさせた。

東京の砂防会館でも上演した「上杉鷹山」は、衆議院議員の小渕恵三《おぶちけいぞう》も見に来た。ラストシーンで鷹山が「武士も刀を棄《す》てて鍬《くわ》を持て」と命じ、客席に鍬を配り出すと、いきなり小渕さんが上着を脱いで立ち上がり、鍬を受け取ろうとした。隣席の秘書が慌てて抱き留めたが、私は小渕さんの熱意に好感を持った。

芝居好きの小渕さんはその後もしばしば、時には家族連れで、私の作品を見てくださった。

脳腫瘍で死にかけ、暴露本騒動に押し潰《つぶ》された私が、奇蹟的《きせきてき》に復活したのは、ドラマの視聴者や劇場の観客が、私を見放していなかったおかげにほかならない。

ふりむけば、まるでジェットコースターのように、浮き沈みの極端な人生である。

ただし民放のテレビからは、注文がバッタリ途絶えたままだった。

みのもんたの昼番組に顔を出していたＮＴＶを除いて各局はここぞとばかりに、こぞって私の

スキャンダルをバッシングした。報道部とドラマ部は、畠違《はたけちが》いだから仕方がないが、大打撃を受けたこっちはたまらない。私が名誉毀損で訴える構えを見せたので、そのわだかまりがずっと尾を引いたのだろう。

昔の偉い人の名言をここに書いておく。「へその下に人格はない」

078 ミュージカル

民放には干されたかたちの私だが、たいして苦にならなかったのは、ほかの仕事が山ほど来たからである。

平成九年（一九九七年）にはNHKの大阪局で、伊藤博文《いとうひろぶみ》の次の首相黒田清隆《くろだきよたか》をモデルに「夜会の果て」を書いた。薩摩出身の黒田は、酒乱で妻を切り殺した人物だ。主役はもちろん江守徹、伊藤博文は顔がそっくりのなべおさみが演じた。

続いてNHKでは、ウーマンパワーの喜劇「おじさん改造講座」や、中村美律子のテレビ版「雲の上の青い空」を書いている。

演劇は新橋演舞場で江守徹と市川染五郎《いちかわそめごろう》の「花丸銀平」、別れた女房が偶然隣りの家に嫁入りしてくる話で、三面記事の実話からヒントを得て書いた。その次も演舞場で舟木一夫《ふなきかずお》の「おやじの背中」、舟木は自分の不遇な実人生を、涙をこらえながら好演した。同じく演舞場で藤山直美《ふじやまなおみ》と中村梅雀が夫婦を演じた「ありふれた女」は、愛人をつくったぐうたら亭主をとっちめる藤山の演技が、溜息が出るほどすばらしく、さすがの梅雀もカブトを脱いだ。舟木一夫とは更に演舞場で、竹久夢二物語「宵待草」を上演した。

大阪の新歌舞伎座では中村美律子の「ブギウギ時代」、笠置《かさぎ》シヅ子に扮した美っちゃんは、ジャズもうまかった。服部良一役は超多忙の小島秀哉《こじまひでや》で、稽古場入りは初日直前だったが、完璧にセリフをマスターしていた。

中村美律子とはその翌年も新歌舞伎座で「びっくり怪盗伝」をやった。麦とろ屋を営む美っちゃんの弟（阪本浩之）は夢遊病で、夜な夜な徘徊《はいかい》するうちに、下駄やニワトリを持ち帰り、とうとう千両箱まで盗んで来る。困り果てた美っちゃんは貧乏人の長屋に、その小判をばらまく。ねずみ小僧を探索するむっつり右門は芦屋雁之助《あしやがんのすけ》、銭形平次は小島秀哉。

秋田のわらび座からも注文があり、司馬遼太郎《しばりようたろう》の「菜の花の沖」をミュージカルにした。劇団創立者の原太郎が、市岡高校の大先輩だったのが縁である。淡路島の高田屋嘉兵衛《たかだやかへえ》は、北前船で東北各地の港を回り、菜種油や海産物の貿易をするうちに、ロシアの軍艦に拿捕《だほ》され、カムチャツカに強制連行される。

長大な小説を、たかだか二時間の舞台にかけるのは不可能なので、私は原作のラスト部分、嘉兵衛がカムチャツカで、ロシアと談判する場面をメインに絞り込んだ。

脚本を読んだわらび座は、うちは民謡と民族舞踊をやる劇団で、ミュージカルは出来ない、ロシア人を演じる役者もいないと渋ったが、結局は私が押し切り、足の長めの役者をロシア人に仕立てて〔ソーラン節〕と〔ヴォルガの舟歌〕の掛け合いコーラスをやらせた。「菜の花の沖」は大当たりで、三百回以上の全国公演を果たしている。

新劇は青年劇場で「真珠の首飾り」を書いた。ことわっておくが、私の中では新劇とか大衆演

劇とかミュージカルとか、ジャンルの区別はない。ドラマの基本は、同じだと思っている。

079 真珠の首飾り

NHKの「憲法はまだか」で、日本政府の動揺を書いた私は、それを裏返して、原案をつくったGHQ民政局の内部事情を書きたいと思った。

登場人物はすべてアメリカ人だから、テレビドラマは不都合で、演劇にするしかない。青年劇場と相談して、新宿のサザンシアターで上演した「真珠の首飾り」は、戦後に大流行したグレン・ミラーの名曲を題名にしたもので、幕開きにもこの曲を流した。私は日本国憲法を、一〇三粒の真珠に見立てたのだ。

主人公のベアテ・シロタは、民政局員で当時二十二歳。ウィーン生まれの彼女は五歳のとき、両親とともに日本へ来た。世界的ピアニストの父レオ・シロタが、山田耕筰《やまだこうさく》の要請で、東京音楽学校（芸大）の教授に就任したためである。

住居は赤坂区檜町《ひのきちょう》。乃木坂に近い邸宅街で、近所には指揮者の近衛秀麿《このえひでまろ》や、洋画家の梅原《うめはら》龍三郎《りゅうざぶろう》も住んでいた。

十五歳で親元を離れ、アメリカの女子大に留学したベアテは飛び級に飛び級を重ね、非凡な語学力で、ドイツ語、フランス語、ロシア語、英語、スペイン語、日本語を磨き上げた。卒業後はニューヨーク〔タイムス〕に就職している。

やがて太平洋戦争が勃発して、日本に戻れなくなったベアテは、せめて両親に自分の声が届くようにと、日本語の〔対日プロパガンダ放送〕に参加した。

戦後は日本占領軍の民間要員を志願し、やっと戻って来た東京は焼け野原で、乃木坂の邸宅は跡形もなく消えていた。軽井沢に強制疎開させられた両親は、栄養失調で見るかげもなく痩せこけていた。


マッカーサー元帥の率いる進駐軍はおよそ二十万人、そのうち女性はたったの六十人。

日本語がべらべらのベアテは、民政局に抜擢され、憲法作成を指揮するケーディス大佐の部下になった。基本的人権を担当する人権委員会に配属されたベアテは、日本人の不当な女性差別を懸命に訴えた。そう、新憲法第二十四条の〔男女同権〕は、ベアテが渾身《こんしん》の力を絞って書き上げたのである。


私は「真珠の首飾り」に二人のベアテを登場させた。二十二歳のベアテ（佐藤尚子《さとうたかこ》）と、当時の思い出を語る高齢のベアテ（上甲《じょうこう》まち子）で、両人が語り合う場面も工夫して入れた。

そしてサザンシアターの初日、私が仰天したのは、本物のベアテ・シロタが、突然ニューヨークから、芝居を見に来たからである。

終演後のカーテンコールで、私がそのことを告げると、場内に大きなどよめきが起きた。客席で立ち上がったベアテさんは、同行の御主人と、万雷の拍手に包まれながら舞台に上った。夫のゴードン氏は元民政局の職員で「真珠の首飾り」にも登場している。舞台には三人のベアテと、二人のゴードンが並んだ。

「私はあんなにタバコを吸いませんでしたよ」

にこやかにベアテさんがいうと、観客は爆笑して、場内の興奮は最高潮に達した。

080 日本国憲法

その後、婦人団体の招きなどで、しばしば来日するようになったベアテさんとは親しくなり、彼女が好きなシャンパンをよく一緒に飲んだ。気さくに私のマンションを訪れ、深夜まで芸術論にふけったこともある。

絵画や音楽にも詳しいベアテさんは、棟方志功《むなかたしこう》を海外に紹介したことでも知られている。日本で〔憲法押しつけ論〕が高まると、世界でもっともすばらしい憲法をプレゼントしたのに、それを押しつけというのでしょうかと憤慨していた。民政局で新憲法に関わった彼女は、東京中の図書館を駆け回り、世界各国の憲法を読みつくして、いいとこ取りをした自信があった。

私も今の憲法は世界最高と思っているが、マッカーサーの押しつけであることは否めない。ただし押しつけだから改正するという主張には真っ向から反対する。憲法が押しつけなら、民主主義も基本的人権も押しつけなのだ。

マッカーサーは当初、幣原喜重郎《しではらきじゅうろう》首相に、戦争放棄の民主憲法をつくるよう求めた。ところが憲法担当の松本烝治《まつもとじょうじ》国務相が示した草案は〔第一条・日本は君主国とす〕と書かれていた。これでは明治憲法と同じだ。

もちろん松本は、これをGHQが受け入れるとは思っていない。もし天皇の尊厳を傷つけるような憲法にすれば、自分は後に国賊扱いされると考えたのだろう。

むくれたマッカーサーは、民政局に命じて新憲法のモデル案を作成させた。そこには天皇の地位を、日本国の象徴（シンボル）と記してあった。また〔前文〕には、恒久の平和を念願し、平和を愛する諸国民の公正と信義を信頼しうんぬんと、戦争放棄の意図が明記されていた。

英文のモデル案に面食らった幣原内閣は、外国人がつくった憲法は受け入れられないとか、前文のついた憲法は見たことないとか、あれこれクレームをつけるが、マッカーサーは強硬だった。すったもんだの交渉の挙げ句、多少の変更はあったものの、日本政府は〔主権在民〕〔戦争の放棄〕〔基本的人権〕のモデル案を、受け入れざるを得なかった。ただし公表される憲法は、あくまで日本政府の作成としなければならない。

分かりやすい口語文の新憲法案は、八割以上の国民に歓迎された。日本人は戦争に飽き飽きしていたのである。

新憲法の国会審議の中で、政府はさまざまな小細工を弄した。たとえばあらゆる人々を意味する〔ピープル〕を〔国民〕と訳したため、日本在住の外国人は、恩恵を受けられなくなった。第九条の戦争放棄と、陸海空軍不所持条項に〔前項の目的を達するために〕という文言を加えたのは、前項の目的以外ならば、戦力を持ってもよいと解釈され、後に自衛隊発足の根拠となった。

それでも日本はこの憲法のおかげで、七十年もの間、戦争ではひとりも外国人を殺していない。これほどの国際貢献があるだろうか。私は日本国憲法を褒めてやりたい。

081 葵《あおい》

さて、民放から何年かぶりで、ドラマの依頼がきたのは平成十年（一九九八年）秋、関西テレ

ビの「けろりの道頓《どうとん》」（司馬遼太郎原作）だった。

大坂河内の大地主安井道頓（西田敏行）は、若い妾（木村佳乃《きむらよしの》）に果物しか食わせず、肉体から発散する芳香を、こよなく楽しんでいた。

それを聞きつけた豊臣秀吉（伊東四朗）が興味を持ち、道頓の妾を取り上げてしまう。落胆する道頓に、秀吉は代償として、大坂城下の掘割工事を請け負わせた。すなわち道頓堀である。

秀吉の死後十数年、大坂夏の陣が始まると、道頓はかつての愛妾《あいしょう》が、徳川勢に包囲された城内にいることを知り、たまらず助けに行く。炎上する城内で再会した二人は、手を取り合って死ぬ。

この奇妙でチャーミングな恋物語「けろりの道頓」は、司馬さんが若い頃の短篇である。放映は翌年の正月、語り手は、私が歌手時代からの友人上岡龍太郎《かみおかりゅうたろう》。

平成十一年（一九九九年）三月、私はNHK放送文化賞を受け、佐藤忠良《さとうちゅうりょう》の〔女人像〕を貰った。

そのころの私は、三本目の大河ドラマを執筆中だった。放映は二十世紀の幕切れとなる重要な年（二〇〇〇年）であり、還暦を過ぎた私にとっても、恐らく最後の大河になるはずだから、ふんどしを締め直してかからねばならない。

NHKの提案は、ちょうど四百年前の関ヶ原の合戦（一六〇〇年）からスタートし、初代家康《いえやす》（津川雅彦）、二代秀忠《ひでただ》（西田敏行）、三代家光《いえみつ》（尾上辰之助《おのえたつのすけ》）と、徳川将軍家のお家事情を描くのが狙いだった。

秀吉の側室で徳川家に楯突いた淀君《よどぎみ》（小川真由美）、徳川方に加勢した京極高次《きょうごくたかつぐ》の正室お初（波乃久里子《なみのくりこ》）、秀忠の正室お江《ごう》（岩下志麻）は、実の三姉妹だが、ややこしい立場にあった。それに家光の乳母春日局《かすがのつぼね》（樹木希林《きききりん》）を加えれば、女性のドラマにもなる。

私は題名を徳川家の家紋「葵」と決め、ＮＨＫの同意を得た。題字も書くことになった私は、いつもそばにいる愛猫ニャモに書かせようと思いついた。つまり猫の手を借りたわけだ。

ニャモの尻尾を墨汁に浸し、色紙に「葵」と書いたら、ピクピク動いて面白い字になった。

それを紅白歌合戦の審査員控え室で、川合プロデューサーに見せていると、横から覗いた歌人の俵万智《たわらまち》さんが「何て書いてあるんですか？」といったので、すべてがオジャンになった。

ＮＨＫはいつのまにか「葵」にサブタイトルをつけ「葵　徳川三代」とした。サービスのつもりで副題をつけると、逆にパワーが弱まり、混乱するケースは珍しくない。放送が始まると、マスコミも視聴者も、ほとんど〈葵三代〉というようになった。

前回の近松門左衛門で味をしめた私は、語り手を水戸黄門（中村梅雀）にし、助さん（浅利香津代）、格さん（鷲尾真知子《わしおまちこ》）をつけた。三人とも好演だったが、脚本は少しふざけ過ぎたかも知れないと反省している。

082　製作予算

二十世紀最終の大河ドラマ「葵　徳川三代」は初のハイビジョンカメラで撮影された。

演出部のチーフ重光亨彦《しげみつゆきひこ》は、ここぞとばかり腕を振るい、冒頭の関ヶ原の合戦は、黒澤明も顔

負けのダイナミックなシーンになった。なにしろ百人ぐらいの騎馬武者が、ＣＧで数千人に見えるのだから、まるで魔法使いである。

重光とは「澪つくし」以来、何度もつき合った仲で、私がもっとも信頼するディレクターだが、彼は張り切り過ぎて、関ヶ原の合戦に、桁違いの製作費を注ぎ込んでしまった。新機材や新技術の導入や開発にも、出費がかさんだのだと思う。

青くなった川合プロデューサーは、私にこういった。

「このままでは大赤字なので、この先の脚本は、経費の削減を念頭に置いて貰えませんか」

とんだとばっちりではあるが、製作費の赤字はプロデューサーの進退に関わる。私はその場で、分かりましたと答えた。

貧乏劇団の演劇では、よくあることだし、下請けのプロダクションが製作するＴＶドラマでも、脚本によっては会社が破産する。

ではどういう脚本を書けばいいのか。ここだけの話だが答えは明快。

①場面の数を減らす

②登場人物を減らす

シーンの数を少なくして長い場面を撮れば、美術も大道具のセットも少なくてすむ。役者が動かなければ障子や壁だけの一面セットで間に合う。

群衆や通行人をカットすれば衣裳もかつらもメイクも稽古時間も節約できる。アップ多用の韓流ドラマを見れば、すぐに分かることだ。

最近やたらに食い物番組が多いのは、どっかの店にカメラを持ち込み、板前のつくった料理を食べて見せれば、セットも人件費もタダだからだ。

さて「葵　徳川三代」の第一回視聴率は二十二・六パーセントで、まずまずというところだった。

しかしそれが最高で、二月になると二十パーセントを割り、年間平均視聴率は十八・五に終った。

私は考え込んだ。視聴率が伸び悩んだ理由は何だろう。自分自身を納得させる理屈を見つけないと、先へは進めない。

まず徳川家の三代にわたる事情をあれこれ書いても、新鮮味がなく、焦点がぼやけて、的を絞りきれなかったのではないか。今回の私には、脳腫瘍とか、離婚訴訟とか、せっぱつまった事情がなく、気がゆるんでいたのではないか。いや、時代劇ファンが高齢化して少なくなり、若者たちは昔の言葉が理解できず、時代劇を敬遠している。いっそ洋画のように、字幕をつける手はなかったのか。いやいや、そうではない。昨今はBS放送やら民放の新局やら、チャンネルがどっとふえている。番組を録画して見る視聴者も多い。ケータイやパソコンの大流行で、急速にテレビ離れが進んでいるのも事実だし、テレビ全体の視聴率はどんどん下がって、もはや茶の間の主役ではなくなりつつある。私の総括は例によって〔まァいいか〕で終った。

083　家康の本心

大河ドラマを三本も書けば、この脚本家は歴史に詳しいと思われる。

だが私は歴史学者ではないので、歴史全体を学問的に把握しているわけではない。ドラマに必要な時代だけを、文献と首っ引きの俄《にわか》勉強で間に合わせるのだから、私の中の〔歴史〕は、濃密な部分と白紙の部分が、まだら模様になっている。

もともと学習能力の低い私は、歴史的事実よりも、人物の性格や感情に好奇心をそそられ、想像たくましく、自分なりの解釈をする。ひょっとすると、そこが脚本家に向いているのではないか。

たとえば徳川家康が、いかに豊臣秀吉を嫌っていたかは、文献の行間から察知できる。

天下を取った家康は、秀吉の地位〔太閤関白〕を廃し〔征夷大将軍〕を名乗った。系図はどっちもインチキだが、秀吉の〔平家〕に対し、家康は〔源氏〕にこだわった。秀吉は文禄の役、慶長の役で朝鮮を蹂躙《じゅうりん》したが、家康は朝鮮通信使を招聘《しょうへい》して、国交を回復した。死後の秀吉は神道の〔豊國大明神〕として祀られるが、家康はどちらかといえば仏教系の〔東照大権現〕になる。深読みすれば〔東照〕とは、東を照らすという意味で、秀吉が支配し家康に背いた〔西〕は照らさないとも受け取れる。

脚本家の性《さが》かも知れないが、三十数年もドラマを書いてきた私は、書物や世間の常識を鵜呑《うの》みにせず、自分の頭で考え、組み立て直す習慣がついている。この木の枝はどういうつもりでこの方向へ伸びたのか。あの二羽のカラスは夫婦なのか親子なのか。

いつだったかテレビの番組で、親を見失った蝙蝠《こうもり》の赤ちゃんが、民家の玄関先に立てかけた蝙蝠傘の中で、眠りこけていたというニュースが流れたときは、絶句して身が縮んだ。あの子は蝙蝠傘を母親だと思い込んだのだろうか。それとも形が似ているので、母親の代わりにしたのだろうか。

私の愛猫ニャモは、主食のカリカリ煎餅を、必ず二粒か三粒、容器に食べ残す。何か宗教上の理由でもあるのかと、不思議に思ったが、そんなはずはない。その後、猫新聞（人間用）を読むと、猫の食べ残しは、ここは自分の縄張りだと主張する本能だと分かった。

またニャモは、テレビから〔維新の党〕という声が聞こえると、必ず振り返って画面を見る。どうやら〔ニシンの党〕と間違えているらしい。

某テレビ局の某プロデューサーは、執務室の机の真横に女性部長の席があり、いつもガミガミネチネチいびられていた。

ある日、某が床屋に行くと、オヤジが首をひねって変な顔をした。

「あんたの耳は変わってるね。左ばっかり耳毛がぼうぼうで、右は全然生えてないよ」

空気が悪いと鼻毛が伸びるのと同じで、某の左耳は、部長のガミガミを本能的に防御していた。いや、ほんとの話。

同じ理屈で、タバコを吸う人は頭が禿《は》げない。吸っても禿げてる人は吸い方が足りない。

084 津川雅彦

ドラマを書くには、しつこいまでの人間観察が欠かせないが、地上の動物の習性にも、学ぶところは多い。犬や猫を見れば分かるが、彼らは鬼ごっこと隠れんぼが大好きだ。追いかけたり隠れたりするのは、生存本能に基づく〔狩り〕の練習にほかならない。

ところが昨今、人類のこどもたちが、鬼ごっこや隠れんぼをする姿を、まるで見かけない。追いかけっこはもちろん、自分の頭で隠れ場を見つけたり、そこを突き止めたりするのは、生きる智恵を磨くのに、もってこいの遊びだが、今のこどもは、昼も夜もケータイやパソコンのゲームにしがみつき、からだを動かさない。親も過保護で、危険な場所から遠ざける。昔のこどもは、たんこぶや擦り傷ぐらい、当たり前だったのに。

これでは人類の未来が思いやられる。ひょっとすると、人工頭脳に追い越されて、こっちがロボットにされやしないか。もしも人工頭脳が、ドラマを書くようになったら私はどうなる。

書き忘れていたが、苦戦の「葵　徳川三代」はどうにか赤字を出さずにすんだ。脚本家はもちろん、スタッフ全員の鬼ごっこと隠れんぼが、うまくいったのだ。

同じ年、私は松竹映画「メトレス」の脚本を担当した。原作は官能小説の巨匠渡辺淳一《わたなべじゅんいち》。

渡辺さんとは銀座や渋谷のバーで痛飲し、津川雅彦の誘いで、隅田川の夜船とか、京都の大文字焼きとかも同行した。

「私は自分が体験したことしか書いていません」

渡辺さんが穏やかな笑みを浮かべてそういったので、私の目はまんまるになった。恐らく尊敬のまなざしだったと思う。

そうか、渡辺さんの小説の生々しいベッドシーンは、すべて作者の実体験だったのか。

芝居に濡れ場はつきものである。男女の営みは人間の本能だから、避けて通るのは、卑怯な気がする。ただし表現が上品か下品かで、価値の基準は異なる。

渡辺さんのセックス描写は、実に克明でリアルだが、文章は純文学に近く、いやらしくない。

津川雅彦は三十年来の親友だが、これほど解りづらい人間は珍しい。

叔母は沢村貞子《さわむらさだこ》、兄は長門《ながと》裕之《ひろゆき》と、名優の血筋なのに、若いころの津川は大根といわれた。それがなぜか突然脱皮して、「澪つくし」のころは名優に化けていた。

そのまま役者業に専念すればいいものを、津川は趣味と実益を兼ねて、西洋の高級玩具を輸入販売する会社を設立した。

もっと呆れるのは、売りに出されたヨーロッパの古城を、一億円で買い取り、日本への移築をもくろんだ。ところが古城の解体と運搬に、何と十五億円もかかり、国内の受け入れ先も、なかなか見つからない。

津川は北海道の広尾町と交渉したが話がこじれ、結局は群馬県の某所に建てたようだ。

物好きというか、無鉄砲というか、懲りない津川は、映画の製作にも手を出し、監督業にうつつをぬかしている。

085 再婚

劇作家アーサー・ゴッドフリーの格言がある。

「結婚は判断力の欠如、離婚は忍耐力の欠如、そして再婚は、記憶力の欠如による」

記憶力が欠如していたわけではなく、再婚を願っていたわけでもない私が、なぜか〔第二回ジエームス三木結婚披露宴〕を決行したのは、平成十三年（二〇〇一年）三月二日であった。私は

六十四歳、花嫁のツナちゃんは三十七歳。

会場のヒルトン東京には、ひやかし半分の俳優たちが、わんさと押しかけ、新郎新婦の前途を案じた。司会は黒柳徹子、新郎新婦の介添え役は小林稔侍と野際陽子、二人の誓いの言葉は「一緒に不幸になろう」だった。

媒酌人はいないが、津川雅彦、江守徹、岩下志麻、三田佳子《みたよしこ》、小川真由美といった大スターが、世話人に名を連ねる豪華な披露宴に、私は柄にもなく緊張してしまった。

大津美子《おおつよしこ》が「ここに幸あり」を歌うと、ジュディ・オングも、ウィリー沖山も、デニー白川もジャズを歌い、作曲家でピアノの名手羽田健太郎《はねだけんたろう》は「愛の讃歌」を弾いてくれた。ショウタイムの司会は、水戸黄門（中村梅雀）、助さん（浅利香津代）、格さん（鷲尾真知子）が務め、なべおさみも加わった。閉会の辞の江守は泥酔して、何をいってるのか分からなくなり、いらついた津川が押しのけて交替した。

思い切り派手な披露宴に、三百人を超える来賓は満足したと思うが、内心は親子ほどトシの違う新郎新婦に、危惧の念を抱いたと思う。

花嫁側の主賓で作家の深田祐介《ふかだゆうすけ》氏は、挨拶の中で、私にこういった。

「スチュワーデスは高給なのでカネ使いが荒い。また機内では足先をよく使うため、足首の筋肉が発達している。蹴られないよう注意しなさい」

つまりツナちゃんの前身は、ＪＡＬの国際線スチュワーデスであり、私も「白い滑走路」でお世話になった深田氏は、ロンドン支店長だった。

幸いにして私は今のところ、一度もツナちゃんに蹴られたことはない。

ツナちゃんとの出逢いは十年ほど前。知り合いの社長のお嬢さんで、やはりスチュワーデスのIさんと食事したとき、私は寺泉憲を、Iさんはツナちゃんを連れてきた。

確か新宿の麦とろ屋から、行きつけのギターバーで、歌ったり踊ったりしたと思う。

きりりとして控え目なツナちゃんは、新潟高校出身、立教の独文科を出て、日本航空に入社し、私が会ったころは、中堅の客室乗務員だった。

数年後の再会は意外な場所である。シナリオセンターの講義に出向いた私は、教室の隅にツナちゃんの顔を見つけた。

商社マンに嫁いで、ＪＡＬを退社した彼女は、南米コロンビアの首都ボゴタに移住していた。やがて離婚し帰国すると、ワインの輸入販売会社に就職した。ソムリエの訓練も受けるスチュワーデスはワインに詳しい。

すべてに前向きなツナちゃんは、シナリオだけでなく、假屋崎《かりやざき》省吾《しょうご》の生花教室にも通っていた。

私がおやッと思ったのは、ツナちゃん独特の言語感覚である。

「ことわざとか格言とか好きな言葉はある？」

と私が訊いたら「御自由にお取りください」と答えた。デパートの売り場などで見かけるアレのことだ。

寒い日に背中をこすり合わせて暖をとれば「これが二律背反」と名言を吐いた。

急いでセーターに手を通していると「セーター事を仕損じる」である。

私も脚本家だから負けてはいられない。

「ダジャレをいうのは誰じゃ」「スエーデン食わぬは男の恥」などと言い返す。笑い合ってるうちに、私はツナちゃんにどんどん惹かれていった。一緒に暮らせたら、楽しいだろうなと思った。

ダジャレをバカにしてはいけない。外国語に比べて、口を大きく開けない日本語は、同音異義語が極端に多く、それが世界に類のないダジャレ文化を生んだのだ。

ついでにもうひとつ。このごろは世界遺産とか文化遺産とかが、やたらにふえているが遺産（胃酸）過多ではないか。

086 ゼンちゃん

ツナちゃんと夫婦になった私は、仕事場と同じマンションの九階に、メゾネットタイプの3LDKを購入し新居とした。

そのころ仕事場の隣り部屋には、厚木から引き取った母が住み、午後だけ事務所を手伝いにくる弟と、スタッフが面倒を見ていた。夜は泊まり込みの家政婦に、介護を頼んでいた。

八十代半ばの母は、だいぶぼけていて、どうして私だけ給料がないのと不満を洩《も》らした。弟が三百円ぐらい渡すと、何度も数えて納得した。

もっと困ったのは、しばしば隣家のドアをノックして「すみません、お米を少々貸して戴《いただ》けませんか。こどものお弁当をつくりますので」と頭を下げることだった。戦時中のトラウマが、頭にこびりついていたらしい。

あんたのこどもは、ぼくと六合雄（弟）じゃないかというと「またそんな冗談をいって」と笑い出す始末だ。

そうした厄介な環境の中に、新しい嫁さんが来たものだから、みんなに歓迎された。なにしろツナちゃんは、テキパキと仕事が早く、面倒見もいい。しかも料理の腕前は三ツ星クラスである。母もツナちゃんがよほど気に入ったらしく、何かといえば彼女をつかまえて、延々と話し込む。

結婚生活は予想通り、ダジャレの応酬から始まった。ちなみにツナちゃんの両親は、新潟を拠点とする第四銀行の支店長と人事部職員だった。姉はロンドン在住の精神科医である。なぜそんな真面目な家系から、ツナちゃんみたいなダジャレの達人が生まれたのか、不思議でならない。

まずツナちゃんは、私を〔ゼンちゃん〕と呼んだ。〔前立腺肥大〕のゼンである。負けじと私は〔ツナちゃん〕と言い返す。ツナとはマグロのことだが、意味はここには書けない。

美容院で洗髪して貰うと〔シャンプーベリーマッチ〕、レストランで前菜が出ると〔私は後妻です〕、オナラをすると、すまして〔エーデルワイス〕を歌うが、よく聞いたら〔ヘーデルワイフ〕だった。

ダジャレに飽きると、奇妙な造語を放つ。よそでは通じない会話が、日に日にふえていく。たとえばわが家では、〔おいしい〕を〔メドベージェフ〕とか〔ベネズエラ〕、〔まずい〕のは〔サルコジ〕という。政治思想とは無関係で、語感からきている。どうぞいってみてください。

秋田のわらび座から、毎年送られてくるキリタンポを、三タンポ、四タンポと数え、全部食いつくすと無タンポという。

ソナタの小型がソナチネだと教えたら、小さいものに何でも〔チネ〕をつけるようになった。

ケーキチネ、シューマイチネ、チンチネ！

二人でドイツ旅行のときは、毎朝の便通を都市名で表現した。フランクフルト、ニュールンベルグ、ポツダム、ボン。

誤解のないように書き足すが、私はその後、前立腺肥大の手術を受けている。最初の小便を、気持ちよくドボドボと放つと、ツナちゃんがドアを叩いて〔家が揺れた！〕と叫んだ。

087 つばめ

再婚した年はNHKで十二回連続の「お登勢」を書いた。船山馨《ふなやまかおる》原作のこのドラマは、三十年前にもTBSで書いた。

演劇は大阪の梅田コマで里見浩太朗の「秀吉愛情物語」を。新宿コマで中村美律子の「夢見る頃を過ぎても」を。

翌年（二〇〇二年）もNHKで、翻案ものの「真夜中は別の顔」と、橋爪功の結婚詐欺師が富《ふ》司純子《じすみこ》を騙《だま》そうとする「結婚泥棒」を。

演劇は青年劇場の「愛さずにはいられない」、中村美律子の「雲の上の青い空」いずれも再演。わらび座の創作ミュージカル「つばめ」は、今でもJ・三木のベストワンとうぬぼれている。

文禄の役で、秀吉が朝鮮から拉致した俘虜《ふりよ》は、男女あわせておよそ七万五千人。美貌の人妻春燕もそのひとりで、彦根藩主に献上され、後に家臣水島善蔵に下げ渡された。

十年後。天下を取った家康は、国交回復をめざして文化使節団〔朝鮮通信使〕を招聘する。ところがその一行の中に、春燕の本来の夫李慶植がいた。妻と再会した李慶植は、善蔵に離縁を迫る。だが春燕はすでに、善蔵の嫡男を生んでいた。

のっぴきならない葛藤の中で、春燕の苦悩を見かねた善蔵は、離縁を決断するが、藩命に背いたカドで切腹を迫られる。

ラストシーンは、大坂の港で妻を待つ李慶植の前に、春燕が現れ朝鮮舞踊を舞う。だがそれはみずからの命を絶った春燕の亡霊であった。

春燕役の椿千代《つばきちよ》は、わらび座の楽屋で生まれたわらびッ子で、品格は岩下志麻、演技力は小川真由美、色香は五月みどりに匹敵し、歌唱力と舞踊は誰にも負けない。

♪妻をなくした一羽のつばめ　ゆきつ戻りつ波の上　つばめよつばめいつ帰る

この主題歌を口ずさむと、今でも泣けてくる。作詞は私、作曲はわらび座の飯島優《いいじままさる》。

全国公演で絶賛された「つばめ」は、在日韓国人の組織〔民団〕も、堺と郡山の公演を主催している。拉致被害者横田めぐみさんのお父さんは、終演と同時に楽屋へ駆け込み、感動と悲痛の涙にむせんでいた。

韓国国立劇場の総監督金明坤氏は、わざわざ日本まできて観劇し、ソウル、光州、釜山での上演を手配してくれた。

私が書いた小説『つばめ』（NHK出版）が、韓国内でも翻訳出版されると、たちまち先方のプロダクションや製作会社から、映画化やドラマ化の話が持ち込まれ、「冬のソナタ」のユン・ソ

クホ監督や、「友へ チング」のクァク監督とも面談したが、諸般の事情がからんで、今のところは実現していない。

ＮＨＫでも「つばめ」の連続ドラマ化が企画され、私は途中まで脚本を書いたが、北朝鮮の拉致問題が、更にこじれてきたため、残念ながら無期延期になったままだ。

朗報もある。愛媛県の著名な実業家宮内政三氏が、私費を投じて〔坊っちゃん劇場〕を建設したのは、「つばめ」を見て号泣したのが、きっかけであった。

088 血族

仕事は至極順調。平成十五年（二〇〇三年）から十六年（二〇〇四年）にかけて、ＴＢＳでは「龍神町龍神十三番地」、ＮＴＶでは「通いの天使」（三田佳子）、ＮＨＫでは「最後の忠臣蔵」（重光演出）、テレビ朝日では石原慎太郎原作の「弟」。

新橋演舞場では山本周五郎原作の「さぶ」と、坂本冬美の「きまぐれ道中」。わらび座では「ドクトル長英」、前進座では初めて舞台化した「お登勢」、青年劇場では田中角栄や佐藤栄作が登場する政治風刺劇「悪魔のハレルヤ」。

こうして作品を並べてみると、多彩というか滅茶苦茶というか、間口の広い脚本家である。

石原裕次郎の実人生を描いた「弟」は〔橋田賞〕を受けた。「さぶ」は江守徹が名人芸を見せ、市川染五郎、寺島しのぶも新鮮だった。中村梅雀は、全国公演を果たした「お登勢」を最後に、前進座を去った。

同じころわが家では、九十歳の母が息苦しくなって倒れ、慶應病院に緊急入院した。ツナちゃんと私と弟は、代わる代わる病室に泊まり込み、徹夜で介護をしたが、容態は深刻だった。意識朦朧《もうろう》の母の頬を、看護婦さんがピシャピシャ叩《たた》いて「ここはどこだか分かりますか？」と訊いたら「お墓の中」といったらしい。

つづいて「何か欲しいものはありませんか」と訊くと「ダイヤモンド」と答えたそうだ。

冗談をいったのか、本気だったのかは、いまだに不明である。

医師の診察と検査の結果は〔全臓器不全〕で、「恐らく二週間ぐらいしか、もたないでしょう」といわれた。

ならば葬式の準備をしなければならない。

私は親戚で唯一の僧侶である竹之内日海に電話をかけて、葬儀の段取りを相談し、葬儀屋も紹介して貰うことにした。

ツナちゃんは母のアルバムから、遺影にふさわしい写真を選び、写真屋に引き伸ばしを頼んだ。

葬儀場は自宅に近い区立の〔やすらぎ会館〕に決めて、空き日や、駐車場などの下調べもした。

祖母危篤の知らせで、私の三人の子は、次々に病院へ見舞いに来た。

アメリカ人と結婚した長女は、一男二女をもうけたが、どうしても日本になじめない夫が、ノイローゼになって帰国し、結局は離婚した。長女はその後、同時通訳や映画の字幕を作成する〔ワイズ・インフィニティ社〕を立ち上げ、二十数人のスタッフを率いる社長になっていた。

長男（規介《きすけ》）は立教大学時代、大林宣彦監督に見込まれて映画「廃市《はいし》」の主役をやり、そのまま俳優になった。

玉川大学演劇科を出た次男は、ＮＨＫエンタープライズに就職、ドラマの演出助手をしていた。話を戻すが、危篤状態の母は、よっぽど生命力が強いのか、それとも医師の腕がよかったのか、徐々に回復して命を取り留めたのである。

退院した母が、上機嫌で帰ってきたときは、みんなさすがに、がっかりした。いや安心した。

089 道楽

六十歳を過ぎた頃だと思う。劇団俳小の名取プロデューサーに、ディナーショウをやらないかとそそのかされた。

私が六本木のシャンソンクラブ〔ニュピエロ〕で、たまに遊びで歌うのを知っていたのだ。冗談じゃない、声は出ないし、耳は遠いし、年寄りの歌なんか、誰が聞きにくるもんか。まァ、♯＆♭（シャープス＆フラッツ）の伴奏なら、考えてもいいけどね。

私は断ったつもりだった。ところが驚いたことに、名取は♯＆♭と交渉し、出演の交渉を取りつけてきた。私はぶったまげ、〔ニュピエロ〕のママでシャンソン歌手の松原ルリ子も興奮して、私も出るといった。

十六人編成の♯＆♭は日本最高のジャズオーケストラで、紅白歌合戦のメインバンドでもある。こうなったらもう逃げるわけにはいかないし、十三年間の歌手生活で、一度も♯＆♭の伴奏で歌ったことがない私には、猫にまたたびというか、棚から牡丹餅というか、夢のような話である。

噂を聞いた佐々木功、トミー藤山、デニー白川といった歌手連中が、♯＆♭なら自分も出る、ギャラはタダでいいといってきた。当たり前だ、♯&♭だけで、予算はパンクするわい。

宣伝チラシのタイトルは〔真夏の夜の悪夢〕、会場はヒルトン東京、会費は三万円と、一流歌手並みだが、三百枚のチケットは完売した。つきあいのいい津川雅彦はワンテーブル（十二席）を買い切り、仲間の俳優をたくさん連れて来た。

ディナーが終る頃、♯&♭の華麗な演奏が始まった。指揮者はもちろん原信夫、海軍軍楽隊出身で、業界きっての紳士である。場内は一気に盛り上がり、すまけいを筆頭に踊り出す俳優もいた。

私は小手調べに、松原ルリ子と「ズボンはどこだ」をデュエットした。

人妻と浮気の最中に亭主が帰ってきたので、大慌てでズボンを探すというこの歌は、私の作詞、弟の作曲で、〔ニュピエロ〕ではよく歌っていた。

途中で亭主がトントンとノックする音と「ただいま」というセリフは、原さんにやって貰った。

ゲスト歌手が次々に登場して熱唱し、大きな拍手を受けると、私はそのつど「人の成功は面白くない」と、棄てゼリフで締め括《くく》った。

私は何曲かジャズを歌ったが、うまくいかなかった。補聴器がバンドの大音響を聞き分けられなかったせいもある。

客は私の歌を聞こうともせず、あっちこっちで俳優と写真を撮り、大声で談笑していた。

泉ピン子が連れてきた橋田壽賀子さんは、マイクで「いい御道楽ですこと」と皮肉った。津川は音程がはずれてたとか、息切れしてたとか苦情をいった。ピン子は「皆さん、もうすぐ終りますから、御辛抱ください」とぬかした。

懲りない私は、来年こそうまくやろうと〔真夏の夜の悪夢〕を毎年つづけたが、さすがに七十歳になると、老害といわれそうなのでやめた。

090 小渕首相

外務大臣になった小渕恵三さんから、私に突然の電話がかかってきたときは面食らった。これからアメリカへ行くので、ベアテ・シロタさんを、ぜひ紹介して欲しいという。芝居好きの小渕さんは「真珠の首飾り」を見ていたのだ。

次に電話がかかってきたのは、橋本龍太郎首相に代わり、小渕さんが後継首相に任命された日の直後である。

ちょっと会いたいといわれたが、あいにくその夜は、私の何度目かのディナーショウがあった。じゃァ、もしかして、そっちへ顔を出してもいいですかと訊かれ、まさかとは思ったが、私はどうぞと答えた。

ディナーショウの宴たけなわのころ、小渕さんはほんとにやってきた。数人のSPがついてはいたが、いわゆるお忍びである。

「ではここで、内閣総理大臣小渕恵三さんを御紹介します」

私がいうとお客は爆笑した。例のジョークだと思ったのか、あるいは物真似芸人のそっくりさんと思ったのか。

客席の後方から大きな花束を手に、小渕さんが入場すると、全員があれッと目をむき、総立ちになった。登壇した小渕さんは、驚きの拍手に包まれた。

「人気のない小渕でございます」

と笑いをとった小渕さんは事情を説明した。ちょうどその日は、首相官邸に引っ越しのため、居場所のない自分は、仕方なくここへお邪魔したといい、ニューヨークで撮ったベアテとの額入り写真を披露しながら、私にはベアテからの親書を手渡した。

私は小渕さんの律儀で飾りっ気のない人柄が、ますます好きになった。


さて平成十七年（二〇〇五年）、テレビドラマは日航機の御巣鷹山《おすたかやま》墜落事故で遭難した坂本九の物語「上を向いて歩こう」を、舞台は明治座で三田佳子が歌人長谷川時雨《はせがわしぐれ》を演じた「恋しぐれ」と、小劇場シアターXで舞踊家の坂東扇菊《ばんどうせんぎく》とひとり芝居の中西和久《なかにしかずひさ》の組み合わせで、谷崎潤一《たにざきじゅんいち》郎《ろう》の「春琴抄」を書いた。

予算の足りない「春琴抄」は、扇菊と中西が羽織を替えるだけで、いくつもの役を演じる工夫をした。長火鉢から立ち昇る煙は、龍角散が最適であることも発見した。

プロデューサーの名取は、この芝居を中国にもセールスした。上海の舞台で挨拶した私は、ひとつだけ大事な中国語を覚えてきたと、もったいをつけ「チンゲウォーファピャオ」といって大受けした。意味は「領収書をください」である。

同じ年、人使いの荒い名取は、千葉県の印西市から、市民ミュージカルの仕事を取ってきた。総勢百人も出演する「ふるさと印西」は、お祭り騒ぎで市民に愛され、その後も上演を繰り返しているらしい。

宮城県名取市出身の名取は、父親も兄弟もみんな名取病院の医師で、本人も慈恵医大に入学したのだが、途中で劇団俳小の女優に惚れ込んで、道を踏みはずした。

091 坊っちゃん劇場

そして平成十八年（二〇〇六年）、松山市に隣接する人口三万の東温《とうおん》市に〈坊っちゃん劇場〉が完成し開業した。

芝居など見たこともない宮内政三会長が、「つばめ」に感動したのがきっかけで、西日本唯一のミュージカル専門劇場が誕生したのだ。

当時八十歳の宮内会長は、わざわざ秋田まで行って、わらび座の協力と支援を要請し、俳優や支配人の派遣も頼んだ。

客席四百の新劇場は、宮内会長が所有するショッピングセンターの一角にあり、周辺には広大な菜の花畑や、会長が経営する温泉宿〈利楽〉もあった。「ほんでなんぼ儲かるんや」が口癖の会長には、人寄せの狙いもあったのだろう。

劇場の方針は、四国にゆかりのある人物を主人公に、年間を通して一本のミュージカルを、三百回近く上演することだった。これには経費削減の意味もある。

初年度のこけら落としは夏目漱石の「坊っちゃん！」に決定した。「坊っちゃん」に「！」をつけたのは、脚本と演出を担当する私である。

愛媛で上演するのだから、漱石が一人称で書いた快男児ではなく、ひとりよがりで都会風をふかす坊っちゃんを、松山中学の生徒たちが、コテンパンに愚弄する喜劇のほうが、新鮮で愉快だろうという下心があった。

坊っちゃんはマドンナに恋心を抱き、結婚を申し込もうとするが、マドンナの意中の人は、冴えない〔うらなり先生〕だった。マドンナ役は椿千代、やけくその坊っちゃんは三重《みえ》野《の》葵《あおい》、いずれもわらび座の俳優だ。

公演の初日には、愛媛県知事、松山市長、東温市長、地元の国会議員、後援企業のお偉方、マスコミの記者連中などが顔を揃えた。劇中では何度も爆笑が起き、祝賀パーティーでの評判も上々だった。

「劇場の入り口に、会長の銅像を建てたらどうですか?」

上機嫌の宮内会長を、おだてるつもりでそういったら、プイとそっぽを向かれた。

「わしはまだ生きちょるわい」

いい噂がどんどん広まると、他県からの観光バスや、中高生の団体バスが、劇場の前に並ぶようになった。地元では三十回も四十回も見る人がいたので、劇場側はパスポートという割引き制度もつくった。

いつのまにか名誉館長に任命されていた私が、「名誉とはどういう意味ですか?」と訊ねたら、会長はいたずらっぽく笑った。

「要するに無報酬ということよ」

念のために広辞苑を調べると、確かに報酬をともなわない役職と書いてあった。すると名誉教授とか、名誉会長とかは、肩書だけで収入がないってことか。

皆さん、名誉職を頼まれたら、気をつけてください。ひょっとすると世の中には〔名誉夫〕とか〔名誉妻〕とかも、あるかも知れませんぞ。

いやいや、私のことは御心配なく。脚本料や演出料は、ちゃんと貰ってますから。

092 創氏改名

坊っちゃん劇場スタートの年、私はＮＨＫで山本一力《やまもといちりき》原作の「次郎長背負い富士」を書いた。清水次郎長とお蝶の夫婦愛を、しっとり描いた作品だ。ＮＴＶでは内容を忘れたが翻訳ものの「嘘をつく死体」を書いている。

演劇は明治座で三田佳子の「最愛の人」を、紀伊國屋ホールで「中西和久のエノケン」を、池袋の三百人劇場で「翼をください」のミュージカル版を、青年劇場で梶山季之《かじやまとしゆき》原作の「族譜」を、それぞれ上演した。

無名時代の梶山氏が、純文学の同人誌に投稿した「族譜」（系図）は実話に基づいている。

明治末期に韓国を併合し、朝鮮総督府の支配下に置いた日本は、各地に神社を建てて皇居遥拝を強要し、小学校から日本語を学ばせた。また朝鮮名を日本名に変える〔創氏改名〕を強制した。

多数の小作人に影響力を持つ大地主の蔡《サイ》氏も改名を迫られるが、祖先に申しわけが立たないと拒絶する。あの手この手で圧力をかけられた蔡は、抗議の自殺を遂げた。

蔡を熱演した青木力弥《あおきりきや》が、チャングを叩きながら悲痛に歌う〔珍島アリラン〕は忘れられない。好評裡に全国公演を終えた「族譜」は、韓国でも巡演している。

韓国の駐日大使館から謝礼の晩餐会に招かれた私は、文化院長から日本人女性の書いた手記を手渡された。戦時中に朝鮮人と結婚したその女性は、敗戦と同時に夫との仲を引き裂かれ、日本に引き揚げてくる。妻に逢いたい夫は、何度も密航を企てるが、そのつど逮捕され強制送還される。

私は大津在住のその女性と文通し、一度は大津まで行って詳しい話を聞いた。NHKで平成十九年（二〇〇七年）にドラマ化された「海峡」（全三回）は、国境に分断された夫婦の悲話である。私がこの物語を小説にした『かささぎ』（NHK出版）は、韓国でも翻訳出版された。タイトルを変えたのは、『海峡』という小説が、ほかにもあったからだ。

話は前後するが、同年正月の新春長時間ドラマ「瑶泉院の陰謀」（テレビ東京）も書いている。演出はNHKを定年退職した重光亨彦。

この頃になると重光だけでなく、気心の知れたプロデューサーや演出家はほとんど退職し、後継の若手スタッフには、煙たがられる気がして、居心地が悪くなった。

「視聴率は高いほうがいい。尿酸値は低いほうがいい」

これは七十歳を過ぎた私の口癖だった。体力はさすがに衰えたが、気力だけは前より充実している。負け惜しみのようだが、トシをとらなければ解らないことも、世の中にはたくさんある。

父より五十三年も長生きした母は、九十六歳で死去した。晩年は髪を紫色に染め、南青山の骨董通りを散歩していたが、最後は自分でつくった陶器の骨壺に納まり、自分で購入した相模メモリアルパークの墓に埋葬された。形見は二冊の歌集である。

〔強がりて居らねばならぬ仁王の掌　右の小指が欠け落ちてをり〕

093　ベルリンの壁

坊っちゃん劇場の二作目は平成二十年（二〇〇八年）の「龍馬！」。寺田屋騒動を中心に、薩摩と長州を結びつける役割を果たし、ラストは暗殺された龍馬の亡霊が、おりょうに逢いにくる場面にした。

同じ年、きょうされん（障害者の共同作業所の連絡会）の依頼で、私にとっては二十九本目の映画脚本「ふるさとをください」を書いた。和歌山に実在する作業所と、住民のいざこざを描いたものだ。

テレビは、上杉謙信の志と人柄が主題の「天と地と」（テレビ朝日）を。

演劇は新宿コマでコロッケ主演の「愛さずにはいられない」を。池袋のあうるすぽっとで「池袋わが町」を。

豊島区の主催で、名取がプロデューサーの「池袋わが町」は、昭和の初期〔池袋モンパルナス〕といわれた裏町に、集団で住みついた貧乏絵描きの物語である。

寺田農《てらだみのり》に出演を依頼したのは、絵描きの中に彼の実父がいたからだ。寺田は感慨深かったに違いない。共演の喜多道枝《きたみちえ》、青木力弥を含めて、見応えのある芝居に仕上がっていた。

年度は忘れたが、私はその頃ツナちゃんと、ドイツに旅行している。ぼけた母の面倒を、トコトンまで見てくれた彼女への、慰労のつもりだったかも知れない。

なぜドイツだったのかというと、ツナちゃんは独文科の出身だし、ＪＡＬにいた頃、海外研修で一年ほどハンブルグなどに滞在したので、いろいろ知っている。これは関係ないと思うが、ツナちゃんの誕生日は、ヒットラーと同じ四月二十日だ。

スケジュールはツナちゃんまかせで、フランクフルトから、ローデンブルグに向かい、風格のある古城に宿泊、観光船でライン川を下った。

船上から見上げた山の中腹に、巨大な看板が掲げられ、カタカナで〔ローレライ〕と書いてあったのは、ちょっと白けて目をつぶりたくなった。

ベルリンでは、ブランデンブルグ門のそばのアドロンホテルに宿泊。ソビエト連邦の没落で開かれた〔ベルリンの壁〕を見て歩いた。

フュッセンの〔ノイシュバンシュタイン城〕は世界一の評判通り、幻想的な光景に息を呑んだ。

ゲーテの著作に出てくるハイデルベルクは、学生の町で自由な雰囲気にあふれていた。

ドイツのビールとジャガイモは、やはりうまかった。日本の料理屋や酒場で飲む酒は、一合といってもたいがい八勺か九勺ぐらいで、頼むほうもそれで納得しているが、ドイツのビールカップには、きちんと横線がついていて、そこまで届かないと営業違反になる。国民性の違いとは、こういうことだろうか。

ツナちゃんはドイツ語も英語もスペイン語もできるし、空港やホテルの手続きも慣れている。老人の海外旅行に、これほど便利なパートナーはいないだろう。

ただし私が気になるのは、ツナちゃんがだんだん、命令口調になったことである。ふだんの生活でも夫を支配するつもりなら、警戒しなければならない。

094 ボラボラ島

平成二十一年（二〇〇九年）には、浅草公会堂でオペラ版「龍馬」（江守徹演出）を、シアターXで「虚空遍歴」（坂東扇菊主演）を上演した。

翌年（二〇一〇年）は坊っちゃん劇場で「正岡子規」、青年劇場で「太陽と月」、横浜のランドマークホールで「存在の深き眠り」を上演した。

正岡子規は寝たきりの病人なので、三途の川で死神グループとやり合う場面をつくった。「太陽と月」は、満州国で反日分子に拉致された日本娘が、洗脳されて戻ってくる話で、政府の欺瞞《ぎまん》や関東軍の陰謀が次々に暴かれる。

十四年前にNHKで放送された「存在の深き眠り」の舞台化は、登場人物を二人に絞った。多重人格の人妻を治療する医師が、もっとも蓮っ葉《はすっぱ》で無邪気な人格に恋心を抱く。だがその人格を消滅させなければ、病気は治せない。出演は三田村邦彦《みたむらくにひこ》と七瀬《ななせ》なつみ。

私はその年、松本清張原作の「書道教授」（NTV）も書いたが、主演男優が無断で脚本を書き直し、主要人物までふやしたので、監督が撮影前に下りてしまった。私も自分のこどもを勝手に整形されたようなものだから、放送は見ていない。

ツナちゃんの勧めで、南太平洋のボラボラ島へ行ったのは、その頃だったと思う。マイレージが溜まってるからというが、ほんとかどうか分からない。

タヒチで小型機に乗り換えておよそ一時間、珊瑚礁《さんごしょう》に囲まれたボラボラ島は、フランスが信託統治する観光地で、ホテルは海の上のコテージだった。梯子《はしご》段を下りて海に潜ると、マンタがたくさん寄ってきた。私は南洋のカモメが黒いことを初めて知った。

砂浜のディナーパーティーを楽しんでいると、突然海上の暗闇に、かがり火や松明《たいまつ》を灯した海賊船が現れ、槍や刀を振り回しながら、海賊の群れが襲いかかってきた。と思いきや、それは島民たちのショウで、賑やかな歌やダンスに変わった。天然の背景を利用したダイナミックな演出に、私は感服した。

もっと驚いたのは、モーターボートを借り切って、近辺の島々をクルージングしたときだ。何とツナちゃんは、鮫《さめ》の群れと一緒に泳いでいた。

このへんの鮫は餌を与えているので、人間を襲わないと運転手はいったが、私は鮫よりも、ツナちゃんが怖くなった。

後で知ったのだが、ツナちゃんは大蛇を首に巻いても平気だし、鰐《わに》を抱いた写真もある。

人間よりも動物が好きなツナちゃんは、札幌の円山動物園で、北極熊の赤ちゃんが生まれたと聞くと、わざわざ見に行ったし、いつだったか愛媛のとべ動物園で、オスの象が巨根を（随意筋で）自在に振り回しているの見て、目を丸くした。

「人間にもああいう人がいるんじゃない？」

「バカいえ！」

私は叱りつけたが、確信は持てない。もしそういう人がいたら、こっそり知らせてください。

095 キューバ

海外旅行は矢継ぎ早につづく。ツナちゃんは私の足腰が弱るのを心配しているのだ。

「次はどこへ行きましょうか」

ツナちゃんに訊かれた私は、その場で〔キューバ〕と答えた。夫の主権を取り戻したい気持ちもあったが、ずっと前に勝新太郎から、キューバの魅力を聞かされていた。カストロ大統領にも会った勝新は、俺とぴったり気が合うといった。豪快なキャラクターで知られる勝新だが、実は細かい気配りもする。

ついでに書くが、取り巻きを連れてハワイに行った勝新が、レストランでメニューを広げ、ここは何々、ここは何々と、いちいち注文したら、全員〔ココア〕がきたというエピソードもある。

話を戻す。ツナちゃんは「キューバ（急場）しのぎ」とか何とかいいながら同意してくれた。

カストロとゲバラの軍事革命で樹立した社会主義国家キューバは、米ソ冷戦下で、あわや核戦争という危機にさらされ、カストロ大統領は、何度もＣＩＡに暗殺されかけた。キューバを敵視するアメリカは、国交断絶や経済封鎖で、圧力をかけつづけている。

私とツナちゃんは、メキシコ経由で首都ハバナに着陸した。まず目についたのは、そこらじゅう走り回っている半世紀前のアメ車だった。屋根がデコボコの車も、ドアのないタクシーも見かけた。貧困に喘《あえ》ぐ庶民階級は、苦しい生活に疲れ果てているに違いない。

と思いきや、町をのんびり歩く人々は、みんなあっけらかんとして、表情に翳《かげ》りがない。夜になるとあっちこっちで、ギターやコンガの音が鳴り響き、いっせいに出てきた群衆が、広場や街路で踊り出す。乞食までゴザを抱えて踊っている。

私は歌手時代に憧れた東京キューバンボーイズを思い出した。ナイトクラブでは「キエン・セラ」や「キサス・キサス・キサス」を歌い、マンボやチャチャチャを踊った。そうか、キューバは底抜けに明るいラテン音楽の本場なのだ。

私たちはホテルで、有名なコンパイ・セグンドの生演奏を、みっちり楽しんだ。

森の中の国立野外劇場〔トロピカーナ〕のダンサーは、みんな国家公務員である。舞台に引き上げられた私は、半裸のダンサーと踊りまくった。そのダンサーは休憩時間に私の席へ来て、色っぽくしなだれかかったが、私の隣りにはツナちゃんがいる。トホホ、レストランに弁当を持ってきたようなものだ。

キューバをこよなく愛した文豪ヘミングウェイの旧邸は、記念館になっていた。ここで「老人と海」を書いたのだと思うと感慨ひとしおだった。

庭のプールでは、エヴァ・ガードナーとかハリウッドの女優たちが、ヌードで泳いだという。ヘミングウェイが通いつめた酒場を覗くと、彼がいつも坐っていた椅子が保存されていた。私とツナちゃんは、ヘミングウェイと同じ酒〔モヒート〕を注文した。

風光明媚《めいび》なビーチリゾート〔バラデロ〕にも出かけた。海の向こうは米国のフロリダ州である。

096 スペイン

キューバに対する私の先入観は消えた。軍政下の険しい世相は、どこにも見当たらず、地上の楽園かと見まがうほどだ。暮らしは貧しくても、楽しみさえあれば、人間は生きていける。ラテンミュージックは凄い。

タバコ産業が盛んなこの国は、どこでも吸い放題だし、カストロ大統領はこれみよがしに葉巻を吸っている。

ぜひ書いておきたいのは、この国の〔教育費〕と〔医療費〕が無料ということだ。先進国はこれをどう受け止めるのか。

元は医師だったチェ・ゲバラは、革命戦争のさなか、敵の負傷兵を味方と同じように治療し命を助けた。その噂が広まると、多くの人民が革命軍に寝返ったという。

感動したツナちゃんはゲバラの肖像が入ったTシャツを買ってくれた。

外国旅行を観光だけで終らせるのはもったいない。自分の目で見たことを、自分の頭で考えれば、自分なりの価値観が生まれる。それをガイドブックや、インターネットの常識に、当てはめる必要はまったくない。

キューバの次は、ツナちゃんのいいなりに、スペインへ行った。

中世の大航海時代、世界の主役はスペインとポルトガルで、南米やアフリカの諸国を、片っ端から攻め取って植民地にしたが、やがて無理が祟《たた》って没落する。

代わって登場した主役は、オランダとイギリスで、これも世界各地を侵略して領土を広げるが、やはり息切れして国力がしぼむ。

日本人はかつて、髪の黒いスペインとポルトガルを〔南蛮人〕、髪の紅いオランダとイギリスを〔紅毛人〕と区別した。

現代は南蛮と紅毛が入り混じったアメリカが世界最強だが、これも出しゃばり過ぎて、先が不透明になりつつある。

ツナちゃんと私は南蛮国の古都バルセロナに入った。歴史を刻んだ石畳の町を歩くと、あちこちに人間と等身大の銅像が立っている。

よく見るとそれらは本物の人間であり、からだも表情も硬直して微動だにしない。感心してぶらさげた容器に小銭を投げ入れると、途端にポーズを変え表情を崩した。

彼らは演劇を学ぶ男女であり、公衆の面前で集中力と、舞台度胸を身につけながら、アルバイトも兼ねていたのだ。

観光馬車で格調高い市内を見物し、有名な〔サグラダファミリア〕にも行ってみた。高い塔に登り、塔と塔をつなぐ露天の通路では、あいにくの強風にあおられ、手すりにしがみついた。あそこは二度と登りたくない。

首都マドリードでは定番のフラメンコショウを楽しんだが、何度も出てくる芸達者は、みんなお婆さんだった。

マドリードから電車で二〇～三〇分行った、レアルマドリードのホームグラウンド〔サンティアゴ・ベルナベウ〕ではサッカーを観戦した。

スペインを代表する建築家ガウディの作品も他にいくつか見たが、わざとらしさが鼻について、私は好きになれなかった。あえていえば、芸術と見世物は違うのだ。

097 ロシア

ロシアへは仕事で行った。名取がモスクワの小劇場に「春琴抄」を売り込んだのだ。

かつて交換留学生として、モスクワの芸術劇場で学んだ経歴を持つ名取は、ロシアの俳優を池袋芸術劇場に招き、チェーホフの「結婚申込」などを上演している。「春琴抄」はその見返りだったかも知れない。

マールイ劇場で上演した「春琴抄」は二人芝居だし、セットも衣裳も最小限だが、観客の反応は温かかった。

劇場周辺はいわゆる芸術村で、国家公務員扱いの俳優が、大勢暮らしている。名取に案内された食堂のランチは、たったの二百円だった。

同行したツナちゃんと市内を観光すると、地下鉄の駅のホールがそれぞれ美術館のようで、さまざまな名画が飾ってあり、さすがは芸術の国と感動した。地下鉄の階段で私がへたばっていると、通行人が次々に、大丈夫かと声をかけてくれた。ロシア人は暗くて冷たいという先入観は、たちまちふっとんだ。

ツナちゃんと私は、帰国する名取たちと別行動をとり、帝政ロシアの古都サンクトペテルブルクへ飛んだ。ソビエト連邦時代のレニングラードである。目当てはフランスのルーブル美術館に優るとも劣らないエルミタージュ美術館だった。

歴代の皇帝や女王が、世界中から買い集めた名作名品が、全館にあふれるほど陳列されていて、ただただ圧倒された。

マリンスキー劇場ではオペラ「トスカ」を上演していた。ツナちゃんと私は三階席から身を乗り出して「ハラショー！」と拍手を贈った。

伝統のあるナイトクラブでは、しゃがんだまま跳びはねるコサックダンスを楽しみ、ウォッカを何度もお代わりした。

宿泊したアストリアホテルは、毎朝絶品のスモークサーモンが出た。キャビアも上等で、私たちはそのつど「メドベージェフ！」と頷《うなず》き合った。

098 抑止力

同時代に生まれたナポレオンとモーツァルトはどっちが偉いか。

英雄ナポレオンはヨーロッパを征服し、皇帝にまでなった人だ。しかし現代社会は、ナポレオンの手柄から、何の恩恵も受けていない。

国家を土台にした英雄や政治家の功績は、決して普遍的ではなく、時代によっても、国によっても評価が変わる。

ところがモーツァルトの楽曲は、時空を超えて世界中で流れている。頂点をきわめたその音楽は万人を幸せにする。

しかも芸術には国境も国籍もない。シェークスピア、ダビンチ、チャイコフスキー、ゴッホ、ロダンの出身国が、どこであろうと気にならない。

民族や宗教は対立するし、政治も経済もイデオロギーも戦争を起こす。世界史は戦争の歴史といってもいい。

戦争にこだわる権力者は、文明の発達をことごとく武器の開発に結びつけ、大砲、戦車、軍艦、爆撃機と、とどまるところを知らず、とうとう核兵器までつくってしまった。長距離弾道ミサイルに核弾頭を搭載すれば、大量殺戮《さつりく》どころか一国が滅亡する。双方が撃ち合えば、二国が消滅する。

原発だって地震や津波だけが脅威ではない。空から爆弾を投下されたらどうするのか。自爆テロに爆破されたらどうするのか。

無分別な文明の進歩によって、人類の未来はお先真っ暗である。何とか歯止めをかけなければ、地球はそのうち放射能だらけになる。

政治家は〔抑止力〕という言葉をよく使うが、抑止力が戦争の引き金になる例は少なくない。アメリカの市民は許可さえ取ればピストルを持てるが、あれも抑止力のつもりだろう。ところが周知の通り、アメリカでは暴発事故や撃ち合いが頻発している。

隣家がピストルを持てば、こっちも持ちたくなる。誰かが飛行機に銃を持ち込めば、自衛のために自分も持ち込む。だが機内で銃撃戦になれば、飛行機は墜落する。

中南米のコスタリカは人口四百七十万の小国だが、日本の憲法を参考にして〔戦争放棄〕〔永世中立〕の新憲法をつくった。すると睨《にら》み合っていた周辺諸国がすっかり安心し、平和で友好的な関係になった。

世界には今、大小とりまぜて二百近い国家が存在する。ここまでふえたのは、植民地の解放独立が進んだことと、武力で領土を奪う戦争ができないからだ。もしやれば世界中が敵になる。

抑止力や集団的自衛権をいう前に、私たちは近隣諸国の事情を、もっと詳しく知るべきではないか。詳しくといっても、宇宙から衛星写真を撮れというのではない。真の平和は〔文化の交流〕から生まれる。

私たちは文学や映画を通じて、世界中の人々が同じ感情を持ち、誰かを愛し、幸せを求め、悩んだり悦んだりすることを知った。今はテレビやインターネットで、更に相互理解が深まっている。人間はすべて同じ生き物なのだ。

099　相対的思考

高校時代、私は貴重な体験をしている。夏の甲子園大会予選で、市岡は順調に勝ち進んでいた。まだ浪商やPL学園が強くなる前で、北野、天王寺、市岡といった府立校が、しのぎを削っていた頃だ。天王寺とぶつかったのは、たしか準々決勝だったと思う。私たちは声を嗄《か》らして応援したが、結局は三対一で敗北した。

私たち新聞部員は、翌日の朝刊の見出しを、あれこれ想像した。〔健闘市岡無念の涙〕〔市岡惜敗あと一歩〕〔善戦空しく市岡散る〕。

ところが朝刊には〔天王寺、市岡に快勝！〕と書いてあったのだ。なるほど先方から見れば、

快勝に間違いない。物事は相対的に考えなければ、真実を見失う。インテリジェンスとは、相対的思考のことだ。

「日本がアメリカと戦争してたとき、北朝鮮の人はナニジンでしたか？」

私はある講演会で、聴衆に質問した。ところが驚いたことに、みんな顔を見合わせ、誰も手を挙げないのである。正解は〔日本人〕であり、戦時中は日本軍人として特攻隊にも加わっている。なぜ日本の教育は、そういうことを若者に教えないのか。歴史認識をとやかく非難されるのは、当然ではないか。

北朝鮮から見れば、今の日本は宿敵アメリカと軍事同盟を結び、北朝鮮に圧力をかけている。これは裏切り行為に見えるだろう。

北朝鮮を擁護するつもりはないが、私は〔経済制裁〕という手口に好感が持てない。金持ちが貧乏人を懲らしめるのが経済制裁であって、その逆はできない。貧乏人の対抗手段はテロしかない。

世界の警察官を気取るアメリカにも、大きな矛盾がある。自由と民主主義を世界に広めるといって、各地に軍隊を派遣するが、軍隊ほど非民主的な組織はないだろう。部隊長を選挙で選ぶとか、突撃を多数決で決めるとかいう話は、聞いたことがない。

日本の首相が靖国神社に参拝すると、中国がぶつぶついう。国に命を捧げた軍人を祀《まつ》ってどこが悪いといいたくなるが、向こうにしてみれば満州事変、支那事変、太平洋戦争で、一千万人もの中国人の命を奪った日本軍兵士が祀られている。

〔戦争〕といっても、侵略する側と、される側では、天と地ほど違う。

侵略する側は軍隊だけだが、される側は女もこどもも老人もいる。家を焼かれ、故郷を追い出され、虐殺、強姦《ごうかん》、略奪のかぎりをつくされる。

日本という国はアメリカに占領されるまで、一度も外国に侵略されたことがない。元寇《げんこう》はちょこっと上陸したが、侵略とはいえまい。

ところが日本が起こした戦争は、文禄の役、慶長の役、日清、日露、満州事変、支那事変、東南アジア争奪戦と、すべて侵略戦争だった。

南沙諸島の海上埋立て基地についてだが、中国大陸は北も西も南も陸地であり、海は東側しかない。大量の軍艦が押し寄せ大軍が上陸すれば、きわめて危険だ。基地らしきものにこだわる気持ちも、分からんではない。

100 宗義智

平成二十三年（二〇一一年）にはＮＨＫで、松下幸之助《まつしたこうのすけ》夫妻のドラマ「神様の女房」を書いた。演劇は対馬のアマチュア劇団が演じた「対馬物語」で、これは釜山でも上演した。対馬からは博多より釜山のほうがずっと近い。

沿岸警備の名目で朝鮮からも禄を貰っていた藩主宗義智《そうよしとし》は、秀吉の朝鮮出兵で、先遣隊を命じられ、朝鮮王朝との関係が目茶苦茶になる。

秀吉の肝煎《きもい》りで、キリシタン大名小西行長《こにしゆきなが》の娘マリアを妻に迎えた宗義智は、関ヶ原の合戦で豊臣方に味方して敗北、小西行長は斬罪、マリアとは離縁させられる。

天下を取った徳川家康は、朝鮮王朝との和解交渉を宗義智に命じた。さまざまな葛藤や挫折の中で、宗義智は家康と朝鮮王朝との往復文書を、どちらも改竄《かいざん》せざるを得なくなり、たとえば家康の肩書を〔国主〕と書き直した。〔国王〕では嘘になるし、原文の〔征夷大将軍〕では、軍隊の司令官に過ぎないからだ。

国書改竄の大罪を何度も重ねながら、朝鮮通信使の招聘に漕《こ》ぎつけた宗義智は、一方で長崎の修道院に幽閉されたままの愛妻マリアの身の上を案じつづける。いつか私は宗義智の苦衷を、ぜひドラマにしたい。

翌年（二〇一二年）はNHKで、五味康祐《ごみやすすけ》原作の「薄桜記」（全十一回）を書いた。長屋で暮らす親友同士の浪人が、ひとりは赤穂浪士の堀部安兵衛《ほりべやすべえ》になり、ひとりは吉良屋敷の用心棒丹下典膳《たんげてんぜん》になる悲劇である。


人形劇団〔影ぼうし〕のミュージカル「里見八犬伝」は各地を回った。

「人形はね、この役のためだけに生まれてくるんだから可愛いもんだよ」

人形作者川本喜八郎はいつもそういった。

「役にもギャラにも文句をいわないし、飯も食わないしね」

平成二十五年（二〇一三年）の新春長時間ドラマ（テレビ東京）は「白虎隊《びゃっこたい》〜敗れざる者たち」、演出は重光亨彦。NHKでは八百屋お七を別の角度から見た「あさきゆめみし」（全十回）を。

同年、私は三十本目の映画脚本「渡されたバトン」を書いている。

新潟県巻町《まきまち》に、見慣れない不動産ブローカーが出入りし、密《ひそ》かに周辺の土地を買い漁る。

やがて通産省と東北電力の間で、巻町原発建設の話が進んでいることが分かり、町民は真っ二つになる。人口流出でさびれた町を盛り返すには絶好のチャンスだ。とんでもない、原発の安全性を誰が保証するのか。

私は双方の言い分を、しっかり脚本に書き込んだ。是非の判断は個々の観客にゆだねるのが、私の手法である。巻原発は、結局見送られて白紙に戻った。わだかまりを引きずったまま、今の巻町は、新潟市に編入されている。

101　発酵期

身辺雑記。

満州から私が抱いて帰った弟の死は、二〇一〇年五月。病院で私が手を握り「俺が兄貴でよかったのか?」と訊くと、かすかに笑って息を引き取った。東京女子大を出た彼のひとり娘は、NHK出版の編集部にいる。これで私の弟妹は四人とも世を去り、私だけが残った。

七十代も後半になるとだいぶ視力が落ちる。毎日うがいをしていたリステリンの瓶を、ある日よく見たらヘアトニックと書いてあった。なぜもっと大きい文字で表示しないのかと、自分の不注意は棚に上げて立腹した。

言葉を繰るのが職業の私は、テレビニュースの奇妙な日本語が、いちいち癇《かん》にさわる。

「押しも押されもしない大横綱――」

いくら横綱でも、押したり押されたりするのが相撲だろうが。

「マグロの値段がウナギのぼり」も変だし「自動車産業が軒並み自転車操業に」もおかしい。

民放の女子アナが横書きの原稿「旧中山道」を「一日じゅう山道」と読んだのは有名だ。日本映画が「おくりびと」で息を吹き返しましたというのもあった。

「後期高齢者とは何だ。失礼じゃないか」

あるとき私にからまれた若者は、キョトンとして訊き返した。

「じゃァ、何ていえばいいんですか?」

「適齢期といいなさい」

「えーと、死亡適齢期ですか?」

「ふざけるな!」

私はそれ以来、自分なりに考えて〔発酵期〕という言葉を思いついた。古くなって腐敗するのではなく、ワインやチーズや味噌のように、発酵して芳香を放つという意味で、我ながら最高のネーミングだと思うが、賛同してくれた人は、今のところ誰もいない。

ツナちゃんも次第に口うるさくなり「どうしてトイレのスリッパを履き替えないの」「三日に一度は頭を洗いなさい」と命令する。遂には私のことを〔使用済み燃料棒〕と笑い、再稼働は無理でしょうとほざく。

そういうツナちゃんもある日、栗御飯をつくってくれたのはいいが、皮をむいて洗った栗を入れ忘れ、釜の蓋を開けたらタダの御飯だった。ツナちゃんは死んでお詫びしますといったはずだが、まだ生きている。

その代わりというのは変だが、二十五年も生きたニャモが、ツナちゃんの腕の中で息を引き取ったのは、二〇一二年の秋だった。私はツナちゃんが声を上げて泣く姿を、初めて見た。彼女はニャモの遺体を、動物葬をしてくれる場所へ運び、きちんと埋葬して貰った。

金糸銀糸の小箱に納まった遺骨の一部は、寝室のテレビの横に、ずーッと据えたままである。

戒名は〔マリー・ニャントワネット〕。

そして同年初冬、尾道の地域猫を見に行ったツナちゃんは、停車中の車のタイヤにしがみついてぷるぷる震える子猫を抱き上げ、頬ずりするうちに、たまらなくなって新幹線に乗せ、東京へ連れ帰った。何を隠そう生後三カ月のその子こそが、我が家の二代目ニャモなのである。

102 断腸の思い

仕事の話。

平成二十六年（二〇一四年）には三越劇場で、三田佳子主演の「あんた十手もった？」を書き、演出もした。ぼけてしまった銭形平次の捕り物に、いちいち付き添う女房お静（三田）の口癖が「アンタジュテモタ」で、ライバルのむっつり右門はこれをフランス語と勘違いする。平次は鼠小僧に銭を投げるつもりが、間違って小判を投げてしまった。びっくりしたお静は、見失った小判を必死に探し回る。

坊っちゃん劇場では八年目（私は四本目）の作品「道後湯の里」を上演した。すべすべつるつるどぼどぼずん、道後湯の里とろりこずん。

大阪の文楽劇場では前進座の「薄桜記」を上演した。ＮＨＫのドラマを見てぜひ舞台化したいと申し入れがあったのだ。

吉良上野介を演じた中村梅之助さんは、八十歳を過ぎて体調を崩し、大腸を一メートルも切除して、これぞ断腸の思いと笑っていたが、さすがに稽古中は辛そうだった。

ところが初日の幕が上がると、貫禄たっぷりの演技で、名優の執念の凄さを見せつけた。「薄桜記」は京都の南座でも上演したが、梅之助さんとのおつきあいは、これが最後になった。

私は梅之助さんから時代劇の作法やしきたりをしっかり教わった。また禁煙の稽古場で、私がしょっちゅうタバコ休憩をとるのを見かねて、私専用の大きな灰皿を、そっと出してくださった優しさは忘れられない。

その翌年（二〇一五年）は、NHKの依頼で「経世済民の男・高橋是清」（全三回）。本来は苦手な分野だが、是清も苦手な分野に踏み込んで、蔵相を七回、首相を一回やっている。

少年時代アメリカの奴隷に売られた是清は、英語を身につけて帰国、森有礼《もりありのり》の書生、英語教師、翻訳業などを経て、相場に手を出すが失敗、みずから仲買人になって経済の裏の仕組みを学ぶ。農商務省の役人になって、特許制度の調査に渡米渡欧するが、ペルーの銀山開発事業に乗り出して国際的詐欺に遭い、スッカラカンになる。

後に達磨宰相《だるまさいしょう》の異名で知られる是清は、風体も達磨そっくりだが、転んでもタダでは起きないという意味もあっただろう。

私はタイトルを「達磨さんが転んだ」にしたかったが、それは差別用語になるという理由で見送られた。ヘビースモーカーだった是清がタバコを吸う場面も、すべてカットされた。ドラマはうるさい視聴者や団体の圧力で、だんだんやりにくくなっている。

八十代最初の作品は松本清張原作の「一年半待て」（フジテレビ）である。

何度も映像化されたこの短篇小説は、夫殺しの犯人（石田ひかり）に、弁護士（菊川怜《きくかわれい》）が騙される話だが、今回は弁護士の身辺事情に重点を置き、結末は例によって視聴者の主観にゆだねた。

三年持つか持たないかと危惧された坊っちゃん劇場は、めでたく十周年を迎え、私の五作目「お遍路さんどうぞ」を上演している。黄綬褒章を受けた宮内会長は、九十歳にして今なお健在。

103 廊下帽子

身辺雑記。

一日中ワープロの前に坐ったきりの私だが、せっせとキーボードを打ちつづけているわけではない。実は頭の中で、ああでもないこうでもないと、ドラマを組み立てたり、ほぐしたりしている時間のほうが、はるかに長いのだが、ツナちゃんにはそれが、ぼんやりサボっているように見えるらしく、平気で話しかけてくる。物書きはつくづく損な稼業である。

「たまには散歩ぐらいしたらどう？」

夫の健康を気遣っているのだろうが、私は威厳をもって断る。

「足腰を鍛えて徘徊するようになったら危ないじゃないか。自分の名前も家も忘れたらどうする」

私は死にそうな顔でジョギングしてる人を見ると気の毒になる。歩道を自転車で走るバカもいるし、スマホを見ながら歩くアホも多い。

健康は命より大事といわんばかりに、新薬を買っては飲み、買っては飲み、カネに糸目をつけない風潮も軽蔑する。健康は〔手段〕であって〔目的〕ではない。

私の健康法はたったひとつ、廊下に出るとすぐ帽子をかぶる。そうですズバリ〔老化防止〕。

私が散歩をしない理由はほかにもある。今はタバコの吸えない喫茶店やレストランが多いし、歩きタバコは白い目で見られる。もうひとつはツナちゃんの〔衝動買い〕を容認する結果につながるからだ。

マンションを一歩出れば骨董通りだし、十分も歩けば表参道である。ツナちゃんは高級ブティックのショウウィンドウの前で立ち止まる。私は後ろから耳元で「似合わない似合わない」と呪文を唱えつづける。その代わり百円ショップでは「二十個までは買ってもいいよ」と太っ腹を見せる。

結婚して十六年もたてば、お互いの性格も分かり、欠点も分かるから、時には冷たい風も吹く。そういうときツナちゃんは、フライドチキンを買ってくる。〔倦怠期フライドチキン〕。

ツナちゃんの趣味は、鉢植えや生け花で、リビングのどこかに植物がないと気がすまない。いつだったか二人で秋田のわらび座に行ったときは、ひとりで森の奥へ入りタラの芽を探した。途中で豪雨になり、遭難したのではないかと、私が宿で気を揉んでいると、ずぶ濡れのツナちゃんが、山菜を山ほど抱えて戻ってきた。稽古場でその話を披露すると、ツナちゃんは得意げにいった。

「後妻が山菜を採ってきました」

わらび座に頼んで送って貰った樺の切り株は、リビングの中央にデンと据えられ、ニャモの爪とぎになっているし、冬になるとシクラメンに部屋の温度を合わせるので、私はオーバーを着て食事をしている。

私には近所のスーパーで買ったサバの缶詰なんかを食わせ、ニャモには紀ノ國屋の芝海老を与えている。そのせいかニャモの態度は、日に日に大きくなる。

どう考えても納得がいかないが、我が家での私のランクは、第三位なのである。

104 板の間の娘

散歩嫌いな私を外へ引っ張り出す手段として、ツナちゃんは巧みなプランを立てた。それは〔大きな散歩〕つまり海外旅行である。うかうかと計略に乗った私は、どこへ行きたいかと訊かれ、イグアスの滝と答えてしまった。ナイアガラより巨大な世界最大の滝なら、一見の価値がある。

「だったらついでにリオのカーニバルも見てきましょう」

「おいおい、ニャモの面倒は誰が見るんだ」

ツナちゃんはすぐ新潟の両親に電話をかけた。銀行を退職した両親は東京が大好きで、いつでも留守番にきてくれるし、ニャモとも相性がいい。

スケジュールはすべてツナちゃんにまかせ、アトランタ経由でブラジルに向かったのは二〇一〇年の二月。アトランタでは暗殺されたキング牧師の生家を見学、夜はジャズクラブで、モダンジャズを楽しんだ。

ブラジルの人口は二億人。中国、インド、アメリカ、インドネシアに次ぐ五番目の大国だ。首都サンパウロの日本人街は戦前からの移民も多く、ちゃんと賑わっていた。

ブラジル最大の都市リオデジャネイロは、ブルジョアの邸宅が目立ち、貧民街は高い壁に隠されていた。私には壁の向こうから〔ジョーダンジャネイロ〕という声が聞こえたような気がした。

宿泊したのはリオのリゾートホテルで、眼下にコパカバーナ海岸が広がっていた。私は東京から持参した唐獅子模様の水泳パンツをはき、人がうようよいる海岸に出た途端、スピーカーからタイミングよく「黄金の腕」が流れ出したので、たまらず派手に踊り出した。私のダンスは若干盆踊りが混じるが、リズム感がいい。たちまち大勢の注目を浴び、手拍子やら口笛やらで一気に盛り上がった。調子に乗って腰を前後にピクピク動かすと大受けだった。陽気な東洋人は珍しいのか、抱きついてほっぺにチューされたり、写真をせがまれたり、私はコパカバーナの人気者になった。

ホテルの昼食はプールサイドのレストランですませ、腹ごなしに泳いでいると、とんでもない事件が起きた。並んで泳いでいた若い金髪美女のパンティーが、すっぽり脱げて、私の目の前に浮かんでいたのだ。何も気づかずプールサイドに上がった美女が、身につけていたのはブラジャーだけだった。私が目撃した詳細な事実は、紳士として書くのを控える。

リオのシンボルともいわれる巨大なキリスト像は高い山の上にあり、登山電車で登ったものの、私はキリストの足元でへたばってしまった。ああいうのは下から見上げるにかぎる。

コパカバーナから大西洋岸を南下するとイパネマ海岸である。歌手時代の私はボサノバの名曲「イパネマの娘」に惚れ込んでいた。ラテン系のリズムと、モダンジャズのメロディーの融合が何ともいえない。ツナちゃんは「板の間の娘」と覚えているが、その発祥の地とされるナイトクラブで過ごした一夜は、感慨無量だった。

105 イグアスの滝

イグアスの滝はおおむねブラジルの高地から、アルゼンチン領に落下している。おおむねというのは、三百本もの滝の乱立集合体なので、いつどう地形が変わるか、見当がつかないからだ。物凄い水量と地鳴りに圧倒されながら、私はこの滝を下から見上げたいと思った。地元のガイドに訊くと、パスポートさえあれば、国境を越えるのは簡単らしい。

ツナちゃんと私はタクシーを飛ばして、ポルトガル語のブラジルから、スペイン語のアルゼンチンに入った。

下から見上げるイグアスの滝は、さすがに段違いの迫力があり、滝をくぐって洞窟の巣に出入りする鵜の群れの可憐さは胸がキュンとなる。

無敵のツナちゃんは迷わずモーターボートのクルージングを予約した。聞けば滝の落下地点を横断するので、転覆する場合もあり、救命胴衣を身につける必要があるという。私は補聴器をカバーするため、ホテルのバスルームから持ってきた紫色のシャワーキャップをかぶった。それがよほど滑稽だったらしく、同乗の若い男女グループは、必死に笑いをこらえながら、腹の皮をよじっていた。モーターボートはスピードを上げ、巨大な滝の柱に突っ込んだ。

その瞬間をツナちゃんが撮ったスマホの動画が残っている。

「わー、破れた！」

水の中で私の悲鳴が聞こえ、裂けて吹っ飛びそうなキャップを、両手で押さえる情けないアップ。笑い転げる若者たち。

でも私は満足だった。あのイグアスの滝を見物しただけでなく〔体感〕したのである。

ツナちゃんと私はその帰り、道の駅のようなところで軽食をとった。その地点は西がアルゼンチン、東がブラジル、北へ一歩踏み出せばパラグアイという、三カ国の分岐点だった。だが国境らしい柵もなければ、警備兵の姿も見当たらない。なるほど、これが〔平和〕の実体か。私はたちまち悟った。武力で守る平和は〔平和〕ではない。

リオに戻ると、世界でもっとも有名なお祭りイベント「リオのカーニバル」が待っていた。

メイン会場は大通りの両側に、野球場のような観客席が、一キロぐらいつづき、高価な特別席は、着飾った紳士淑女が目立つ。ツナちゃんと私は、一階の最前列に陣取った。大通りの先は立ち見の一般席で恐らく無料、貧困層の庶民が、山のようにひしめき合っている。

ファンファーレが鳴り響き、どっと歓声が上がると、二頭立てだか四頭立てだかの馬車が、晴れがましく大通りに登場する。馬車の屋根の上は舞台になっていて、黒い肌や白い肌のダンサーが、ここぞとばかりに乳房をゆすり、脚を高く上げて踊る。私の目の前を次々に通過する馬車やダンサーは、それぞれの地域の代表で、実はコンテストにもなっている。

世界中からやってきた観光客が、地元民と一体化して酔いしれるさまは圧巻の一語につきる。

106 ガラパゴス

七十代の世界散歩は、ツナちゃんの主導で毎年のようにつづいた。

「次はどこへ行く？」

「ガラパゴス」

毒食《くら》わば皿までというが、どうせ行くなら人が知らないところがいい。

二〇一一年の正月、ツナちゃんと私は、ガラパゴスを領有するエクアドルの首都で、世界文化遺産第一号の〔キト〕に到着した。アンデス山脈の中腹に位置し、標高二千八百メートルのキトは、かつてインカ文明の栄えた古都でもある。

大統領府の近くのホテルに宿泊し、フロントで天気予報を訊くと「天気予報って何ですか？」と問い返された。日本では三時間ごとの気象を予測し、一週間先まで発表されると説明したら、途端に人を小馬鹿にした顔つきで「へー、天気は空を見れば分かるじゃないですか」といわれた。つまりエクアドルには天気予報がないのだ。

いわれてみればもっともで、私はこどもの頃、夕焼けなら明日は天気、水虫がかゆいとか、猫が顔をこするとかすれば雨と教わった。当たり外れの多い天気予報が、傘の用意や厚着薄着まで口を出すのはおこがましい。

日本語の上手な女性ガイドは、東京に住んだことがあり、実は先代大統領の孫娘だと聞いて驚いた。赤道直下のキトは緯度ゼロであり、南北の分水嶺が見られるというので案内して貰ったが、

高齢者は無料のはずが、番人は私の年齢を信じてくれず、入場料を取られたのは、腹立ち半分嬉しさ半分だった。キトの街は古代文明の遺跡が多く、あちこちでインカ族の女たちが、古風な布地を立ち売りしていた。

小型旅客機で飛んだガラパゴス諸島は、海底火山の噴火で、太平洋上に出現した島々だから、ほかでは見られない固有種の動物が棲息する。ゾウガメ、青足カツオ鳥、ガラパゴスペンギン、海イグアナ、陸イグアナ。

みんな人なつこくて観光客を警戒せず、バス停のベンチに棲みついているアシカもいた。私たちは青足カツオ鳥の求愛ダンスを見た。海岸ではイグアナの家族と並んで昼寝もした。

ひょっとすると十八世紀から、二百年以上も生きているゾウガメの長老は、私たちが近づいても身じろぎひとつしない。彼らは一キロの移動に一カ月もかかるそうだ。オスは勃起するのに二十四時間かかる。それではメスに逃げられてしまうのではないか。私の愚問は即座に否定された。メスはオスのそばを離れず、いつまでも待つ。ツナちゃんも見習うべきだ。

私たちはてっぺんの噴火口まで登り、豪華客船で島めぐりもした。そこには歴史の一部を切り取ったような空間があり、ゆったりした時の流れを感じた。私は自分の中の自分が、ひと回り大きくなった気がした。

客船の甲板にはプールがあったが、観光客の女性のひとりが、三百キロはあろうと思われる巨体を沈めると、水がほとんどあふれてしまった。私はヘリコプターが、彼女を島と間違えて、着陸するのではないかとひやひやした。

107 海外散歩

大きな散歩には拍車がかかり、何と二〇一二年には、アジアと東ヨーロッパの五カ国を歩いた。

正月を過ごしたフィリピンは、太平洋戦争の激戦地で、日本軍と米軍だけでなく、フィリピン人も巻き込まれて、二百万人の犠牲者が出た。旧マニラホテルには、マッカーサー元帥が滞在した部屋があり、記念館には山下奉文《やましたともゆき》大将の写真があった。日本軍の山下司令官は、シンガポールもフィリピンも占領した英雄だったが、たちまち奪還され、現地で処刑された。

私もヤマシタなので、憎まれやしないかとびくびくしたが、フィリピン人は寛容だった。何百年もスペインの植民地であり、その後はアメリカに支配された国だから、国際感覚がおとなのかも知れない。

毎晩マッサージを頼んだフィリピン女性に、私は「ダヒルサヨ」を歌って聞かせ仲よくなった。

日本人は目が細いのですぐ分かると彼女は笑った。確かにフィリピン人は、目がぱっちりしている。いや、待てよと私は考えた。日本人でも鹿児島の人は、ぱっちり目が少なくない。そういえば風も海流も、フィリピンから北に向かう。もしかすると鹿児島には、フィリピンから漂流してきた人々の血が混じっているかも知れない。西郷隆盛のあの目は、フィリピン系ではないか。

もちろん私の想像に過ぎないが、歴史学者の意見を聞いてみたい。

マニラからはパラワン島のエルニド空港へ飛び、バスやモーターボートを乗り継いで、アプリ

ット島に着いた。この国ではナンバーワンの高級リゾート地である。

南国の住民は怠け者が多いという。着るものに困らないし、食い物がなくなれば、山へ行って木の実を採り、海で魚を釣れば何とかなる。ふだんは歌とダンスで思う存分楽しむ。人生の目的とは何なのかを、改めて考えさせられる。

フィリピンから帰国して一カ月後には、なぜかオーストリアのウィーンへ飛んだ。

かつてのバイエルン国王ルードヴィッヒ二世が、国費の十パーセントを、作曲家ワーグナーに与えたという史実は瞠目《どうもく》に値する。シューベルトの生家といわれる場所には、ちゃんと〔菩提樹〕が立っていた。

私たちは〔ウィーンの森〕を歩き、国立オペラ劇場では、モーツァルトの「フィガロの結婚」を鑑賞した。

ウィーンからブダペストへ下るドナウ川のナイトクルーズは、雄大でロマンチックだった。ハンガリーの首都ブダペストは、ドナウ川で東西に分断され、観光客で賑わう巨大な橋で繋《つな》がっている。元々はフン族といわれる東洋系の国だったが、オスマン・トルコに何度も侵略され、後にハプスブルグ家にも支配されて、蒙古斑のある東洋人は九割が消滅した。ただしハンガリー人の姓名表記は、今でも苗字が先、名前が後である。

ツナちゃんと私は、外国では珍しい大温泉に入ったが、お湯の温度が三十度そこそこなので寒くてたまらず、慌てて飛び出した。やはり温泉は日本にかぎる。

108 瀋陽《しんよう》

スロバキアと分断されたチェコの首都プラハへは、飛行機で移動した。

私は「父の詫び状」でプラハ国際テレビ祭のグランプリをとっているので、大きな顔をしたかったが、言葉がまったく通じない。

私たちが腰を据えたホテルは、プラハを二分するカレル橋の近くで、橋の上にはプラハ名物の操り人形を使う大道芸人たちが、あちこちにたむろしていた。ツナちゃんと私が立ち止まると〔サクラサクラ〕をサービスしてくれたが、何もしない普通の乞食もたくさんいた。橋梁のところどころには、歴史上の人物の銅像が立っている。そのひとつは刀を差したサムライだったが、それが誰だかは分からなかった。

人形製作の名人川本喜八郎は、プラハに留学して操り人形を学んだが、結局は上から吊るして操る人形ではなく、文楽のように黒子が背後で動かす手法と融合して、独自の人形を開拓した。

私たちは人形劇場をいくつか覗《のぞ》き、実存主義の作家カフカの生家も見学した。俳優の演じる「ロメオとジュリエット」も見たが、衣裳も背景も現代劇になっているので興をそがれ、二幕目以降は見なかった。

プラハ城へはバスで行き、城内をくまなく見学した。城の近くには、アメリカのオバマ大統領が核兵器廃絶を訴えた場所があり、観光名所になっていた。オバマはこの演説で、ノーベル平和賞を受けている。

ホテルで朝寝坊をしている間に、ひとりで出かけたツナちゃんは、気味の悪い魔女の操り人形を衝動買いしてしまった。

身長一メートル以上もある人形は、帰国途中の税関でいちいち引っかかり、余計な苦労をさせられたが、今はちゃんと事務所に飾られ、来客を怖がらせている。


同年の暮れには、大連経由で瀋陽に行き、零下二十五度の正月を過ごした。大連ではアカシアの並木路を歩き、保存されていた〔あじあ号〕の機関車と対面して胸が熱くなった。石畳の道路には著名な人物の足跡が残されていたが、ほとんどが私と同じ扁平足なので親しみを感じた。私の遠い祖先は中国から渡ってきたのかも知れない。

私の出生地〔奉天〕は人口八百万の大都市〔瀋陽〕になっていた。

話は前後するが、ツナちゃんと私は四年前（二〇〇八年）にも瀋陽を訪れている。前回は真夏だったが、今回は真冬で、札幌の雪まつりと同じような氷像が、あちこちに立っていた。私は二度とも葵国民学校（現在は中学）へ行き、記憶をたどって通学路を歩いたが、どうしても昔の自宅は見つからない。平安広場に近い祖父の家も消えていた。

だが自転車を乗り回した千代田公園や、私が誕生した満洲医大病院は、名称こそ変わったが、そのまま残っていた。

ツナちゃんも私も日本料理店〔かぼちゃ〕が気に入り何度も通った。従業員はすべて中国人だが愛想がよく、回転ずしがぐるぐる回っていた。

私は瀋陽で、反日感情を感じたことは一度もない。身構えるのは政治の世界だけである。

109 サファリ

七十代の最後（二〇一四年）を飾る世界徘徊《はいかい》は、人類の発祥地といわれるアフリカに決めた。ガーナの外交官として来日し、そのまま日本に永住しているオスマン・サンコンから、私は興味深い話を、いろいろ聞いていた。

「アフリカでも、隠れんぼはしますが、夜はしません。だって見えないから――」

日本人の葬式に行ったサンコンは作法が分からず、前の人のお焼香を観察していたら、何かをつまんで三度口に入れたように見えた。サンコンも三度つまんで食べたが、実にまずかった。ところが前の人は、遺族に向かってごちそうさまといったので、サンコンもごちそうさまといった。だがそれは「御愁傷さま」の聞き違いだった。

ツナちゃんと私は正月早々、バンコック経由でケニアのナイロビに到着した。街にあふれる人々が、ほとんど黒人なのは当然だが、最初は何となく不思議に思えた。

私たちは早速、小型機でマサイマラに飛んだ。目の前に広がる草原こそマサイマラ国立保護区である。目の前といっても四国ぐらいの広さだから途方もない。宿舎はテント村で、トイレとシャワーはついているが、テレビも電話もカギもない。バイキングのレストランは野っ原である。夜は近くの川から、河馬《カバ》やワニの鳴き声が聞こえ、テントの前をライオンが通ることもあるそうだから油断はならない。

それからおよそ二週間は、頑丈なジープに乗って、サファリの原野を駆けめぐった。群れをな

すライオン、豹《ヒョウ》、キリン、象、バッファロー、チーター、ハイエナ、イボイノシシ、縞馬《シマウマ》、犀《サイ》、ジャッカル、ヌー、河馬、ワニ、駝鳥《ダチョウ》、フラミンゴ、鷲、冠鶴《カンムリヅル》、その他もろもろが、愛らしくあるいは威厳をもって迎えてくれた。後半はキリマンジャロの見えるアンボセリに移り、心ゆくまでアフリカを満喫したが、くたくたに疲れた。

私が感動したのは、野生の猛獣といえども、こっちが敵意を示さないかぎり、決して襲ってこないことである。ただし腹が減ると、他の動物を襲って食うが、これは生存本能であり、人類も同じことをしているのだから責められない。かつて松島トモ子が、ライオンに頭を噛まれたそうだが、きっとチョッカイを出したのだろう。

長身で高飛びダンスをするマサイ族の村も忘れられない。牛の糞を固めてつくった住居は、電気も水道もなかった。

村の入り口には老いた酋長がデンと坐り、観光客からひとり二十五ドルの入村料を徴収した。高いのでびっくりしたが、失業率七十パーセントの貧困国だから、国家財政のほとんどを、観光資源で賄っているのだ。

村の広場では手製の人形や玩具を売っていた。ショータイムには、屈強の男たちがピョンピョン踊りを披露し、観光客にも手ほどきした。よせばいいのに私も参加して、したたかに腰を痛めてしまった。

帰り際に酋長が私の古い腕時計(ロレックス)を売ってくれとせがんだが、それは断った。

110　一夫多妻

マサイマラでは、こわごわ気球に乗り、大草原で昼食をとった。フラミンゴの集団棲息地にも行った。食い物はどこもまずく、ニンジンの煮物が固くて、私の奥歯は一本折れてしまった。聞けばケニアは、長い間イギリスの植民地であった。味オンチのアングロサクソンが支配した国は、料理がまったくダメなのである。隣国のエチオピアは、イタリアの植民地だったので、格段に料理がうまいそうだ。

私はひどい下痢をしてテント村の医師に手当てを受けた。ツナちゃんはいつのまにか、銅版のイボイノシシを衝動買いしていた。重くて運ぶのが大変だった。

真っ黒に日焼けして、ナイロビに戻った私たちは、煉瓦造り二階建てのジラフマナーハウスに泊まった。いかにも英国ふうの高級ホテルで、客室は五つしかない。

翌朝、二階のベッドルームの窓を、コツコツ叩く音がした。飛び起きると、窓の向こうにキリンの顔があった。キリンは私たちに、餌をせがんでいたのだ。ツナちゃんは心得顔でキリンを抱きしめ、部屋に用意してあった餌を、何と口移しで与えた。味をしめたキリンは、レストランの窓からも首を突っ込み、私たちの朝食を一緒に食べた。

やがてコーヒーを運んできたウェイターが、私たちに話しかけた。

「日本人ですか？」

「イエス」

「御職業は？」

「ジャパニーズプレジデント」

ツナちゃんはすまして答えた。ウェイターは笑ったが、ほかの従業員にも伝えたらしく、次から次へとやってきて「ミスタープレジデント」と敬意を表した。もちろん冗談だと分かっている。

彼らは日本に憧れ、日本で働きたいので、ぜひ連れてってくれと口々にいった。私は逆に質問した。ケニアの男は何人も妻を持っているそうだがほんとうか？　ウェイターたちは頷き、自分は三人、彼は四人と答えた。どうやって食わせるのかと訊いたら、驚いたことに、妻たちが働いて男を食わせるのだという。私は開いた口がふさがらなかった。ミスタープレジデントの妻は何人かと訊かれ、ひとりだと答えると、気の毒そうな顔をされた。

私はオスマン・サンコンから聞いた話を思い出し、ウェイターに確認した。アフリカの男のチンチンはみんなでかくて平均二十五センチ、マサイ族には三十センチのもあるそうだがほんとうか。ウェイターたちは腹を抱えて笑い、それは嘘だと証言した。ほら吹きサンコンめ、今度会ったらとっちめてやるからな。

旅の順番も方角も忘れたが、私たちはナクル湖にも行った。真っ暗なトンネルの中の川を、手漕ぎのボートで何時間も下ると、大きな湖がぽっかり現れた。地球の割れ目ともいわれる地底湖である。周りはすべて岩の壁で、もちろん空はない。

なぜこんなところにこんな空間があるのか。最初は絶句し、鳥肌が立ったが、地獄にしてはファンタジックで、神秘的な光景だった。地球をなめてはいけない。

三 国家意識

ケニアの〔散歩〕はさすがにくたびれた。見聞を広めたのは確かだし、楽しいこともいろいろあったが、八十歳を目前にした私には、正直いって荷が重かった。イボイノシシは重過ぎて、何度も空港でチェックされた。

「来年の散歩はどこへ行きたい？」

帰国後まもなく、ツナちゃんに訊かれて、私は小声で呟いた。

「佐渡島――」

抵抗むなしく去年の夏（二〇一五年）は、御近所の散歩という名目で、またフィリピンに連れて行かれた。佐渡島よりフィリピンのほうが、時間的には近いらしい。

マニラでは流行りのオネエショウを見物した。乳房も臀部もふっくらと整形したダンサーは十人とも韓国人だった。歌もダンスも、卓抜な美女（？）が、踊りながら客席へ下りてきて、なぜか私の膝にまたがり、耳元でチップチップと囁きながら、ぐりぐり股間をくねらせたので当惑した。

観光地のセブ島では、連日のマッサージと海水浴でのんびり過ごした。日本人の新婚旅行も何組か見かけた。椰子の木陰で涼んでいると、そこは危ないと注意された。椰子の実が落ちてきて頭を直撃し、死ぬこともあるそうだ。

今どきのフィリピンは韓国とか台湾とかの企業進出が盛んで、日本企業の看板もふえている。

世界各地を徘徊して痛感するのは、交通機関の飛躍的発達と、テレビやインターネットの情報交換によって、文化の交流が急速に広がり、多国籍企業もどんどんふえて、国境とか国籍とかの壁が、崩れかけていることだ。

その象徴がヨーロッパ連合（EU）であり、いろいろと課題を残してはいるものの、まずは通貨（ユーロ）の統一によって、人類社会の今後の方向を、はっきり示したといえよう。

地続きのヨーロッパ諸国は、戦争の繰り返しで民族の血が交じり合い、王家同士の政略結婚も多かった。EUが選んだ道は、どん底から生まれた叡智なのである。

日本も明治維新後の脱亜入欧、大東亜共栄圏をめざした戦争、アメリカに占領された戦後を経て大きく変わった。

今の世代は国家意識が次第に薄らぎつつある。大相撲の横綱は三人ともモンゴル出身だが、それをとやかくいう人はいない。プロ野球やサッカーの監督も、ニッサンをはじめ企業のトップも、外国人は珍しくない。猫ひろしはカンボジアの国籍をとってオリンピックに出る。ハーフのオコエやサニブラウンの活躍は、みんなが期待している。

私には五人の孫がいるが、そのうち三人は、アメリカ人とのハーフである。国際結婚なんて野暮な言葉は、もう使われなくなった。血統や肌の色で、国籍が決まる時代は遠のきつつある。

私は世界が集約されて東京都のようになればいいと思っている。誰がどこに住もうが、どこへ引っ越そうが、届けさえ出せば勝手だし、渋谷区と目黒区が共謀して、新宿区をやっつけようなどと考えるやつは、どこにもいないはずだ。

112 熱海バス

海外散歩の写真は、ほとんどツナちゃんが撮ったものだが、意外にユニークで面白いのは、私が現地の道路を掃除しているスナップである。

おしゃべりで嘘つきで胃が丈夫な私は、どこへ行っても人見知りをしない。確かウィーンだったと思うが、道路清掃人に箒を借り、せっせとあたりを掃いて見せた。

単なる思いつきだが、これが地元の人に大笑いされてやみつきになり、ほかの国でも道路掃除を繰り返した。しまいにはズボンをたくし上げて、頬かぶりをしたり、大きな植木バサミを借りて、庭木や生け垣の手入れをするふりもした。いくらかのチップは渡すが、これほど安い道楽はない。

また私は遊んでいるこどもたちに近づき、怖い顔で「ナイストゥイートユー」と脅す。つまり人食い人種になりすまし、食ってやるぞというのだが、ツナちゃんがついているので、怪しいやつと殴られる心配はない。

ロケの仕事では、アメリカ、イギリス、フランス、イタリア、ニュージーランド、インドネシアなどにも行ったが、人類はみんな共通の感性を持ち、言葉は通じなくてもユーモアは通じるという確信を持った。

ただし独自の伝統文化や、生活習慣によって、表現の仕方に若干のずれがあるのも事実で、それはそれで興味がある。

たとえばイタリア人は両手を大きく動かさないと話ができない。ある日本人がローマで道を訊ねたら、イタリア人はまず抱えていた西瓜を、日本人に預け、両手を広げて「アイドントノー」と答えたそうだ。

ある日本女性は、街頭でイタリア男性にウィンクされ、二本指でVサインを返した。すると男は首を左右に振って一本指を立てた。実は女性を売春婦と勘違いし、二百ドルを百ドルに値切っていたのである。

またイタリアの男は、どんな場合でも女性と二人きりになれば、必ず口説《くど》くのが礼儀らしい。

日本では昭和三十一年に〔売春禁止法〕が施行されて、遊廓という言葉が消え、赤線とか青線とかの隠語が使われた。最もポピュラーなのは〔トルコ風呂〕だが、トルコ大使館から抗議を受けて〔ソープランド〕に変わった。これはなかなか風流なネーミングで、風俗営業の代名詞になった。

ところがニュージーランドでは、風俗営業を日本語で〔熱海バス〕といっている。日本大使館はクレームをつけないのだろうか。

遊び心が過ぎて失敗した例もある。南米の酒場で「キサス・キサス・キサス」を歌ったのはいいが、むかし横浜のナイトクラブでバカ受けしたフレイズを入れて「キサスキサスプロパンガスキサスキサスオタンコナス」とやったところ、日本人はひとりもいなかったので不発に終わった。

「白い滑走路」のロケでカナダへ行ったときは、ホテルの部屋にあった灰皿を、記念に持ち帰ったのだが、あとでよく見ると、裏に英語で〔この灰皿はバンフスプリングスホテルから盗んだものです〕と書いてあり、ギャフンとなった。

113 以文報武

日本の昔噺には鬼がよく出てくる。典型的なのは桃太郎の鬼退治だが、鬼の正体はいったい何だったのか。いろいろ推察して、ふと思いついたのは、外国の漁船や軍船が難破漂流して、流れ着いたケースである。

異国の人種を見たことがない我々の祖先にとって、大柄で目の色も目鼻立ちも異なる彼らは、恐ろしい化け物であり、全力をつくして退治するしかなかった。

もっと詮索すれば〔赤鬼〕はオランダ、イギリス系の紅毛人、〔青鬼〕はスペイン、ポルトガル系の南蛮人ではなかったか。酒呑童子はシュタイン・ドッジという名前のドイツ人だったという説もある。

ちなみに中国人は、アジア大陸を侵略した日本人を、東洋鬼（トンヤンクイ）といった。

昔はどこの国も、外敵（鬼）の侵入に備えて軍備を増強し、国境には城壁や砦を築いて、隙あらば攻め込むぞと、喧嘩腰で威嚇し合った。

何千年もの歴史を持つ先進国中国は、我々の祖先を〔倭人〕といった。矮小（チビ）という意味の差別語である。思えば〔邪馬台国〕も、そして〔卑弥呼〕も、悪意に満ちたネーミングだ。

我々の祖先も負けじと肩をそびやかして、わが国を〔日本〕、かの国を〔支那〕とこきおろしていた。平たくいえば本店と支店であり、〔那〕は田舎を意味する。ついでにモンゴルは〔蒙古〕、アメリカは〔合衆国〕と決めつけた。蒙古は無知蒙昧で古臭い、合衆国は衆愚に通じる。

更にいえば、沖縄を占領した薩摩藩は、勝手に地名を変更して、当時としては侮蔑的な〔恩納〕（オンナ）とか、〔辺野古〕（ヘノコ）とかにした。ヘノコとは九州弁でチンポコのことだ。

ついでのついでだが、文豪シェイクスピアのシェイクは、振るという意味で、ピアは槍すなわちチンポコだそうだ。江守徹に教わったのだが、シェイクスピアは、意外にも人を笑わせるのが好きな俗人だったらしい。

さて、政治の分野だけは、今でも周辺諸国を敵視し、不穏当な発言を繰り返しているが、民間の文化交流は、歴史の流れに沿って着実に進行していた。遣隋使が学んできた漢字と仏教は、またたくまにこの国を席巻し、国語や国教として定着した。男だけが演じる歌舞伎は、中国の京劇が基であり、宮中雅楽やお神楽は、朝鮮王朝から伝わったものだ。歌舞伎踊りや念仏踊りの創始者で、能狂言にも影響を与えた出雲阿国《いずものおくに》は出自が明らかではない。私は朝鮮から渡ってきたと見ている。

秀吉が二度も武力で蹂躙《じゅうりん》した朝鮮は、家康に請われて文化使節〔朝鮮通信使〕を、日本に派遣した。総勢五百人の中に軍人は皆無で、少数の役人と著名な学者、芸術家、芸人が加わった一行は、日本の各地で、熱狂的な歓迎を受けた。

「文を以て武に報いる」

これは儒学者雨森芳州《あめのもりほうしゅう》が、朝鮮通信使を讃えた言葉だが、感服した私の座右の銘になった。

114　できちゃった結婚

いわゆるイスラム国の蜂起が、中近東を恐怖に陥れ、世界を揺るがせている。彼らはアラーの神を固く信じ、神を冒涜する者は悪魔と見なして、容赦なく殺戮する。洗脳された少年少女が、何の疑いもなく、身を挺して自爆テロに走る。

連日のニュースを見ているうちに、私はハッと気づいた。昭和初期の大日本帝国は、イスラム国とそっくりだった。

天皇教を叩き込まれ、神州不滅を信じた日本人は、近隣諸国を次々に侵略し、鬼畜米英を葬るために、特攻隊の自爆攻撃を敢行させた。当時は小学生の私も、早く軍人になって特攻隊に入りたいと本気で思った。

そもそも国家とは何だろうか。

定説では一定の土地に一定の人間が居住し、一定の統治システムが成立している状態を、国家というらしいが、誰ひとりとして国家を見た人はなく、さわって確認した人もいない。

つまり国家とは形式であり、イメージであって〔六年三組〕と同じように、具体的には存在しない。したがって意識も人格もない。

意識も人格もない国家が、どうして戦争を起こすのだろうか。実は戦争を起こすのは、時の政府である。古今東西どの国でも、時の政府が国家になりすまして、事を起こすのである。

国家はネイションであり、政府はガバーメントだから、明らかに違うはずだが、わが国ではそれが、ゴッチャになっている。「国の方針として」とか、「国の責任において」とか、政治家はよくいうが、国という概念には、国民も含まれる。そのへんをしっかり把握しておかないと、国民は権力者に騙される。

軍部が政府を支配したころは、戦争を事変と言い、言論統制で国民の口を封じた。満州の関東

軍は、張作霖を列車ごと爆殺し、北京郊外の盧溝橋も爆破して、いずれも中国の仕業と決めつけ〔支那事変〕を起こした。

アメリカに原爆を投下されると、時の政府は敗戦を終戦と言い、〔一億総懺悔〕と責任を転嫁した。何やら今の〔一億総活躍〕と似ている。

日本国憲法は第九条で〔戦争の放棄〕と〔陸海空軍の不保持〕を宣言したはずだが、いつのまにか警察予備隊が保安隊になり、二十万人を超える自衛隊になった。外国では自衛隊を、アーミーといっている。

安保条約はアメリカとの軍事同盟であり、集団的自衛権は、条件つきだが戦争を可能にした。政府がいう〔国際社会〕はアメリカ寄りのグループであり、北朝鮮などの反米諸国は除外される。日本政府はアメリカの戦闘機や、軍用ヘリコプターを大量に買い入れ、巡洋艦をイージス艦、軍事衛星を通信衛星と言い換えた。腸チフスをO157にしたのはなぜか分からない。政府は四苦八苦して、第九条を都合よく解釈してきたが、とうとう行き詰まって、憲法の改正を公言した。

こどもができたから入籍する〔できちゃった結婚〕と同じである。

115 永世中立

憲法の改正は決して邪道ではない。国家の体面や国民の願望に合わせて変更するのは、むしろ当然である。

ただしどこをどう変えるかは、言い出しっぺが明確に示さなければ、議論にならない。誰が誰に頼まれて書いたのか分からない改正案を、公の場で討論するのも変だし、三分の二の議席を確保した上で改正案を持ち出すのは、本末転倒であり、時間の浪費ともいえる。野党も国民もぼんやりしている場合ではない。

独立国としての〔自主憲法〕をと、声高にいう政治家は多いが、〔明治憲法〕は伊藤博文が、ドイツの帝政憲法を下敷きにして書いたものだし、〔大宝律令〕は唐の律令を真似ている。

近代のあらゆるシステムで、脱亜入欧をめざしたこの国に、外国の影響を受けていない方式があるだろうか。日本人が発明して、世界中に広がったのは、人力車とカラオケぐらいである。

政府はどさくさまぎれに〔安保法制〕を通し、〔秘密保護法〕を成立させた。政治上、外交上の秘密を洩らせば、国益を損じる恐れがあるのは分かる。しかしそれは一時的なことだから、アメリカのように、秘密の期限を決め、何年か後には公開すべきである。ニクソンと佐藤栄作の核兵器に関する密約は、アメリカの公文書に明記されていたが、日本政府はなかなか認めなかった。民主主義国家が、国民に嘘をついてはならない。

秘密にはこだわる政府が、何かといえば有識者の第三者委員会を設置して、意見を求めるのはなぜだろう。大臣や国会議員は、有識者ではないのか。それともあれは単なる時間稼ぎか。

もうひとつ私が気になるのは、わが国の国政選挙が、なぜ真夏か真冬に行なわれるのかということだ。調べてみると、明らかに偏っている。

勘繰れば、暑苦しい夏や、雪が積もる冬は、出かけるのが億劫《おっくう》になり、目当ての候補者がいなければ棄権する。つまり浮動票が減る。

全体の投票率が下がれば、企業や団体がくっついた候補者が有利だし、義理やカネで縛られた固定票がものをいう。有権者が病人や高齢であれば車で送迎してくれる。私の付人だった青年の両親は、選挙というと必ずどこからか、五千円ずつ貰えるので、楽しみにしているそうだ。

選挙の期日を決定するのは時の政府だが、真夏や真冬を選ぶのが、もしも意図的であれば、民主主義の根本理念を、明らかに冒涜している。

更なる疑問は、この国の正式名称である。

どこの国も、アメリカ合衆国、大英帝国、中華人民共和国、大韓民国、オランダ王国、かつてのソビエト連邦というふうに、国のかたちや主義主張を組み込んでいるが、わが国だけは〔日本国〕としかいわない。

日本には世襲の天皇制があるから、民主国とも共和国ともいえないのだろうが、天皇が象徴であるかぎり〔日本王国〕でもよいのではないか。

その代わりスイスやコスタリカのように〔永世中立〕を宣言すれば、世界中が安心する。

116 チャンポン

あえて言及するが、昔の日本人は、アメリカ人をアメ公、ロシア人をロスケといい、中国人をチャンコロといった。

チャンはチャイナのチャンだが、コロは犬ころのコロである。私が好きな長崎の〔チャンポン〕は、チャイナとニッポンをまぜこぜにした麺料理で、今では〔混ぜる〕という日本語にもなった。

日本人は朝鮮人をニンニク臭いといい、朝鮮人は日本人を、チョッパル〔豚の足〕といった。足袋のかたちもふくめて、下駄や草履の鼻緒を足指ではさむスタイルを、豚に見立てたのだ。

まあこのぐらいの陰口なら、友人同士でも言い合うし、からかい半分だから、目くじらを立てるのはおとなげない。

ただし団体でメガホンを持ち、外国人に憎悪の罵声を浴びせる〔ヘイトスピーチ〕は、もってのほかである。他民族の敵愾心《てきがいしん》を煽り、戦争につながる恐れがある。

もっと危険なのは、政府が〔集団的自衛権〕とか〔抑止力〕とか、あるいは〔安全保障政策〕とかの名目で、周辺諸国を刺激し、緊張関係を生み出すことだ。

どこの国でも同じで、時の政府が政権を維持する奥の手は、外敵を設定して国民に被害者意識を植えつけるにかぎる。外に敵をつくれば、国民は結束する。〔進め一億火の玉だ〕になる。

ここで若者たちに質問する。アラジンの魔法のランプや、絢爛豪華なカーペットで知られる中世の〔ペルシャ王国〕は、どこへ消えてしまったのか。〈正解〉分裂してイランとイラクになった。

117 インド舞踊

この国が〔日本〕になったのはいつだろうか。〔日出ずる国〕という意味だから、極東に位置して、日付変更線に最も近いことは、分かっていたはずだ。我々の祖先は日本を、ジッポンと発

音したらしい。本日をさかさまにすればそうなる。それがジパングになり、ジャパンになった。ジャップは侮蔑語である。

ちなみに脚本家の私は登場人物のネーミングにかなりこだわる。まずは誰でも読めること。語呂がいいこと。そして何らかの意味があること。

こだわるといっても主役脇役の数人だけで、端役は赤川、青田、白木、甚蔵、勘蔵、新蔵に決めているのだが。

世間の親はいろいろ考えて赤ん坊の名前をつける。凝り過ぎて難しい漢字にすると、こどもは一生苦労する。読み方をいちいち説明しなきゃならないし、画数が多ければ試験のとき損をする。といって安易な名前をつけると、いっときのように〔さやか〕だらけになる。今の男の子はやたらに〔翔〕が目立つ。

あえてケチをつけるなら、今の大相撲力士は意味不明の四股名が多い。

余計なお節介だが、もし私が頼まれたら〔成吉思汗〕とか〔破天荒〕とつける。ついでに決まり手も〔不渡り〕とか〔前払い〕なんてどうか。

宝塚のスターはもっとひどくて意味も読み方も分からない。葦原邦子、乙羽信子、越路吹雪の時代がなつかしい。

新幹線や宇宙船の名称も〔ひかり〕〔こだま〕〔のぞみ〕〔はやぶさ〕〔あかつき〕と、観念的で平凡過ぎる。もっと具体的に〔さんま〕〔太刀魚〕〔あんこう〕〔ひきがえる〕のほうが親しみ易いと思う。

明治時代の日本人は、舶来物の命名に感嘆すべき工夫をこらした。〔魔法瓶〕〔万年筆〕〔伝書

鳩〕〔蓄音機〕〔蛇口〕〔百貨店〕〔万華鏡〕〔切手〕〔葉書〕〔書留〕〔為替〕。

今はそうした配慮や美学が欠落している。地上波デジタルを、無神経に縮めて〔地デジ〕とは何事か。イボ痔やキレ痔じゃあるまいし、小汚いではないか。デジカメもデバガメみたいで、意味まで似ている。

古来の文部省や大蔵省を廃止して、文科省、財務省にしたのも合点がいかない。財務省は外務省と聞き違えるし、経産省も厚労省も国交省も別の意味にとられかねない。

また昨今は、ＴＰＰとか、ＣＥＯとか、ＭＲＩとか、ローマ字を三つ並べた略語が急にふえ、分かり辛くなっている。昔はＮＨＫとＰＴＡしかなかったのだ。徳川夢声はそのＮＨＫも〔日本薄謝協会〕と揶揄した。

安易な縮め言葉もふえる一方だ。ラジカセ、てんむす、パソコン、スマホ、キャバクラ、セクハラ、サラメシ、アケオメとかぎりがない。だいぶ前だが、ボストンマラソンをボスマラと書いて、さすがに顰蹙を買った新聞もあったが、朝日マラソンでなくてよかった。

日本舞踊を日舞、西洋舞踊を洋舞というのはいいとして、それならインド舞踊は何というのか。シーッ。

118 ネーミング

老いの繰り言かも知れないが、昔の日本語は溜息が出るほど美しい。

芝居、双六《すごろく》、居候《いそうろう》、日めくり、夕立、師走、ことぶき、たなごころ、たらちね、ひとさし指、

ない。

後ろ指、糸切り歯、ぼんぼり、走馬灯、いさり火、火の見櫓《やぐら》、ひねもす、かりそめ、お仕着せ、おしぼり、おむすび、夜もすがら、お手当、くどき、くちづけ、姫はじめ、小春日和、やりくり、かくれんぼ、ふくらはぎ、ぼんのくぼ、おもてなし、舌を巻く、虫の息と、数え上げればきりがない。

「今日はひねもすお天気ですね」

台湾の老人にそういわれたときは驚いた。日本領土だったころに覚えた言葉を、忘れていなかったのである。

昔の人なら今のテレビをどう名づけるか。私なりの想像だが〔世相窓〕〔遠絵巻〕あるいは〔玉手箱〕。ケータイやスマホなら〔猫の手〕〔小手先〕〔如意棒〕〔ちょこざい〕でどうか。

舶来のスポーツは、野球、蹴球、卓球、籠球と訳されたが、ゴルフだけは訳語がない。私の案は〔接待球〕である。

商品のネーミングで近ごろ感心したのは〔切腹最中〕だ。最中のアンコがはみだしているだけだが、誰かに謝罪するときに差し出せば、ぴったりだろう。

触発された私はすぐに〔下心〕という酒を思いついた。誘った女性にそれとなく飲ませれば意図が通じる。商談の席でも役に立つ。何軒かの酒屋をそそのかしてみたが、今のところ返事はない。

東北新幹線の駅で、私は〔牛タン弁当〕をよく買うが、更にその豪華版を〔二枚舌〕と名づけて売り出せば、大当たりするだろう。販売会社の重役に、何かの機会で出会ったとき、勧めておいたのだが、その後何の音沙汰もない。

人口密度の濃い東京では、鯉のぼりを立てる場所がない。これでは男の子が可哀相だから、東京タワーのてっぺんに、巨大な鯉のぼりを流したらどうか。ウロコの部分に百万人ぐらいの男の子の名前を書かせ、寄付金をつのれば経費は賄える。早速私が企画書を書き、仲間たちがつるんで東京タワーに持ち込んだが、これも立ち消えになったままである。

講演で北海道の陸別町へ行ったとき、町の入口の大看板に〔日本でいちばん寒い町〕と書いてあった。町を歩くと〔日本でいちばんうまいそば〕という看板もあり、おいおい調子に乗るなと、食ってみたが、ツナギをまったく使わない十割そばで、ぐうの音も出ないほどうまかった。

「お気に入りでしたらこのそばに、名前をつけてください」

主人は勝ち誇ったようにいった。私はいろいろ考えて、借金してでも食いたい〔借金そば〕もしくは不倫してでも食いたい〔不倫そば〕を提案した。その後陸別には行ってないが、噂ではどっちかが採用されたらしい。

旅客機のボーイング727は、改良されて737、747になり、今は787に達した。私はいつの日か、セブンイレブンになるのを、楽しみにしている。

119 くどき文句

私の趣味は将棋と数独であり、没頭している間はすべてを忘れる。ツナちゃんには、どちらもドラマの構成力を高め、ボケ防止にも役立つと言い聞かせてある。

自慢になるが私の将棋はアマ四段。実はむかしNHKで将棋指しのドラマ「煙が目にしみる」を書いたとき、将棋連盟から免状を貰ったのだが、実力はアマ初段と二段の間ぐらいだろう。

それでも昨年（二〇一五年）の夏は、民放主催で加藤一二三九段が審判長の〔芸能界将棋王座決定戦〕で、つるの剛士《たけし》を破り王座に就いている。

将棋の極意は何といっても、相手の指し手を読むことだ。先の先まで読み切ったほうが必ず勝つ。

相手の内面を察知したほうが有利なのは、政治家の討論も、商売の取り引きも、もちろん男女の関係も同じだろう。

申しわけないが、話はここから脱線する。

くどき文句がもっとも短いのは長崎県だそうで「させ」「いや、あんたにゃさせん」で終りと聞いたが、これではどうも味気ない。

「一回だけ、誰にもいわない」

女優を片っ端からくどいた森繁久彌は、いつもそういったらしいが、高齢になったら「妊娠しない、いじるだけ」に変わったそうだ。

私はまだ若い頃、仲間内でくどき文句のコンクールをしたことがある。第一位は〔君に突き刺さりたい〕だった。今ならセクハラで訴えられる。

ではここで若い男子にとっておきのくどき術を伝授しよう。

「この次はくどくぞ」

デイトの別れ際にこういえばいい。つまりモラトリアム（猶予期間）の設定である。

予告された女子は心がゆらいで考え込む。次のデイトまでに、答えを出さなければならない。

覚悟を決めた女子は、ちゃんと腋毛を剃り、フリルのついたパンティーをはいてやってくる。

いやならデイトを断るから、男子は無駄なカネを使わないですむ。試しにやってごらん。

男子は一回の射精で約一万の精子を発射する。女子は一個の卵子でじっと待っている。基本的に男子の性は〔ばらまき〕であり、女子の性は〔選択〕である。

したがって男子には女子をくどく義務がある。男子はおめず臆せず、打席に立つべきだ。打率を気にする必要はない。十打数三安打より、百打数四安打のほうが、価値は高いのだ。

かの福沢諭吉は〔天は人の上に人をつくらず〕と名言を残したが、私にいわせれば〔人は人の上に乗って人をつくる〕のである。

さすがに八十の坂を越えると、体力もスケベ心も減退するが、闘争心だけはまだ残っている。たとえば初対面の誰かが、もたもたと名刺を探して差し出す。私は間髪を入れず、一瞬先に名刺を突きつける。剣道でいえば〔後の先〕であり、柔道なら〔技あり〕で、私はそのつど勝ったと満足する。その勝負のために、名刺はいつもワイシャツの胸ポケットに入れてある。

120 ワーストテン

チャップリンは映画の中で〔人をひとり殺せば殺人犯だが、何万人も殺せば英雄になる〕と皮肉っている。

科学文明の暴走で、大量殺戮《さつりく》が可能になった二十世紀以降は、大国と大国の戦争で、数百万数千万の死者が出た。

ところがどの国も、自国の犠牲者数は公表するものの、外国人を何人殺したかは公にしない。

日本が先の大戦で失った命は、軍民あわせて三百十万だが、敵を何人殺したかは、あいまいにしたままだ。

そこで私は、世界中のマスコミに注文をつけたい。ここ百年の間に戦争を起こした国々が、外国人を何人殺したかを突き止めて、ワーストテンを発表したらどうか。軍事大国はドキリとし、いくらかは反省の色を、示さざるを得まい。

私の推察では、アメリカもドイツもロシア（ソビエト）もイギリスも日本も、恐らくワーストテンの上位に入る。

調査が面倒なのは仕方がない。たとえば〔南京大虐殺〕を、中国側は犠牲者三十万といい、日本側はおよそ一万という。それも中国兵が民間人になりすます便衣隊が多かったので、見境なく殺さざるを得なかったと弁解している。

世界の警察を気取るアメリカは、第二次世界大戦後も朝鮮、ベトナム、アフガニスタン、イラクなどに軍隊を投入し、戦争を繰り返した。

出しゃばる理由は、戦争で儲ける軍需産業が、政府に圧力をかけ、あっちこっちに火種を仕込むためである。

朝鮮戦争は休戦状態のまま、六十数年を経過しているが、アメリカはいまだに終戦協定に応じない。業を煮やした北朝鮮は、アメリカ本土まで届く核弾頭ミサイルを開発し、対決姿勢を強めているが、本音はアメリカとの平和協定を、待ち侘びているのではないか。

核兵器の廃絶は掛け声ばかりで、遅々として進まない。八カ国を超える保有国は、新興国の核開発に文句をつけるが、自国の核は、既得権のつもりらしい。

もしイスラム国が核兵器を持ったら世界はどうなる。保有国同士が核戦争を起こせば、双方が全滅するし、地球は放射能だらけになる。

人類のピンチはそれだけではない。異常気象による地球の温暖化、生態系の崩壊、人口の爆発、無分別な文明による本能の退化、いちじるしい貧富の格差など、今や人類は絶滅危惧種になりつつある。トキやヤンバルクイナの心配をしている場合ではない。

かつて地上最強の動物だった恐竜は、図体が大きくなり過ぎて絶滅したが、その一部はニワトリやヘビやワニに姿を変えて生存している。

最近のニュースでは、カメレオンの一種が急速に小型化し、人間の親指ぐらいになったそうだ。カメレオンは絶滅の危機を察知したのだろうか。

それなら人類も小さくなれば、生き延びるかも知れない。身長三分の一ぐらいになれば、食料事情も好転し、人口何百億でも生きていける。

いやいや、私は真面目な話をしている。

121 性善説

現行の〔日本国憲法〕は〔性善説〕に基づいている。諸外国の公正と信義を信頼して、戦争の放棄と陸海空軍の不保持を決断したのだ。その憲法の下に、この国は七十年もの間、戦争では外国人をひとりも殺していない。

一方で政府がこだわる〔集団的自衛権〕や〔抑止力〕は〔性悪説〕が基本である。近隣諸国は

信用ならないと決めつけ、憲法の改正を主張してはばからない。

理想という概念は、もともと実現が困難なものをいい〔性善説〕には勇気が要る。だからといって世界の称賛を浴びている憲法を百八十度転換して、いつかきた道に戻るのはもったいない。〔性悪説〕の根底には、猜疑心と臆病がある。

改めて国家とは何かを考えたい。武力に依存するかぎり、国家の基本構造は、暴力団と同じではないだろうか。

暴力団は町を守るといって、住民からみかじめ料をせしめる。国家は国を守るという名目で、国民に徴税や徴兵を義務づける。暴力団は他の暴力団と縄張りを争う。あるいは手を結んで、勢力圏を広げる。

歴史を丹念に読み解くと、昔の地主や豪族はみんな暴力団だった。あるいは用心棒として暴力団を抱えた。それが領土を広げて組長になり、いや領主になり、城を築いて大名になり、大名同士が天下を奪い合い、天下を取ったほうが権力を独占すると、大軍を率いて外国に攻め込んだ。

要するに国家主義の理念は、暴力団の延長線上に存在する。

今の政府はよく〔国民の安全を守るため〕というが、暴力団と一線を画すつもりがあるなら〔人類の安全を守るため〕と言い換えて欲しい。

他国を征服して領土を奪う時代は、とっくに終っている。もちろん人類を守るための戦争なんかあり得ない。

戦争さえなければ、従軍慰安婦の悲劇も起きなかった。

血気盛んな若い兵士が何十万人も外国に攻め込んだ場合、当然生じる性的欲求を、どう処理すればよいのか。ほうっておけば、略奪、強姦、殺戮が、かぎりなく広がる。

私は旧満州でソ連兵の暴行をこの目で見た。米軍が占領した東京は、有楽町や新橋あたりにパンパンガールが群がり、これを不満とするＧＨＱの要請で、上流婦人を紹介する楢橋パーティーも行なわれた。

戦時中の特攻隊員は出撃前夜、必ずといっていいほど、近くに設置された遊廓で、最後の夜を過ごしたという。死ぬと決まれば、何とかこの世にタネを残したくなるのが男の本能かも知れない。

軍の上層部は不測の事態に備え、遊廓や花柳界の女性を、慰安婦として前線基地に送ったが、それだけでは足りるはずがない。そこで目をつけたのが朝鮮人女性（当時は日本国籍）である。

日本と韓国は、慰安婦の強制連行をめぐって、ここ数十年もの間、意見が対立してきた。軍は関与していないと日本政府は主張し、韓国政府は歴史を隠滅するなと非難している。

122　慰安婦

慰安婦問題に軍が関与していないとは、到底思えないが、もしそうなら朝鮮人女性を強制連行して、慰安婦に仕立てたのは誰か。

支那事変を起こした関東軍には、軍籍を持たない流れ者が出入りし、さまざまな裏工作を請け負っていた。大陸浪人ともいわれる彼らは、今でいうブローカーであり、阿片売買の元締めとし

ても暗躍し、多大な利益を得ていた。彼らが慰安婦問題に関与したと考えるのは、不思議でも何でもない。ただし彼らの裏工作には、軍の許可もしくは黙認が、必要だったはずだ。日本政府は、軍の関与を認めないと突っ張るのではなく、事実を明らかにして、韓国との信頼外交を取り戻すべきではないか。タライの水を棄てようとして、赤ん坊まで棄ててしまうのは、愚の骨頂である。

私の記憶では、関東軍の駐屯地には、必ず慰安所があった。将校用、下士官用、兵隊用と三つに分けられた慰安所の表には、配布されたゴムサック一個と、軍票を持った兵士が行列をなし「おーいまだか」と催促する者もいたらしい。

行列して順番を待つ兵士たちにも、それなりの事情があった。愛する妻や恋人との仲を、一通の〔召集令状〕で引き裂かれ、戦地に送り込まれたのである。

実際に上官の命令で最前線に赴き、凄惨な殺し合いを強要される兵士たちは、せめて慰安婦を相手に、男の本能を満たすしかなかったのだ。

やがて留守宅に〔戦死公報〕が舞い込み、遺骨も届けられるが、箱の中にはたいがい、ひと切れの紙しか入っていない。

辛うじて生還した兵士たちが〔正義の戦争〕について多くを語らず、口が重かったのは、むごたらしい殺戮場面も、慰安婦のことも、記憶の底で塗り潰したかったのだ。

私たちは歴史の中継ランナーとして、戦争を知らない世代に、真実を伝える義務がある。

あえていえば慰安婦問題は、世界共通のテーマでもある。映画館で私がよく見た洋画の戦争場面には、軍隊に同行する慰安婦たちが、しょっちゅう登場していた。

ジンギスカンは大軍を率いて他国へ遠征するとき、何万頭もの羊を連れて行ったそうだ。女性の代わりに羊の性器を利用し、兵士が欲望を満たした後は、ジンギスカン鍋にして食ったと伝えられている。必需（ひつじ）品という言葉は、そこから始まったのかも知れない。（信じないように）

123 マエストロ

階下のリビングルームから、ツナちゃんの歌が聞こえる。

♪仰げば尊しワガシの恩――

さてはひとりで〔和菓子〕を食べながら、私を誘っているのだ。

ツナちゃんのダジャレは、ますます磨きがかかってきた。饅頭をドイツ語ふうに〔オストアンデル〕、おはぎを〔ナカメシグルリアン〕、ロングドレスは〔スワルトバートル〕、レストランでおしぼりを使うときは〔おしぼり夫婦〕、日本の幽霊がうらめしやなら、西洋のは〔オモテパンヤ〕ときりがない。

そういえばハンカチ王子がもてはやされた頃、ぼくはナニ王子かねと訊いたら「あなたは王子じゃなくてオジイです」とぬかした。

夫の権威を保つためにこっちも応酬する。入浴はフランス語ふうに〔ユニドボン〕、妊娠は〔シャセジュセ〕、四人であぐらをかいたら〔フォアグラ〕、二人なら〔バイアグラ〕、至極簡単は〔ビフォアブレックファースト〕、やけくそは〔便所の火事〕、やぶれかぶれは〔乞食の帽子〕、や

たらにガソリンを食う車は〔アブラハム・リンカーン〕。

ダジャレ夫婦の影響なのか、書斎のパソコンまで、奇妙な反応をする。都知事が辞意を表明したと、キーボードを叩いたら〔辞意〕が〔自慰〕になっていた。

二人で京劇を見に行ったとき、ツナちゃんは俳優が全くまばたきをしないのでびっくりした。

「どうしてあんなことができるの？」

「心配するな。君がまばたきをする瞬間に、向こうもしてるんだ」

「ふーん」

ツナちゃんは感心したようだ。

「靴のかかとが外側から減るのはなぜかな」

私の疑問にツナちゃんは平然と答えた。

「地球が丸いからよ」

ほんとか嘘かはどうでもいい。我が家では会話の面白さが優先する。

来客が手土産を差し出して、つまらないものですがといえば「つまらないものを有難う」と私は答える。相手によっては「気を遣わずに腰を使いなさい」、ネクタイを貰ったら〔ネクタイ関係〕、ワイシャツなら〔ワイシャツ行為〕。

「そのシャレは三度目ですよ」

ときどきツナちゃんに叱られるが、ダジャレは頭の体操であり、ぼけ防止にもなっている。

ところが上には上があって、私の知るかぎり、芸能界のダジャレキングは、作曲家の池辺晋一郎である。口惜しいけど、ツナちゃんと二人がかりでもかなわない。

「澪つくし」「独眼竜政宗」その他で、一緒に仕事をした彼は「韓国語でサンドイッチは何というか」と私に訊いた。正解は「パンニハムハサムニダ」だった。

「都内の路線で音程が狂う駅はどこか」

「……？」

彼はドレミファソラシドと歌い、最後の〈ド〉を高くはずした。つまり〔高井戸〕である。ついでに〈シ〉もはずして、〔下高井戸〕といい、コップの前にストローを置いて〔マエストロ〕と胸を張った。

124　二次会

トシをとると二次会に誘って貰えない。たとえばドラマの打ち上げパーティーの後、二次会の酒場の地図を配るが、年寄りは、それとなくとばされる。体調を気遣っているのは分かるし、若手だけで騒ぎたいのも分かるが、こっちももう少し飲みたい。「おい、俺も行くぞ」というと、仕方なく地図を渡してくれる。

ところが二次会は一向に盛り上がらない。ハハン私が邪魔になってるんだなと、気をきかせて「帰るぞ」というと、誰も止めてくれない。途中で忘れものに気づいて取りに戻ると、ガンガン盛り上がっている。

年寄りは立食パーティーも辛い。辛いけどつい出かけてしまう。死んだと思われたくないし、私は目立ちたがりで、おしゃべりが好きなのだ。

だが、ずーっと立っていると足腰が疲れる。隅っこのほうに老人用の椅子が置いてあるが、そこに坐れば落伍者に見えるし、ピチピチしたコンパニオンの顔が見えない。

いつだったか隣に坐っていた老人が、ポンと膝を叩いて料理を取りに行ったが、途中で何をしにきたか分からなくなり戻ってきた。しばらくするとまた膝を叩いて立ち上がり、何度も行ったり来たりしていた。

私は右手にタバコ、左手にワイングラスを持っているので、料理皿には手が回らない。だいぶたってから取りに行ってもピラフとパセリしか残っていない。

何より苦痛なのは、親しげに話しかけてくる人が、誰だか分からないことだ。顔は覚えているが名前を思い出せない。調子よく話を合わせるのだが、三十分たっても見当がつかない。私は俳優座のスタッフと、前進座の打ち合わせをしてしまったことがある。

そういう場合、田中角栄首相は、ずばりと訊いたそうだ。

「あー、お名前は何でしたかね？」

「○○です」

「はっはっは、苗字は分かってますよ。私が知りたいのは、下のお名前ですよ」

さすがは筋金入りの苦労人である。

さて、思想信条職業などとは関係なく、人間は二通りに分けられる。たとえば何を着ても似合う人と、何を着ても似合わない人。もうひとつは同窓会に必ず行く人と、全く行かない人。

つきあいのいい私は、同窓会に行くほうだが、旧満州の奉天会は、最年少の松島トモ子が昭和二十年生まれだから、今年で解散になった。小学校中学校は大阪だから遠すぎる。関東在住者の東京市岡会は、元朝日新聞社長の広岡さん、紀伊國屋書店社長の松原さんが、初代二代の会長で、親しくさせて戴《いただ》いたが、どちらも九十代で亡くなり、私たちが最高齢に近づいた。

残るは俳優座養成所の五期会だが、平均年齢は八十をとっくに超えている。そろそろ終りにしようと申し合わせたが、諸経費の残高が三十万円ぐらいあるので、それを最後まで生き残った者が獲得するか、それとも全員に香奠の前渡しをするかで意見がまとまらない。

125 末期の一服

余命いくばくもない私は、ひそかに右手の親指を上下に折り曲げて、筋力を鍛えている。

末期の一服をどこで吸うかを考えたとき、病院はすべて禁煙だから、自宅で往生するしかない。ところが最近のライターは、こどもの事故を防ぐという理屈から、親指で押す部分が固くなった。もしも臨終の床でライターに火がつかず、頼みのツナちゃんも出かけていれば、死んでも死にきれないではないか。

脳腫瘍と前立腺肥大の手術で、お世話になった慶應病院は、敷地内を含めて全館禁煙なので、タバコを吸いたい入院患者は、信濃町の通りに出なければならない。

点滴の管をつけたまま車椅子に乗り、雨の日は傘をさして吸う人も見かけるが、あれでは冬になると、タバコの害どころか、風邪をひいて死ぬのではないか。

平成十四年十一月八日に都心で開催された〈愛煙家シンポジウム〉で、私は壇上から提案した。

「約二千五百万人いる喫煙者が、二千円ずつ出せば五百億円になります。それでタバコの吸える

病院を各地に建てたらどうでしょうか」

場内は賛同の拍手に包まれたが、今のところ実現の気配はない。

別の話だが、私はなぜ〔松茸〕があんなに高価なのか理解できない。もちろん嫌いではないが、一本一万円もするなら、迷わずビフテキを選ぶ。もうひとつ。昔のこどもは鼻や耳を、犬や猫のようにぴくぴく動かせる子が、ザラにいた気がする。私も鼻の穴なら今でも動かせる。訊いてみなければ分からないが、今の若者はどうだろうか。便利便利の文明に毒されて、耳や鼻の性能が落ちてはいないか。視覚は眼鏡や望遠鏡や電子顕微鏡でカバーできるし、聴覚もテレビやケータイの音量を上げれば何とかなるが、味覚、嗅覚、触覚はどうか。

ここで私は〔松茸〕が高価な理由をハタと悟った。江戸時代の人々は、今よりずっと嗅覚が鋭敏だったに違いない。だからこそ香り高い〔松茸〕が、秋の味覚の王者になったのだ。平安時代、奈良時代の五感は更に優れ、縄文時代は耳たぶも鼻の先も、上下左右に動かせたのではないか。

文明は急カーブで進歩したものの、そのぶんだけ本能は衰退した。

ここまで書いたところで、私の背筋を電流が走った。国籍も肌の色も生活習慣も異なる人類のすべてが、等しく共有しているのは五感である。音感、性感、第六感などを含めた本能である。

私は曲がった背筋を伸ばして断言する。政治や経済の力で、あるいは軍事力で、世界を統一することはできない。

あらゆる人類が価値観を共有できるのは〔文化芸術〕である。

126 ごまかすな

若者たちに忠告しておく。いくら外国語が堪能でも、母国語をちゃんと話せなければ、価値は半減する。日本語のボキャブラリーが貧困では、翻訳も通訳もできない。

高校の国語教師が嘆いていたが、試験で○肉○食（弱肉強食）という問題を出したら、ほとんどの答案が〔焼肉定食〕だったそうだ。間違いとはいえないが何だか情けない。同じく四文字熟語のコウトウムケイは〔後頭無毛〕、〔あたかも〕を入れて文章を作れといったら〔冷蔵庫に牛乳があたかも知れない〕、〔もし○○なら〕という設問には〔もしもし奈良の人ですか？〕

ただし言葉は時代とともに変わる。今は〔めっちゃうまい〕〔チョーかわいい〕〔ハンパない〕ばかりで、〔ナウい〕はすたれ〔いかす〕は古語になった。流行語大賞も三年で消える。

ではおとなたちの現代語はどうか。たとえば国会討論や座談会の中継を見ると、言葉数はやたらに多いが、だらだらとごまかしだらけで、はっきり結論をいわない。

最近多用される慣用句は〔○○は○○と考えても、いいのではないかなーと、いうふうに思っておりますけれども〕

自分の意思を述べているのだから〔思っております〕は当たり前でくどい。他人ごとのようにいうのは、責任逃れに等しく卑屈である。〔けれども〕はそれまでいってきたことを、全否定している。あるいは結論の先延ばしである。〔かなー〕はガキ言葉の疑問形で、敬意ゼロだから、天皇陛下の前では使えない。

要するにこの慣用句は全面的に余計だから、削除すべきである。
○○は○○ですとなぜはっきりいえないのか。自信のなさをなぜわざわざ露呈するのか。外国語はイエスノーが先にくるが、日本語は最後なので、ごまかし易いともいえるが、空疎な長話は国民全体の損失を招く。テレビを見ている人が一千万いたとすれば、一分間の無駄は……誰か計算してください。

昔の流行語には味わい深いものがある。旧制高校ではやった〔デカンショ節〕は、デカルト・カント・ショーペンハウエルを縮めたものだ。

軍隊言葉の〔自分は○○であります〕は文法的におかしいが、初期の兵士を訓練した長州藩の方言である。誰でも知っている「証城寺の狸囃子」は替え歌もはやった。

♪ショショ処女じゃない
処女じゃない証拠には
ツンツン月のもの
三月もないないない
おいらの彼女は
ポンポコポンのポン

この替え歌に感服した飯沢匡先生は作者を突き止めたが、木更津のその坊さんは他界していた。替え歌といえば、私は〔でんでんむしむしかたつむり〕を、ルクセンブルグ語で歌える。

♪シンデンデシムシム
リムツタカ
エマオノマタアハ
コドニルア
セダノツセダリヤ
セダマダメ
（ごめん。日本語をさかさまにしただけです）

127 関係者

だいぶ昔の話だが、講演先で知遇を得た熊本市長（当時）三角氏には、現地の繁華街で馬刺しを御馳走になった。よほど私の食べっぷりがよかったのか、三角市長は東京に出張するつど、銀座や新宿の馬刺し屋にも連れてってくれた。

芝浦工業大学出身の彼は、かなりの腕白だったらしく、〈芝工大〉と横書きした腕章をつけて、映画館でも野球場でもタダで入ったそうだ。からくりは腕章の上部を少し折り曲げると〈NHK〉に見えるからだ。

感心した私は、その場で同様のからくりを思いついた。〈関係者〉という腕章をつくれば、どこでも自由に出入りできるではないか。

善は急げというか、面白半分というか、早速私は業者に頼んで、腕章を二人分こしらえた。私が使うのは、さすがに気が引けるので、事務所のスタッフに「試してこい」と、肩を叩いてやったのだが、みんないやがって後ずさりした。

結局〔関係者〕の腕章は新品のまま、事務所の戸棚で眠っている。

熊本といえば、宿泊した旅館のお土産品売り場で、珍妙な置物を発見した。木製のいわゆる三猿人形で、目や耳や口をふさいだ猿が並んでいるのだが、なぜか四匹目の猿もいて、悲しげに横を向き、両手で股間を押さえているではないか。

旅館の主人の解説によれば〔見ざる〕〔聞かざる〕〔言わざる〕〔立たざる〕の四猿であり、ここでしか売っていないと自慢した。

物好きな私は、即座に購入して持ち帰り、今は事務所の玄関の下駄箱の上に陳列してある。卓抜なユーモアのセンスに脱帽したわけだが、自虐の念も多少は混じっていたかも知れない。

熊本大震災の報道には胸が痛む。あのなつかしい馬刺し屋や旅館はどうなっただろうか。

熊本の場合は連日の報道で、被災者の数から避難状況、トイレの不足まで、克明に公表されているが、福島第一原発の絡んだ東日本大震災は、そうではなかった。電力会社はメルトダウンを隠し、放射能の数値も影響範囲もあいまいにした。それがばれると官邸からの通達があったと言い張り、揉めに揉めている。

不思議でならないのは当時の政府が、なぜ電力会社の本社を、立ち入り検査しなかったのかということだ。恐らく大スポンサーと癒着していた政治家が、後難を恐れたのだろう。

意味不明な物言いは、マスコミにも蔓延している。ニュース番組で頻発する「○○ということです」は、責任逃れにほかならない。字幕は誤字が多いし、アナウンサーはカンペを読み違える。未熟なナレーターは文章の力点が分かっていない。

事件現場の記者は、わざと後ろ向きに走りながらしゃべるが、視聴者に尻を向けるのは、無礼千万である。

NHKは〔早急〕をサッキュウというが、ほかはソウキュウだ。〔一生懸命〕と〔負けず嫌い〕は〔一所懸命〕〔負け嫌い〕が正しい。負けずの〔ず〕は〔州〕という説もあるが私は認めない。

128 俳句

正座が苦手で食べこぼしの多い私が、礼儀作法をうんぬんするのはおこがましいが、テレビを見て我慢がならないのは、大リーグのピッチャーやバッターが、くちゃくちゃとガムを噛み、所構わずツバを吐くことだ。よく見るとベンチの中はゴミ溜めよりひどい。

玄関で靴を脱ぐ日本人は、世界でいちばん几帳面で、綺麗好きといわれる。外国人が驚くのは、列車の発着時間の正確さと、ゴミひとつ落ちていない街路だという。外国を旅行する日本人は時間も約束も守り、ホテルを出るときは後片づけをしていくので評判がいい。

ただし近頃の日本人は行儀が悪くなった。

男の挨拶は帽子を脱ぐのが伝統のルールだが、かぶったままテレビに出るタレントがふえつつある。ベレー帽なら構わないが、庇《ひさし》のついた帽子を、室内でかぶるのはタブーである。

ちなみに軍隊の敬礼は洋の東西を問わず、中世の騎士が兜《かぶと》の一部を上げて、顔を見せる姿勢

から始まった。

また男の服装は、同席の女性より派手であってはならない。背広、ワイシャツ、ネクタイの三点セットは、少なくとも二点は無地にするのが紳士のたしなみで、三つとも縞や絵柄がついているのはみっともない。

「大きなお世話だ、ほっといてくれ。俺は古臭いルールを打破するんだ」

意図的な挑戦ならば、それなりの意義があるので、私は批判しない。伝統的なしきたりもファッションも、時の流れの中で変化するのは事実だ。

「めっちゃうまい」「ハンパない」が主流になって広辞苑に載れば、私も従わざるを得ない。文化は多数決なのである。

ただし日本語のだらだらしゃべりは、美学に反する。政治家も学者もアナウンサーも、言葉の無駄を潔癖に排除して、ゆっくり話して欲しい。

実はわが国には、重複や常套句を、積極的にそぎ落とす言い回しが、古来から芸術として存在する。それはたったの五七五で、全世界の真実を喝破し、人生の核心をえぐり出す〔俳句〕である。

荒海や佐渡に横たう天の川（芭蕉）

やれ打つな蠅が手をする足をする（一茶）

秋の蠅追えばまたくる叩けば死ぬ（子規）

いずれも高名な俳人の代表作だが、私なりの個人的評価では、正岡子規に軍配を上げる。芭蕉の句はスケールが大きいが、リアリティーに欠ける。天の川をどこから見たのかというと、雲の上しかない。

一茶の句は面白いが技巧的で、第三者に説教しているのが気になる。肺病で寝たきりだった子規の句は、蠅はうるさいが殺すのは可哀相だという自己矛盾を、主観的に表現している。

私もたまに俳句をつくるので、恥を忍んで書いておくが、大家と肩を並べるつもりは毛頭ない。

出荷札つけて母牛追う子牛
夕立や父凛々と腹上死

129 ねんねこ

今回は私が考えた〔クイズ〕から始める。

(1)四十七の都道府県名で動物の名前が入った県を四つ書きなさい。
(2)カタカナで二文字の都道府県を五つ書きなさい。

⑶同じく漢字で三文字の都道府県を四つ書きなさい。
⑷〔おひねり〕や〔袖の下〕とは何のことか。
⑸兎はなぜ一羽二羽と数えるのか。
⑹〔湖北のおはなし〕という駅弁はどこで売っているのか。
⑺徳川家十五代で五十三人の子をつくった将軍は何代目か。
⑻原発用語で〔臨界〕とはどういう意味か。
⑼アメリカやロシアの宇宙船に日本人が乗せて貰えるのはなぜか。
⑽七十歳を超えると絶対に出来ない〔死に方〕を書きなさい。

最後の二問は難解なので答えを書いておく。⑼は日本企業がカネを出しているからで、⑽は〔若死に〕である。

八十余年も生きていると、世の中の加速的な変化についていけず、恐ろしさを感じる。気がつけば言葉も、生活様式も一変している。

こどもの頃は身近にあって、今は見かけないものは〔蚊帳〕〔蠅叩き〕〔蠅取紙〕〔ちゃぶ台〕〔ねずみ捕り〕〔障子〕〔襖〕〔長火鉢〕〔煙草盆〕〔煙管〕〔マッチ〕〔フマキラー〕〔井戸〕〔洗濯板〕〔ねんねこ〕〔雑巾〕〔七輪〕〔床の間〕〔大黒柱〕〔鴨居〕〔神棚〕〔御真影〕〔縁側〕〔貯水槽〕〔物干し台〕〔ノミ〕〔シラミ〕〔金魚すくい〕〔下駄〕〔浴衣〕〔夕涼み〕〔雨宿り〕〔凧上げ〕〔ビー玉〕〔手相見〕〔竿竹売り〕〔屑拾い〕〔乞食〕〔馬糞〕〔メリケン粉〕その他もろもろ。

その後は〔空襲警報〕〔防空壕〕〔配給制度〕を経て、太平洋戦争が終ると〔数え年〕も〔尺貫法〕も廃止され、学校は〔六三三制〕になった。

更に現代社会は、想像もしなかった〔テレビ〕〔パソコン〕〔核兵器〕〔人工衛星〕〔老人ホーム〕がはびこる。これでよかったのかどうかは、まだ分からない。

日本独特のおんぶ紐は消え、今の母親は赤ん坊を前に抱く。赤ん坊はどっちが好きなのか訊いてみたい。昔のチャンバラごっこと、今のテレビゲームは、どっちが楽しいだろうか。

テレビのニュースやCMで多用する文字は、画面の半分近くを占め、そのまた半分は、カタカナ英語とローマ字である。企業や商品の名称も英語が多くなり、日本語は近い将来、絶滅するのではないかと気がかりだ。

ついでに小言をいうなら、テレビのクイズ番組の賞品は、せいぜい海外旅行のセットだったが、今はあからさまに現ナマが飛び交っている。アメリカの番組の影響だろうが、品格もくそもない。

130 オリンピック

すべての動物には生存本能がある。言い換えれば闘争本能である。命を守るためには、敵と戦ってやっつけなければならない。だがむやみやたらに戦えば、自分が殺される確率も高い。

我々の祖先は経験と学習を重ね、戦わないで身を守る方法を考えた。それが集団生活である。集団で暮らせば、防衛力の強化にも、子孫の繁殖にも都合がいい。集団は村になり、町になり、統合されて国家になった。

集団を支配する権力者は、さまざまなルールをつくって、内部抗争を制御し、他の集団とどう向き合うかを工夫した。

しかし人間も動物であるかぎり、生まれつきの闘争本能を、そぎ落とすことはできない。武器を棄てて、おとなしくすれば、他の部族に攻め込まれて征服される。あるいは他の動物に食われて絶滅する。

では闘争本能を温存したまま、平和を守る生き方があるだろうか。

昔のこどもは鬼ごっこや隠れんぼをした。遠足もトンボ釣りもウサギ狩りも戦争ごっこもした。運動会では綱引き、かけっこ、障害物競走、騎馬戦が人気だった。

江戸時代の大名は武装した大軍を率いて、鷹狩りにいそしんだ。兵士の訓練も、戦力の誇示もあるが、闘争本能の発散も含まれていたと思う。

こうした模擬戦による本能の発散は、現代のスポーツに引き継がれている。勝ち負けにこだわるという意味では、競馬、競輪、麻雀、花札、パチンコ、囲碁、将棋、テレビゲームなども同列である。拡大解釈すれば、文学、音楽、演劇、マンガなどにも同じ要素があるかも知れない。

そこで刮目すべきは、賢明な祖先が開発したオリンピックである。世界中の選手が一堂に会し、鍛練した力と技を競い合う祭典である。

お互いにルールを守るオリンピックには、闘争本能を発散しながら、相手を理解し友情を深め、戦争を回避する夢と希望が秘められていた。

ところが現代のオリンピックは、本来の目的からはずれた不祥事が後を絶たない。

オリンピックの招聘をめぐる裏金疑惑は深刻だし、主催国の首脳は国威発揚の絶好のチャンスと心得、広告宣伝の大イベントを繰り広げる。

モスクワのオリンピックをアメリカがボイコットすれば、ソ連は仕返しにアトランタをボイコットして、存続自体が危ぶまれた時期もある。

古代のオリンピックは〔走る〕〔跳ぶ〕〔投げる〕が基本だったが、現代はやたらに競技種目をふやして、大々的な商業化が進んでいる。

射撃、馬術、ゴルフ、ボブスレー、美を競うシンクロナイズドスイミングなどをスポーツというなら、ダーツ、凧上げ、縄跳び、腕相撲、ケン玉、独楽回しも加えたらどうか。

私は二度目の東京オリンピックを、見られるかどうか分からないが、市松模様の地味なエンブレムは気に入っている。

できれば政治的な思惑や、商業主義の介入を控えて、これがほんとうのオリンピックだといえる気品と節度を、世界に示して欲しい。

131 民主主義

エッセイというか、回顧録というか、好き勝手なことを、思うがままに書いてきたが、読み返してみると、意外に真面目な自分が、ところどころにいて驚く。

浅学非才の私が、参考文献に頼らず、自分の頭で考えたことを、自分なりに書き下ろしたのだから、勘違いも記憶違いもあるだろう。読者の御指摘があれば、素直に受け止めるし、修正や書き直しにも、やぶさかではないが、恐らく私の存命中は間に合わない。

幼い頃の私は「どんぐりころころどんぶりこ」を〔どんぐりこ〕と歌っていた。ラジオの時代劇の「すわ鎌倉」は〔酢は鎌倉〕と覚えた。戦後に流行した「聞け万国の労働者」は、バンコクの歌だと信じていた。

昔のこどもたちは「兎追いしかの山」を〔兎おいしい〕と思っていた。東京生まれの友人は「勝ってくるぞと勇ましく」を、板橋区の歌だと思っていたらしい。

今でもそういう勘違いは日常茶飯事だろう。ある外国人観光客は、歌舞伎を見に新宿の歌舞伎町へ行ったそうだ。

天気予報の高気圧と低気圧に戸惑うのは、私だけだろうか。たぶん英語の直訳だと思うが、意味からいうと、高い低いでは分かりにくい。いっそ〔重気圧〕〔軽気圧〕に変えたらどうか。気象庁に検討して貰いたい。

百パーセント信じていたことが、全面的に引っくり返ると、人生そのものがボコボコになり、ものの見方も変わる。

戦時中は少国民といわれた私たちの世代は〔神国日本〕の敗戦にも驚いたが、天皇陛下の〔人間宣言〕には、魂が飛ぶほどの衝撃を受けた。

あれから七十年もたった今年（二〇一六年）、イギリスの国民投票によるＥＵ離脱が、大々的に報道され、世界を揺るがせた。

おおかたの予測は、残留派の楽勝だったが、結果は僅差で、離脱派が勝ち、ＥＵはもちろん、世界各国をがっかりさせて非難轟々《ごうごう》だった。

インドやアフリカ諸国を、武力で征服して植民地とし、中国まで乗っ取ろうとしたイギリスが、EUの決めた難民受け入れを拒否するのは、国家のエゴイズムというしかなく、大英帝国の驕りをいまだに引きずり、有色人種を差別するアングロサクソンの思い上がりは鼻持ちならない。

ところが国民投票の思わぬ結果に、びっくり仰天したのはイギリス国民であり、特に慌てふためいたのは、離脱を選択した多数の有権者だった。

彼らはたちまち後悔の念を露わにし、何百万人もの署名を集めて、国民投票のやり直しを求めている。どうせ負けると思い込んだ彼らは、イギリス人のプライド、離脱派の煽動、現政府への不平不満、個人的ないらいらを含めて、安易な腹いせをしただけだった。選択肢が残留か離脱かの二通りしかなかったのも、裏目に出たようだ。

この先どうなるかは不明だが、私はこの一連の騒動に、強いショックを受けている。

百パーセント信じてきた〔民主主義〕に、実は重大な欠陥が、ありはしないかということだ。

132 遺言

民主主義の基本は〔主権在民〕である。

日本国憲法は国権の最高機関を国会と定め、国会議員は国民の選挙によって選ばれる。

行政権を行使する内閣総理大臣は、国会議員の中から任命される。

つまり国政の最高責任者は国民なのだ。有権者自身はそのことを、どのくらい自覚しているだろうか。首相が憲法を改正し、戦争のできる国にしたとすれば、その責任は国民が負わなければ

ならない。国会議員が汚職だの収賄だのと不祥事を起こせば、選挙で投票した有権者は、謹慎して恥じ入るべきである。

なぜか昨今は〔主権在民〕という言葉が、死語になっている。国民も政治家も忘れてしまったようだ。選挙になると裏金が乱れ飛ぶ。選挙違反は常識であり、当選さえすれば本人は訴追されず、逮捕された後援者が陰の功労者になる。

民主主義がここまで空洞化し、堕落した責任は誰にあるのか。選挙権を持つ国民である。つまりあなたである。

イギリスの国民投票は本来の目的を離れ、付和雷同の失敗を招いた。あの独裁者ヒットラーも、当初は民主主義の選挙で地位を得たことを思い起こして欲しい。

私は民主主義を否定しているのではない。愛すればこそ危険にさらしたくないのだ。正常で穢《けが》れのない道を、何とか取り戻したいだけだ。

改めて若い世代に遺言しておく。

国家と国家が領土を奪い合う時代は、とっくに終っている。武力をもって国民の安全安心を守るというのは、時代錯誤も甚《はなは》だしい。

君たちには〔人類〕の安全安心をめざして貰いたい。私の願いは、まずこの国が世界に向かって〔永世中立〕を宣言すること。更に世界中の若者と相談して、人類社会を〔ひとつの憲法〕〔ひとつの通貨〕で結ぶことである。

最後になるが、私はミュージカルをたくさん書いてきたので、その中の一つを書き残しておきたい。作曲は飯島優である。それでは皆さん、さようなら。

片道の人生

空は動かない　雲がよぎるだけ
海は動かない　波が寄せるだけ
山は動かない　森がそよぐだけ
道は動かない　人が歩くだけ

時は過ぎてゆく　太古の昔から
時は止まらない　二度と戻らない
時に流されて　人は旅をする
手さぐりの未来　片道の人生

生まれてきたのは　何のため
生きているのは　何のため
時が命を　つなぐのか
命が時を　つなぐのか

若者たちよ　心して
先祖のバトンを　受け止めよ
若者たちよ　忘れるな
子孫に渡せ　そのバトン

ジェームス三木《みき》
脚本・演出家。
1935年6月10日、旧満州奉天（瀋陽）生まれ。大阪府立市岡高校を経て、53年俳優座養成所入所。以後テイチク専属歌手などを経て脚本家に。85年NHK連続テレビ小説「澪つくし」で視聴率55%を記録。同作品で日本文芸大賞脚本賞（86年）、「憲法はまだか」「存在の深き眠り」で放送文化基金賞脚本賞（97年）、NHK放送文化賞（99年）など受賞多数。テレビ脚本ではNHK大河ドラマ「独眼竜政宗」「八代将軍吉宗」「葵徳川三代」も手がける。その他、舞台演出、映画監督、小説、エッセイなど幅広く創作活動を展開する。

片道《かたみち》の人生《じんせい》

2016年11月15日　初　版

著　者　ジェームス三木
発行者　田　所　　稔

郵便番号　151-0051　東京都渋谷区千駄ヶ谷4-25-6
発行所　株式会社　新日本出版社
電話　03（3423）8402（営業）
03（3423）9323（編集）
info@shinnihon-net.co.jp
www.shinnihon-net.co.jp
振替番号　00130-0-13681

印刷　亨有堂印刷所　　製本　小泉製本

落丁・乱丁がありましたらおとりかえいたします。

JASRAC 出 1612912-601
ISBN978-4-406-06069-1 C0095　Printed in Japan